BASTEI LÜBBE TASCHENBUCH

Über den Autor:

Kurt Palka ist in Österreich geboren und aufgewachsen. In Kenia und Tansania hat er für den *African Mirror* geschrieben und Naturdokumentationen gedreht. Heute lebt Kurt Palka in der Nähe von Toronto, Kanada. Dort arbeitet er als Journalist für mehrere kanadische und amerikanische Zeitungen sowie als Drehbuch- und Romanautor. *DAS GEHEIMNIS DER PIANISTIN* ist sein erster Roman, der auf Deutsch erscheint.

Kurt Palka

DAS GEHEIMNIS DER PIANISTIN

Roman

Aus dem Englischen von
Stefanie Karg

BASTEI
LÜBBE
TASCHENBUCH

BASTEI LÜBBE TASCHENBUCH
Band 17 458

Dieser Titel ist auch als E-Book erschienen

MIX
Papier aus verantwortungsvollen Quellen
FSC® C014496

Vollständige Taschenbuchausgabe

Deutsche Erstausgabe

Titel der kanadischen Originalausgabe: »The Piano Maker«
Originalverlag: McClelland & Stewart, a division of Random House of Canada Limited, a Penguin Random House Company

Textredaktion: Antje Steinhäuser, München
Titelillustration: © Trevillion Images/Lee Avison;
© Arcangel Images/Datha Thompson
Umschlaggestaltung: Mediabureau di Stefano, Berlin
Satz: Urban SatzKonzept, Düsseldorf
Gesetzt aus der Garamond
Druck und Verarbeitung: GGP Media GmbH, Pößneck
Printed in Germany
ISBN 978-3-404-17458-4

2 4 6 5 3

Für Heather
Und für Melanie und Christina und
Aviana und Annie

Die Ankunft

Eins

Auf der letzten Strecke durch den Küstenwald standen die Bäume so dicht, dass kaum Licht hindurchdrang. An einigen Stellen wölbten sie sich tunnelartig über die Straße, hohe Koniferen und auch einige Laubbäume, die zu dieser Jahreszeit kahl waren. Kurz vor der Küste lichteten sich die Bäume und gaben schließlich rechts der Fahrbahn einen großartigen Blick frei, die Gischt des Ozeans wie Sprühnebel voller Regenbögen.

Das erste Dorf, das sie erreichte, hieß Bonne Marie. Als sie schon zur Hälfte durch den Ort gefahren war, entdeckte ein Hund den Wagen, er bellte und lief neben dem fahrenden Auto her. Sie verlangsamte das Tempo und wich ihm aus, und in der Nähe sah ein Mann von dem Bootsrumpf auf, den er gerade bearbeitete. Er rief den Hund, dieser gehorchte sofort und blieb stehen. Im Spiegel konnte sie erkennen, wie er auf der Straße stand und witternd die Nase hob.

Einen Moment lang glaubte sie, der Hund könnte Jack sein, und sie trat auf die Bremse und starrte in den Rückspiegel, aber dann fuhr sie weiter. Wie sollte das Jack sein? Selbst wenn ihm ein halbes Ohr fehlte und er wie ein Schlittenhund aussah.

Sie ließ verwitterte Felsen und riesige Steinplatten hinter sich, die wie die Überreste uralter Dolmen aussahen. Dann folgten die nächsten Ortschaften: Sainte Émilie, Gaillard, La Roche. Es ging an Häusern mit bunten Fensterläden vorbei, an einer Art Mühle oder Presse, die von einem Esel angetrieben wurde. Sie sah eine Schmiede mit einem kräftigen braunen Pferd, ein Hinterbein auf einer Stütze, während der Hufschmied mit einer Feile den Huf bearbeitete. Sie sah Fischerboote auf Gerüsten und Netze an Gestellen. Hier und da winkte jemand, als sie vorüberfuhr.

Sie sah einige Kirchen, alle klein, aus Holz gebaut, und sie hielt weiterhin Ausschau nach dem steinernen Turm von Saint Homais. Madame Cabayé in Montreal hatte ihr die Côte Acadienne auf der Halbinsel Nova Scotia empfohlen, die einst französisches Siedlungsgebiet gewesen war, und insbesondere die Stadt Saint Homais. Sie sagte, dass sie dort aufgewachsen sei und die Stadt möge: die Leute, die schöne Kirche, die Aussicht. Saint Homais sei immer noch französisch geprägt, sagte sie, aber nicht mehr ausschließlich. Eine Stadt, gerade groß und freundlich genug, den Versuch wert, sich ein neues Zuhause zu schaffen.

»Dort hat vielleicht niemand die Zeitungsberichte gelesen«, hatte Madame Cabayé gesagt und sie bei diesen Worten nicht angesehen. Und einen Augenblick später, den Blick immer noch von ihr abgewandt, hatte sie noch hinzugefügt: »Und wenn, dann ist es längst vergessen. Ich kann Ihnen ein paar Namen nennen.«

Die Gischt beschlug die Windschutzscheibe, und an einigen Stellen war die Straße glatt. Doch in dem Wagen fühlte sie sich sicher. Er war bequem und ein gutes Fabrikat, der einzige Luxus, der ihr in diesen mageren Zeiten geblieben war: ein Austin Burnham Saloon mit einem Armaturenbrett aus Rosenholz und roten Ledersitzen. Er hatte gute amerikanische Weißwandreifen und Chromräder mit Speichen. Vor vier Jahren hatte sie ihn bar bezahlt, denn sie war damals voller Zuversicht gewesen, dass weiterhin Geld eingehen würde. All die Geschäftsreisen mit Nathan. Allein das Pferd und der Reiter aus dem persischen Sumpfgebiet hätten für sieben oder acht solcher Wagen gereicht.

Ein kalter, klarer Novembertag; die Sonne stand tief, ein heller Glanz lag über der Bucht von Fundy, nur unterbrochen von der langen, schmalen Landzunge Digby Neck. Es war fast elf Uhr, als sie in der Ferne den ersten Schimmer des hohen Kirchturms ausmachen konnte, das silbrige Schieferdach, von der Sonne beschienen.

Sie hielt auf dem Parkplatz und ging dann in die Stadt, über Kopfsteinpflaster und unbefestigte Straßen mit gefrorenen Hufeisenabdrücken und Wagenspuren. Mehrfach blieb sie stehen und bewunderte die alten Häuser aus behauenem Naturstein und Holz; in einige der Fachwerkgiebel hatte man vor zwei Jahrhunderten die Jahreszahlen geschnitzt. Sie sah das Hotel, das Madame Cabayé erwähnt hatte, ein großes Gebäude am Hauptplatz mit einer himmelblauen Sonnenuhr mit schwarzen römischen Ziffern an der Front über dem gemalten Namen: HOTEL YAMOUSSOUKE.

Als sie zur Kirche kam, blieb sie am westlichen Eingang stehen und betrachtete die Details über dem Portal, die Wasserspeier an den Regenrinnen. Sie trat ein. Durch eine Reihe von Fenstern fiel Sonnenlicht in bunten Streifen auf Kirchenbänke aus Holz, und zwischen den Fenstern hingen Gemälde mit den Stationen des Kreuzwegs. Die Bilder waren dunkel, fast so dunkel wie die Holzleisten, die sie einrahmten.

Geradeaus, etwas abseits der Vierung, stand ein Flügel, und selbst aus dieser Entfernung konnte sie erkennen, dass es ein Molnar war. Sie ging darauf zu und wunderte sich über diese merkwürdigen Zufälle: zuerst Madame Cabayé, die sie nach Saint Homais schickte, dann der Hund, der wie Jack aussah, und jetzt auch noch ein Molnar, der sie an diesem Ort aus Stein erwartete.

Die Tastenklappe war geöffnet, ebenso der Deckel. Sie trat näher und suchte auf der Raste nach dem Meisterstempel. Da war er: grüne Tinte, verblichen, aber noch lesbar. Die Initialen B. R. in einem kleinen Oval.

Morris, der Küster, betrachtete sie aus dem Halbdunkel beim Seitenaltar, und keine Stunde später erzählte er den Leuten, dass ihm irgendetwas an ihr ungewöhnlich vorgekommen war. Er hatte beobachtet, wie sie zu dem Flügel ging, sagte er, sie war keine junge Frau mehr, aber mit ihrem Stadtmantel und ihrem Hut sah sie immer noch gut aus. Sie erforschte den Flügel, dann öffnete sie einige Knöpfe an ihrem Mantel und setzte sich auf die Klavierbank, hielt die Finger über die Tasten, ohne sie zu berühren, und einen langen Moment schien sie wie von einem Fluch heimgesucht. Sie wirkte plötzlich gezeichnet und um Jahre gealtert, und als sie aufstand und die Tastenklappe schloss und dann wegging, bemerkte er, dass sie hinkte.

Er sagte, zuvor sei ihm das nicht aufgefallen, aber nun bestand kein Zweifel. Plötzlich hatte sie eine Düsternis umgeben. Wie eine große Trauer.

Sie erfuhr all das später von Mildred Yamoussouke, denn Mildred hielt sich gerade in der Hotelküche auf, als Morris einem Hausmädchen die Geschichte erzählte. Er wollte das Mittagessen für den Pfarrer abholen, und Mildred streckte schnell die Hand aus und schloss die Tür.

»Sprich leise, Morris«, sagte sie. »Sie ist gerade im Speisesaal.«

»Sie kommt aus Quebec«, flüsterte er. »Das steht auf dem Nummernschild.«

»Pst!«, sagte Mildred. »Sei still und mach dich auf den Weg, sonst wird Father Williams Essen noch kalt.«

Am Nachmittag sah Morris sie wieder in der Kirche. Sie stand vor der Anschlagtafel, und als er zu ihr trat und fragte, ob er ihr irgendwie behilflich sein könne, deutete sie auf den Zettel, mit dem Father William nach einem erfahrenen Pianisten suchte, der bei der Kirchenmusik aushalf, solange die Orgel nicht bespielbar war.

»Ist er der Pfarrer?«, fragte sie.

»Ja, das ist er.«

»Denken Sie, ich könnte mit ihm sprechen?«

»Warum nicht. Er ist gerade in der Sakristei. Ich zeige Ihnen den Weg.«

Morris gefiel es, wie sie lächelte und wie sie sich bedankte. Er führte sie durch das Kirchenschiff, durch den Altarraum und um den Altar herum zu den hinteren Räumlichkeiten, und als sich die Tür hinter ihr geschlossen hatte, lauschte er, während sie eine Weile miteinander sprachen, der Priester, der Fragen stellte, und sie, die Antworten gab.

Schließlich ging Morris wieder seiner Arbeit nach, und wenig später sah er, dass Father William ihr den Flügel zeigte. Sie hielt ihren Mantel und ihren Hut in den Händen und legte sie in einer der vorderen Bankreihen ab. Sie trug ihr Haar hochgesteckt. Es war hauptsächlich schwarz, mit einigen grauen Strähnen. Sie drehte einige Male die Kurbel der Klavierbank, um die Höhe anzupassen, und dann nahm sie Platz. Der Pfarrer setzte sich eine Reihe dahinter.

Morris stand auf einer Stehleiter am Nordfenster. Er hatte etwas an der Bleifassung repariert, und als sie zu spielen begann, löschte er die Lötlampe, stellte sie auf dem Sims ab und hörte zu.

Er fand, dass sie sehr gut spielte, und dann konnte Morris aus der Art und Weise, wie Father William sich zurücklehnte und entspannte, schließen, dass sie die Prüfung soeben bestanden hatte.

Danach ging sie ins Hotel zurück und fragte nach einem ruhigen Zimmer. Die Hotelbesitzerin händigte ihr den Schlüssel für die 308 aus und lächelte ihr zu.

»Oberstes Stockwerk, ganz hinten. Nur Koniferen und der Ozean. Ich heiße Mildred. Wenn Sie irgendetwas benötigen, sagen Sie einfach Bescheid.«

»Danke. Madame Cabayé in Montreal hat mir von Ihnen erzählt. Und von diesem Hotel.«

»Unsere Sidonie? Sie kennen sie!«

»Ja. Ich war einige Male in der Pension.«

»Sie haben hier geheiratet, aber dann sind sie weggezogen.«

»Das hat sie mir erzählt. Ihr Mann arbeitet bei der Bank, bei der Filiale in Sherbrooke. Er ist stellvertretender Geschäftsführer, und sie kümmert sich um die Pension.« Sie hielt den Schlüssel hoch. »Wir können später reden.«

Oben auf dem Zimmer klopfte sie prüfend aufs Bett und sah sich um; der Kleiderschrank und der grau-blau bemalte Nachttisch mit Wolken und Sonnenblumen im französischen Landhausstil, das Badezimmer hinter der offenen Tür, der Blick aus dem Fenster. Die Ruhe.

»Es ist wunderschön«, sagte sie auf dem Weg nach unten zu Mildred. »Danke. Ich nehme es. Ich heiße Hélène Giroux. Könnte mir bitte jemand mein Gepäck aus dem Wagen bringen? Für den Truhenkoffer auf dem Rücksitz benötige ich Hilfe.«

»Aber sicher«, sagte Mildred. »Wir holen ihn gleich.«

Abends um sieben saß sie wieder am Flügel, beim Trauergottesdienst für drei Fischer.

Mildred hatte gesagt, dass wirklich jeder Bewohner der Stadt die Männer gekannt hatte und dass sich die Kirche füllen würde. So war es auch. Wenn sie sich nach rechts wandte, konnte sie die voll besetzten Kirchenbänke und Gänge sehen, und alle Leute starrten sie an, dann tuschelten sie miteinander und sahen wieder zu ihr. Offensichtlich fragten sie sich, wer sie war. Mildred hatte auch das prophezeit. Nun saß Mildred in der dritten Reihe in der Mitte, neben ihren vier Hotelangestellten.

Oben auf der Kanzel sprach Father William über die toten Männer und den Verlust für ihre Familien und für die Gemeinde.

Sie saß auf der Klavierbank, wartete, rieb ihre Hände und hielt sie auf ihrem Schoß warm.

Dann kam der Pfarrer die Wendeltreppe herunter, er sah zu ihr und nickte, und dann setzte sie sich aufrecht hin und begann zu spielen.

Zwei

In der Nacht hatte sie einen dieser Träume. Sie hörte, wie Nathan ihren Namen rief, aber sie konnte ihn nicht sehen. Seine Stimme kam von einem Ort, der nur aus Dunkelheit und Blut im Schnee bestand, und als sie antwortete, gefror ihr Atem in der Luft, und ihre Worte fielen zu Boden und zerbrachen in Stücke. Dies war einer der drei oder vier Träume, die sich seit dem Unfall wiederholten: die Höhle des Schreckens, alles nur schemenhaft, Bewegungen und Gerüche und Bitten, die ihr mit jedem neuerlichen Traum wieder das Herz zerrissen, auch wenn sie das Ende sehr wohl kannte. Egal wie oft sie auch in ihren Träumen versuchte, es zu ändern, es gelang ihr nicht. Es traf sie unbarmherzig, wie Schläge ein verängstigtes Kind, und sie wachte nur selten auf, bevor es geschah. Doch in dieser Nacht war es anders. Mit einem Schrei schrak sie auf und lag da, den Blick an die Decke gerichtet, mit pochendem Herzen, und sie setzte sich aufrecht hin und sah sich um; schon wieder in einem anderen Zimmer, schon wieder in einer anderen Stadt.

Mattes silbriges Licht, Möbel, die sie nicht kannte.

Sie stieß die Bettdecken beiseite und kletterte aus dem Bett, sie taumelte zum Fenster, barfuß auf den Holzbohlen. Sie stemmte das Schiebefenster hoch, sog die kalte Luft ein. Draußen das matteste Licht. Ein Bilderbuchhimmel voller Sterne, die durch den Hochnebel schimmerten. Nach einer Weile beruhigte sich ihr Herz, und sie konnte den Ozean hören und den Wind in den Bäumen, und der Traum ließ langsam von ihr ab.

Sie setzte sich auf den Stuhl, griff nach ihren Stiefeln und zog sie an. Der rechte Stiefel, die stetige, andauernde Erinnerung. Sie band die Schnürsenkel, und dann ging sie mit dem Hut auf dem Kopf und dem Mantel über ihrem Nachthemd zum Treppenabsatz hinaus und die Stufen hinunter. In dem fahlen weißen Licht des Himmels und dem milden gelben Schein der Straßenlaternen ging sie über den Platz zur Kirche, und am Seiteneingang zückte sie den Schlüssel, den ihr der Pfarrer ausgehändigt hatte. Sie trat ein. So ruhig und dunkel war es zu dieser Stunde. Das Ewige Licht am Altar und die Fenster zur Straße, die einzigen kargen Lichtquellen.

Sie ging zu einer der vorderen Kirchenbänke und setzte sich, die Hände in den Manteltaschen. Sie betrachtete den Flügel, seine edle Form, die klassischen Beine und die filigrane Deckelstütze. Vor ihrem geistigen Auge sah sie jedes Einzelteil, die Bestandteile des Korpus', die noch unbearbeitet aus der Fräserei kamen, die Tastatur und ihre Nervenenden, den edlen Resonanzboden mit dem Steg. Die Gusseisenplatte, die so schwer war, dass zwei Männer nötig waren, um sie anzuheben, und vier, um sie in ihre Verankerungen zu fügen.

Sie stand auf und ging zu der Stelle in der steinernen Vierung, an der ihrer Meinung nach der Flügel stehen sollte. Dann sah sie auf und klatschte in die Hände und lauschte. Sie ging sechs Schritte nach links, etwas näher zur Wand und klatschte noch einmal in die Hände.

Auf dem Rückweg zum Hotel sah sie nach ihrem Auto. Alles war in Ordnung. Auf den Scheiben lag Reif. Sie strich über den Kotflügel und ging weiter. Oben auf dem Zimmer zog sie den Mantel und die Stiefel und den Hut aus und kroch ins Bett zurück.

Wenige Stunden später saß sie im Speisesaal und frühstückte. Mildred kam mit einem Becher Kaffee in der Hand aus der Küche und stellte sich neben ihren Tisch.

»Etwas dagegen, wenn ich Ihnen Gesellschaft leiste?«

»Keineswegs. Bitte.«

»Gestern Abend, das war so gut. Ehrlich. Ich singe im Chor, also verstehe ich ein wenig davon. Wir alle kennen die *Navy Hymn*, selbstverständlich, aber wir haben sie noch nie *so* gehört. Nicht als einfache Melodie gespielt, sondern wie eine lange Ballade, die einen mitreißt und anrührt, als würde derjenige, der sie spielt, einen wirklich verstehen. Das empfand ich zumindest. So erging es mir. So schön. Haben Sie einfach nur improvisiert?«

»Ja.«

»Und das andere Stück, was war das?«

»Das war aus dem *Requiem* von Brahms. Father William hat mir die Auswahl überlassen.«

»Das war auch schön. Aber was Sie aus der *Navy Hymn* gemacht haben ... Ich habe das Bedürfnis, Ihnen zu danken. Wirklich. *Danke*.«

Mildred sah plötzlich verlegen aus, und sie griff zum Kaffeebecher, um die Situation zu überspielen, und trank einen Schluck.

Es entstand eine Pause, und dann sagte Mildred: »Fast hätte ich es vergessen. Morris, das ist der Küster, er war hier, bevor Sie nach unten gekommen sind. Ich soll Ihnen ausrichten, dass Father William Sie einlädt, bei der Beerdigung dabei zu sein. Wenn Sie möchten, können Sie mich begleiten, und ich erzähle Ihnen ein bisschen über den Ort.«

Die Beerdigung fand um zehn Uhr statt. Als sie über den Platz zur Kirche gingen, fielen ihr Mildreds Schuhe auf, die guten

Nähte und das geschmeidige Leder. Sie sprach ihre Gedanken aus, und Mildred berichtete ihr, dass ein Mann aus dem Ort sie angefertigt hatte. Dann standen sie im matten Sonnenlicht, und immer mehr Menschen kamen, alle schwarz gekleidet: Männer, Frauen und Kinder. Die Jungen hatten ihre Haare mit Wasser gekämmt, und ihre Ohren leuchteten rot vor Kälte. Die Mädchen hatten frische Ringellöckchen, und einige von ihnen trugen Kränze im Haar, mit kleinen weißen Blüten aus Papier. Mildred sagte, später würden sie diese im Hafen ins Wasser werfen, damit sie davontrieben und den Seelen der beiden ertrunkenen Männer Trost spendeten. Die Küstenwache hatte die Suche vor ein paar Tagen aufgegeben und sie offiziell für auf See vermisst erklärt.

»Das sind sehr alte Worte«, sagte Mildred. »›Auf See vermisst‹. Alt und viel zu vertraut. Ich sollte es wissen.«

Der gehobelte Kiefernsarg ruhte in der Sonne auf einem Gerüst, und nachdem der Pfarrer ihn gesegnet hatte, schulterten ihn fünf Fischer und ein uniformierter Polizist der Royal Canadian Mounted Police und trugen ihn den Hügel hinauf zum Friedhof. Die Witwen und Mütter gingen hinter den Ministranten, die das Kreuz trugen, während Father William in seinem weißen Chorhemd das Weihrauchgefäß schwenkte. Weihrauch hing in Schwaden in der Luft zwischen der Trauergemeinde. Einige weinten. Im Schatten war das Gras noch gefroren. Raureif umschloss den Drahtzaun und die alten Kreuze aus behauenem Stein. Madame Cabayé hatte ihr von dem historischen Friedhof erzählt. Vor allem Akadier lägen dort, hatte sie gesagt. Leute, die man deportiert oder vertrieben hatte. Viele waren in den Süden nach Louisiana gezogen, als es noch französisch war, und dann, Jahre später, zurückgekommen. Sie hatten den britischen Treueschwur geleistet, sich hier angesiedelt und waren schließlich hier gestorben. Und heute kamen drei weitere

Kreuze hinzu: zwei provisorische aus alten Brettern an der Gedenkstätte und eines am offenen Grab.

Als der Sarg auf den beiden Planken über der Grube ruhte, überließ der Pfarrer dem Ministranten die Ketten des Weihrauchgefäßes, faltete die Hände und sah zum Himmel auf. Sie standen eine Weile in vollkommener Stille da, und dann sprach Father William die Worte aus der *Navy Hymn*, mit einer so lauten Stimme, dass alle vom Sarg zu ihrem jungen Pfarrer aufsahen:

Most Holy Spirit! Who didst brood
Upon the chaos dark and rude,
And bid its angry tumult cease,
And give, for wild confusion, peace;
Oh, hear us when we cry to Thee,
For those in peril on the sea!

Später sah Father William sie an der offenen Tür der Sakristei vorbeigehen und rief ihr hinterher: »Mrs. Giroux! Auf ein Wort, wenn Sie gestatten!«

Er stand auf und setzte sich erst, als sie hereingekommen war. »Sie haben gestern Abend sehr gut gespielt. Danke. Viele haben mich darauf angesprochen. Die Leute, die früher im Chor gesungen haben.«

»Die Akustik in der Kirche ist gut, Father. Alles aus Stein und gerade ausreichend Holz, um den Klang zu dämpfen. Ich würde gern vorschlagen, den Flügel ein wenig zu verrücken. Etwas näher zu der Wölbung in der Holzwand. Dort wird er noch besser klingen.«

»Wenn Sie das sagen. Morris kann das machen. Der Flügel steht auf Rollen, und an der Stelle ist wirklich ausreichend Platz.

Ich weiß nicht, wann die Orgel repariert sein wird. Eine alte McAllister. Die Einzelteile wurden eigens angefertigt und kamen dann aus Boston, vielleicht sogar aus Edinburgh. Das ist teuer, und diese Kirche ist genauso arm wie alles an der Côte Acadienne und in ganz Nova Scotia. Die Lage war schlimm hier in den Jahren 27 und 28, wenn auch nicht so schlimm wie in Ontario, dort waren sie ja von der Industrie abhängig. Und dann noch der Börsen-Crash. Aber die Bewohner von Saint Homais hatten nie viel Geld für Investitionen, und jetzt haben wir nur noch die Fischerei und die Landwirtschaft. Unsere Nahrungsmittel bauen wir selbst an oder bekommen sie aus dem Annapolis Valley. Der Boden dort ist gut, und es gibt Wasser. Wir können uns glücklich schätzen.«

»Ja. Aber nun zur Orgel, Father. Die alten McAllister-Orgeln haben großartige Bronzepfeifen, aber die Mechanik ist etwas anfällig. Ich weiß das, denn wir haben früher Verbindungsstücke dafür hergestellt. Bei Ihrer Orgel sind einige Teile gewiss schon mehr als einmal ersetzt worden.«

»Ja, das stimmt, das steht so im Protokoll. Aber es wird immer teurer. David Chandler meint, er könnte versuchen, die Teile in seiner Modelltischlerei anzufertigen. Er meint, für die Blasebälge könnten wir schweres Segeltuch verwenden. David ist ein guter Handwerker. Kennen Sie ihn?«

»Nein. Noch nicht. Aber ich habe schon von ihm gehört. Er stellt auch Lederwaren her, hat man mir gesagt.«

»Ja, das stimmt.«

Father William trug eine schwarze Soutane, den römischen Kragen offen und die Ärmel bis zu den Ellbogen hochgekrempelt. Er hatte kurz geschorene rötliche Haare, struppige rote Augenbrauen, und seine hellgrauen Augen strahlten die Hoffnung und die Zuversicht eines jungen Mannes aus. Vermutlich war er noch keine dreißig Jahre alt, so jung, dass er ihr Sohn hätte sein können. Er saß da und betrachtete sie, er nahm sich Zeit, die gefalteten Hände auf dem Tisch. Schließlich sagte er: »Haben Ihnen Sidonie oder Mildred irgendetwas über uns hier erzählt?«

»Ja, ein wenig.«

»Saint Homais war natürlich rein französisch, so wie die anderen Gemeinden an der Côte Acadienne, der ganze Küstenbogen von Yarmouth bis Port L'Hebert und Port Joli, und sogar noch weiter. Inzwischen sind nur noch etwa sechzig Prozent Franzosen, aber viele von ihnen stammen ursprünglich von hier, wie die Chouinards und die Cabayés und die Bissonnettes. Das sind die Familiennamen, die auf einigen der ältesten Grabsteine auf dem Hügel stehen, und darauf ist man stolz. Aber viele hier sind auch nicht französisch, Mildred beispielsweise, und viele sind Zugereiste so wie ich oder David Chandler. Der ist übrigens Amerikaner. Unsere Gemeinde ist sehr geschlossen, sie ist wie eine große und manchmal etwas zanksüchtige Familie. Sehen Sie, seit der Beerdigung fragen mich die Leute, wer Sie sind und was Sie hierher verschlagen hat und ob Sie hierbleiben werden.«

»Nun, ich hoffe es. Aber da Sie gerade von Ihrer Gemeinde sprechen, sollte ich Ihnen etwas sagen. In meiner Familie waren wir nicht gerade regelmäßige Kirchgänger. Erst recht nicht, nachdem das Kolonialamt den Missionaren die Schuld am Tod meines Vaters gegeben hat. Ich glaube, meine Mutter hat danach nie wieder einen Fuß in eine Kirche gesetzt.«

»Ihr Vater war Missionar?«

»Nein, er war Ingenieur. Er hat vor allem in Französisch-Westafrika gearbeitet.«

»Verstehe. Aber Sie beherrschen das gesamte Repertoire der Kirchenmusik? Das achtzehnte und das neunzehnte Jahrhundert?«

»Ja, natürlich. Das ist die tiefgründigste Musik, die wir haben. Sie haben mich doch den Brahms spielen gehört.«

»Ja, das habe ich. Das war gut. Und zum Thema *regelmäßige* Kirchgänger, wie Sie das bezeichnen, kann ich Ihnen versichern, dass Sie nicht die Einzige im Ort und sogar in der Gemeinde sind, die nicht engagiert ist.«

»Nicht engagiert?«

»Ja, was Ihren Glauben betrifft. Ich habe Verständnis dafür, und ich habe auch nichts dagegen. Nun, einerseits schon und andererseits nicht, schließlich besteht immer Hoffnung. Allerdings habe ich durchaus etwas dagegen, wenn diese Leute sich als Freidenker bezeichnen, denn mit Denken hat das nichts zu tun. Die wirklichen Freidenker besaßen tatsächlich die Gabe, geradlinig denken zu können. Kierkegaard, Nietzsche, Martin Buber, der noch lebt und für die Kirche immer noch einen spitzen Stachel darstellt. Wir haben im Priesterseminar ihre Schriften studiert.«

Er hielt inne und betrachtete seine Hände auf dem Tisch. Dann sah er wieder auf. »Diese Kirche war einmal eine Kathedrale«, sagte er. »Wissen Sie, was das ist?«

Sie spürte, dass sie rot wurde. »Eine Kathedrale. Nun, ja. *So* viel weiß ich schon, Father. Das ist die wichtigste Kirche in einer Diözese. Oder der Sitz des Bischofs. Gibt es hier einen Bischof?«

»Nein, nicht mehr. Aber diese Kirche ist immer noch das Herz unserer Gemeinde, und sie hat eine lange Geschichte. Sie wurde vor zweihundert Jahren zur Kathedrale geweiht, bevor die Grenzen der Diözese neu gezogen wurden. Sie wird immer eine Kathedrale im Geiste sein, wenn auch nicht in der Praxis. Sie entstand damals dank des Einsatzes der Gemeinde. Die Bewohner haben mitgeholfen, und ein Baumeister, ein französischer Architekt, hat sie angeleitet. Bei den Bauarbeiten sind zwei Männer zu Tode gekommen. Sie sind oben auf dem Hügel begraben.«

»Sie ist sehr schön«, sagte sie. »All die Steine und das von Hand bearbeitete Gebälk und die Holzdecken. Diese Tischlerarbeit, wie bei einem Schiffsrumpf.«

»Ja, sie ist wirklich schön. Mrs. Giroux, ich sage es ganz offen. Es geht nicht nur um die Orgel ... Es geht auch um den Chor. Ich glaube, ich habe das bei unserem ersten Gespräch nicht erwähnt, bevor Sie vorgespielt haben. Ich benötige auch noch Hilfe, um den Chor wiederaufzubauen, aber ich wollte Sie zuerst spielen lassen. Jetzt weiß ich, dass die Leute Sie akzeptieren werden. Einige haben mich bereits darauf angesprochen.«

»Ja. Ich würde mich freuen, Sie dabei zu unterstützen. Sehr sogar. Was ist mit dem Chor passiert?«

»Das Übliche. Eifersüchteleien und Streitereien, gleich nachdem Adelaide vor ein paar Monaten gestorben ist. Sie war unsere Organistin und Chorleiterin. Wir haben seither immer nur improvisiert, aber das funktioniert nicht so gut. Eine Kirchengemeinde braucht gute Musik. Sie führt die Menschen zusammen.«

»Ich würde Ihnen gern helfen, Father. Danke, dass Sie mich gefragt haben.«

»Gut. Sehr gut.« Er stand auf. »Begleiten Sie mich doch einen Moment ins Büro. Die Heizung dort ist kaputt, und wir benutzen den Raum nur zum Telefonieren und für die Akten. Ich gebe Ihnen die Chorliste.«

Er geleitete sie durch den Flur ins Büro und schloss hinter ihr die Tür. Er ging zu dem Aktenschrank und zog eine Schublade heraus, aber dann hielt er einen Moment inne.

Er drehte sich zu ihr um. »Mrs. Giroux, entschuldigen Sie bitte. Gibt es vielleicht etwas, was ich über Sie wissen sollte?

Bevor wir fortfahren? Irgendetwas, was Sie davon abhalten könnte, für unsere Kirche tätig zu werden?«

»Ich denke nicht, Father. Nur das, was ich Ihnen erzählt habe.«

»Also nichts? In Ordnung. Sehr gut.«

Er drehte sich wieder um und zog einen Ordner hervor. »Das ist die Liste mit den ehemaligen Chormitgliedern. Vielleicht kann Mildred Ihnen helfen und Sie miteinander bekannt machen. Sie war ein aktives Chormitglied, und wenn sie nicht zu viel zu tun hat, nimmt sie sich bestimmt die Zeit dafür. Ein Rohdiamant, unsere Mildred. Eine Frau, die offen ihre Meinung sagt, aber ein wichtiger, starker und aufrichtiger Mensch in der Gemeinde, und mit einer guten Stimme, wie Sie noch hören werden.«

~

Auf ihrem Zimmer schloss sie die Tür hinter sich und legte sich aufs Bett, die Stiefel auf einem Handtuch. Sie konnte den Meereswind in den Bäumen hören. Sie setzte sich auf und löste die Schnürsenkel, Haken für Haken bis hinunter zu den Ösen. Dann zog sie die Stiefel aus und stellte sie auf den Fußboden und legte sich wieder hin, diesmal mit den Füßen unter dem Handtuch.

Das Zimmer war sauber und schlicht, und ihre Habseligkeiten waren noch nicht ausgepackt, bis auf das Nachthemd und die Toilettenartikel und den Mantel. Zwei Hutschachteln, ein Koffer, ein Truhenkoffer aus Leder und Holz. Die Truhe stand mit aufgeklapptem Deckel an der Wand. Sie hängte jeden Abend die Kleidung vom Tag zum Lüften auf und nahm nur heraus, was sie am nächsten Tag anziehen würde. Morgens bürstete sie die Kleidungsstücke vom Vortag, faltete sie zusammen und packte sie weg.

Sie lag auf dem Bett, die Hände auf ihrem Bauch. Langgliedrige Hände, kräftige Pianistenfinger mit kurz geschnittenen Nägeln. Unter den Handgelenken konnte sie ihre Hüftknochen fühlen, sie lagen zu nah an der Oberfläche, denn in den letzten Jahren war sie dünner geworden; dünner und klüger, und in der Lage, vollkommene Einsamkeit auszuhalten. Sie lag ruhig da, mit geschlossenen Augen.

Seit dem Unfall hatte sie nicht mehr gut schlafen können. Nach dem Gefängnis und der Anstalt sollte sie eine braune Medizin einnehmen, die ihr ein Apotheker in Montreal gegeben hatte, aber sie hatte nicht gegen die Träume geholfen und nur dazu geführt, dass sie den ganzen nächsten Tag wackelig auf den Beinen war und immer mehr davon haben wollte. Mit aller Willenskraft hatte sie damit aufgehört. Sie hielt es für besser, sich den Träumen auszusetzen und ruhig in der Dunkelheit zu liegen und auf den Schlaf zu warten.

Sie stand auf und ging zum Fenster. Es war mitten in der Tide, ob die Flut gerade kam oder ging, konnte sie nicht feststellen. Sie sah das braune Ufer, den Seetang und gewaltige Felsen, die aus dem Wasser ragten.

Ein Segelboot umrundete in der Ferne eine Landzunge. Noch mehr Felsen und Koniferen, zwischen denen der Nebel hing.

Sie hörte die Kirchenglocke und zählte zwölf Schläge. Mitternacht. *Vielleicht ist es dieser Ort*, sagte sie zu sich selbst. *Saint Homais.*

Drei

In Lady Ashleys Wohnzimmer hatten sich neun Frauen und fünf Männer eingefunden, alle in gediegener Kleidung, die Frauen schön frisiert. Mildred machte sie miteinander bekannt. An einer Wand stand ein Klavier – ein Broadwood aus England mit einem Korpus aus Eiche –, und Lady Ashley bat sie, zu spielen, damit die Runde in Gang kam.

Sie setzte sich, hob die Klappe und wärmte sich mit ein paar Akkorden auf. Dann spielte sie einige Takte aus einem traditionellen kanadischen Weihnachtslied, dem *Huron Carol*. Nach ein paar Phrasierungen kehrte sie zum Liedanfang zurück, sah über ihre Schulter und forderte die Anwesenden mit einem Nicken auf, mitzusingen. Die meisten kannten das Lied, doch eine Stimme übertönte eindeutig die übrigen. Sie warf einen Blick über die Schulter und stellte fest, dass es Lady Ashley war. Sie spielte weiter, und als sie die linke Hand für einen Moment frei hatte, gab sie das Zeichen für *sotto voce*. Es klang noch nicht optimal.

Sie hörte auf und drehte sich um. »Ja, damit können wir arbeiten«, sagte sie.

Lady Ashley klingelte mit der Handglocke, und ein junges Hausmädchen in einem schwarzen Kleid mit weißer Schürze brachte aus der Küche Tee und Teller, auf denen kleine Sandwiches angerichtet waren.

Alle bedienten sich, und sie setzte sich auf das Sofa und beantwortete ihre Fragen. Sie sagte ihnen, dass sie aus der Großstadt, aus Montreal, habe wegziehen wollen, und zwar für eine ganze Weile. Ihr Ehemann sei im Krieg in Frankreich ums Leben gekommen. Danach habe sie in England gelebt und die letzten zwölf Jahre in Kanada. In Montreal war sie Madame Sidonie Cabayé begegnet, die ihr von der Côte Acadienne und von Saint Homais erzählt hatte.

Alle lächelten und nickten. Sie konnten sich gut an Sidonie erinnern. Sie erzählte ihnen noch mehr: Sie habe eine Tochter, die in Montreal zur Schule gegangen war und derzeit in London einen Radiologie-Kurs für examinierte Krankenschwestern besuchte.

»Claire ist fünfundzwanzig Jahre alt«, sagte sie.

Sie suchte in ihrer Handtasche nach der kleinen Ledermappe mit der Fotografie. Sie betrachteten sie und reichten sie herum und äußerten sich wohlwollend über die erwachsene Tochter, die noch dazu einen guten Beruf ausübte, und das in Zeiten, in denen selbst Männer kaum Arbeit fanden.

Plötzlich stand Lady Ashley auf und verließ mit entschiedenem Schritt das Wohnzimmer. Sir Anthony sei geschäftehalber in England, flüsterte jemand. Das ist er doch immer, flüsterte jemand anders.

In der Nacht fiel Schnee, und es schneite weiter bis zum nächsten Mittag. Der Schnee kam früh, sagten alle. Father William sah, wie sie sich mit dem Wagen abmühte, und er und der Küster kamen ihr mit Schaufeln zu Hilfe. Der Polizist sah sie im Vorbeifahren, parkte seinen Ford und schloss sich ihnen an.

Als sie die Räder vom Schnee befreit hatten, zog sie den Choke, trat mehrfach auf das Gaspedal und drückte den Startknopf. Der Motor stotterte zuerst, doch schließlich erwachte er zum Leben. Die Männer wedelten die Abgaswolken mit den Händen fort, stellten die Schaufeln ab und schoben den Wagen an. Endlich auf der Fahrbahn konnte sie im Rückspiegel einen Blick auf die Männer erhaschen. Der Küster und Father William gingen schon davon, doch der Polizist sah dem Wagen auf eine Art und Weise nach, die ihr nicht behagte. Die Straße war glatt, und sie musste vorsichtig fahren, und als sie noch einmal in den Rückspiegel blickte, hatte auch er sich abgewendet.

Der Schneepflug hatte ganze Arbeit geleistet, und sie konnte im zweiten Gang fahren, das abgetragene Paar Schuhe auf dem Beifahrersitz, an der Schule und am Sitz der landwirtschaftlichen Genossenschaft vorbei, dann am Hafenbecken und schließlich an einer Kiefernpflanzung, bis sie das Gebäude mit dem hohen Ziegelschornstein erreichte.

Im Büro fragte sie eine Angestellte, ob sie Mr. David Chandler sprechen könne.

»Sie sind die Klavierspielerin, Ma'am«, begrüßte die junge Frau sie erfreut. »Von der Beerdigung. Ich erkenne Sie wieder. Wenn Sie jemals …« Sie errötete und hielt inne.

Sie war sehr hübsch, doch irgendetwas war mit einer Gesichtshälfte nicht ganz stimmig.

»Wenn ich jemals was?«, fragte Hélène.

»Ach nichts, Ma'am. Gehen sie durch die Tür da und dann links, den gepflasterten Weg entlang, dann sehen Sie schon das Schild. Das ist Davids Werkstatt. Sie können ruhig hineingehen, aber am besten halten Sie sich die Ohren zu. Es ist höllisch laut mit all den kreischenden Maschinen, die er da drin laufen hat.«

Als sie die Werkstatt betrat, stand er an einer Schleifmaschine und hielt mit beiden Händen ein Werkstück gegen den Riemen. Der Staub, der dabei aufgewirbelt wurde, verschwand in einer Art Absaugmaschine, die ihrer Mutter womöglich das Leben gerettet hätte, wenn so etwas in der Molnar-Fabrik existiert hätte. Im ganzen Raum verteilt standen Zeichentische und

Maschinen und Werkbänke. Arbeitsgeräte hingen in den Halterungen von Werkzeugtafeln. In der Werkstatt roch es nach trockenem bearbeitetem Holz, und einen Moment lang fühlte sie sich um mindestens zwanzig Jahre zurückversetzt.

Sie ging zwischen ihm und dem Fenster hindurch, und er sah auf und nickte, arbeitete jedoch weiter. Nach einer Weile hielt er das Werkstück hoch und steckte es in einen Messschieber. Er schaltete die Schleifmaschine aus und dann die Absaugevorrichtung.

»Ganz schön früh, der Schnee«, sagte er. Er betrachtete sie in ihrem Stadtmantel und dem Hut und warf einen Blick auf die Schuhe in ihren Händen. »Wie kann ich Ihnen helfen, Ma'am?«

Sie sagte, sie sei neu in der Stadt und Mildred vom Hotel habe ihr gesagt, dass er ihre Lieblingsschuhe angefertigt habe.

»Ihre Lieblingsschuhe«, sagte er. »Freut mich zu hören.«

Sie sagte ihm, was sie sich wünschte, und er nahm die Schuhe an sich und drehte sie im Licht der Lampe über der Werkbank hin und her.

»Ja, das lässt sich machen«, sagte er. »Wenn Sie sich auf den Stuhl setzen und Ihre Stiefel ausziehen, kann ich für den Leisten Maß nehmen. Setzen Sie sich, ich wasche mir noch schnell die Hände.«

Er verschwand durch eine Tür am Ende des Raumes, und sie hörte Wasser rauschen. Als er zurückkam, stand sie immer noch.

»Könnten Sie das Maß nicht von den Schuhen nehmen, Mr. Chandler?«

»Von den Schuhen? Hm. An den Füßen ist es wirklich viel besser. Immer an den Füßen selbst, denn jeder Fuß ist ein kleines bisschen anders, und das ist entscheidend. Der Rist oder das Gewölbe, wie breit der Fuß wird, wenn wir ihn belasten.

Damit der Schuh anständig passt, macht man das so.« Er hielt ihren rechten Schuh ins Licht und betastete sein Inneres.

»Und in diesem Fall erst recht«, sagte er.

Sie setzte sich auf eine Bank.

»Ma'am?«

»Ja, Mr. Chandler. Bitte geben Sie mir einen Moment Zeit.« Sie sah sich um. »Ich habe den Großteil meiner Jugend an so einem Ort verbracht. Er war viel größer, und es gab viel mehr Arbeitsplätze, aber der Geruch nach Holz war gleich, und das Werkzeug ähnlich. Meine Mutter hat eine Pianofabrik geerbt, und sie hat mir das Geschäft beigebracht. Nach ihrem Tod habe ich die Fabrik so lange weitergeführt, wie es ging. Aber mit dem Krieg war alles zu Ende.«

Er blieb stehen und hörte ihr zu. Anscheinend wartete er darauf, dass sie auf einen bestimmten Punkt zu sprechen kam.

»Interessant«, sagte er schließlich. »Und wo war das?«

»In einer Stadt im Norden Frankreichs. Unsere Marke hieß Molnar. Wir haben viele Klaviere nach Nordamerika verschickt.«

»Molnar-Klaviere?«

»Ja. Der Flügel in Ihrer Kirche ist von Molnar. Ich habe am Abend vor der Beerdigung darauf gespielt.«

»Das waren Sie? Ich war nicht dabei, aber ich habe davon gehört.«

Sie lächelte. »Mr. Chandler«, sagte sie. »Die Sache mit dem Schuh ist mein Geheimnis.«

»Ja, Ma'am. Ihr Geheimnis ist bei mir gut aufgehoben.«

»Danke. Außer einem Ersatz für dieses hier benötige ich noch zwei Paar Schuhe für drinnen. Ein elegantes Paar mit einem sehr niedrigen, fast flachen Absatz zum Klavierspielen und ein weiteres Paar mit einem etwas höheren Absatz für andere Anlässe. Aber alle in Schwarz. Könnten Sie das machen?«

»Sobald ich einen Leisten habe, kann ich für Sie jeden Schuh anfertigen, den Sie möchten. Stiefeletten, Halbschuhe. Auch mit Absatz, natürlich.«

Er stand da und wartete. Sie spürte eine beständige Liebenswürdigkeit, die von ihm ausging, eine Höflichkeit und Geduld, die ihren Sorgen Raum ließ, aber auch professionelle Hilfe bot.

»Mr. Chandler«, sagte sie. »Können Sie mir irgendwann einmal zeigen, wie diese Absaugevorrichtung funktioniert? Wo landet der Staub?«

»Hm. Er gelangt in einen Sack aus Segeltuch im Keller, genau hier drunter.« Er tippte mit einem Fuß auf den Fußboden. »Ich lasse den Sack etwa einmal im Monat leeren. Ich habe noch eine andere Werkstatt, für die Lederarbeiten, falls Sie sich wundern sollten. Diese hier ist für Modellbau und die Holzarbeiten.«

»Interessant«, sagte sie.

Sie nahm ihren Hut ab und legte ihn neben sich auf die Bank, und als sie es nicht länger hinauszögern konnte, stellte sie ihren linken Fuß auf den Holzhocker, lehnte sich vor und löste die Schnürsenkel.

Vier

Die letzte Fotografie ihres Vaters war aus Westafrika gekommen. Sein Gesicht war von der Sonne gebräunt, es hatte kaum Falten, außer über den Augenbrauen und um die Mundwinkel. Seine Lachfalten, sagte Mutter dazu. Auf dem Bild trug er ein Tropenhemd mit hochgekrempelten Ärmeln, und er hielt den langen Holzflügel einer Windmühle in der Hand, die er für die Wasser- und Elektrizitätsgewinnung in den Kolonien entworfen und installiert hatte. Das Hauptgebäude von Habitation Midi, mit fünf lächelnden Schwarzen auf der Veranda, bildete den Hintergrund.

Als der Brief mit der Fotografie eingetroffen war, hatte sie sie im Schein der Tischlampe betrachtet und sich vorgestellt, wie er mit den Menschen hinter sich redete und mit ihnen spaßte. Sie hatte sich vorgestellt, dass allen zum Lachen zumute war und sie ihm für seine Windmühlen und für seine Wasserpumpen dankbar waren. Diese und andere Menschen an jenen entlegenen Orten sahen ihn viel öfter als sie selbst, und sie hatte diese Menschen beneidet.

An dem Tag, an dem die Nachricht in Montmagny eintraf, befand sie sich gerade im Hof und half den Arbeitern, das getrocknete Holz auf den Karren zu laden, mit dem es zur Fräserei transportiert werden sollte. Es war Sommer, und sie trug ihr blassgrün bedrucktes Kleid und wegen der Späne lange Arbeitshandschuhe aus Leder.

Ein schwarzes Auto kam, der Fahrer hielt mitten im Fabrikhof und stellte den Motor ab. Sie sah, wie der Beifahrer ausstieg und seinen Hut aufsetzte und seine Weste glatt strich.

»Wo finde ich Madame Bouchardon?«, fragte er, an niemand Bestimmten gerichtet, und sie drehte sich um und zeigte zu der Holztür auf der anderen Seite des Hofes.

Der Mann ging dorthin, und bevor er an die Tür klopfte, nahm er den Hut ab und drückte ihn merkwürdig fest an seinen Brustkorb, so als hielte er darin einen Vogel gefangen. Er zog die Tür hinter sich zu, und binnen Sekunden hörte sie ihre Mutter. Der erste Schrei war so laut, dass alle Enten am Mühlenteich aufstoben.

Mutters ältere Cousine, Juliette, kam herüber, und während Mutter ruhte, nachdem ihr Dr. Menasse ein Nervenmittel verabreicht hatte, berichtete Juliette Hélène, dass man ihren Vater in Afrika ermordet hatte, an der Elfenbeinküste. Es hatte Ärger gegeben, habe der Mann vom Kolonialamt gesagt, irgendein Stammesaufstand wegen der Zehntabgabe, die die Missionare einforderten. Die gesamte Anlage von Habitation Midi sei zerstört und jedes Lebewesen getötet worden. Sogar die Hunde.

Juliette hielt inne und tupfte ihre Augen trocken. Sie sagte: »Es tut mir leid, mein Schatz. Er war ein guter Mann, und er hat dich und deine Mutter sehr geliebt. Das darfst du niemals vergessen.«

»Die Missionare?«, fragte sie. »Aber warum? Hat ihnen denn jemand etwas getan?«

»Nein, niemand hat den Missionaren etwas getan, Hélène. Und auch dein Vater hat niemandem Schaden zugefügt.«

»Waren es die Leute auf der Veranda?«

»Was meinst du damit, mein Schatz?«

»Die auf der Veranda hinter ihm. Auf der Fotografie.«

»Ach die. Ich glaube nicht.«

»Er hat doch Windmühlen für sie gebaut.«

»Ich weiß.«

Es entstand eine lange Pause.

»Ich weiß, dass er oft weg gewesen ist«, sagte Juliette. »Aber nicht, weil er nicht bei dir oder bei deiner Mutter sein wollte. Es war wegen seiner Arbeit. Er wäre liebend gern mit euch zusammen gewesen. Er ist für dich ein guter Vater gewesen und für deine Mutter ein guter Ehemann, und er war ein erfolgreicher Ingenieur. Denk daran, wenn die Zeit vergeht. Lass dir von niemandem deine Erinnerungen nehmen. Das ist wichtig.«

Die Tatsache, dass ihr Vater tatsächlich tot war und niemals wiederkommen würde, nicht einmal für einen Besuch zwischen den verschiedenen Posten, drang lange Zeit nicht in ihr Bewusstsein. Nach der Nachricht aus Afrika gab es Nächte, in denen er ruhig an ihrem Bett saß oder in ihren Träumen zu ihr sprach, und dann fühlte sie sich sicher und konnte weiterschlafen. Morgens erzählte sie ihrer Mutter davon, und diese sah sie über den Frühstückstisch hinweg an, bleich und still, und sagte nichts.

Dr. Menasse sagte zu Juliette, Mutter sei erschöpft. Sie benötige Ruhe.

Hélène konnte das Gespräch durch die geschlossene Tür zur Bibliothek hören, denn sie stand auf der anderen Seite und presste ihr Ohr gegen ein Glas, das sie an das Holz hielt.

»Sie arbeitet viele Stunden am Tag, und sie hat ständig Sorgen«, sagte Juliette. »Es ist nicht nur der Tod ihres Ehemannes, es ist auch die Fabrik. Die Konkurrenz ist groß, und einige bauen außerordentlich gute Klaviere in modernen Fabriken. Sie hat kein Geld für eine Modernisierung, und selbst wenn, sie ist stur und macht alles, wie sie will. Die Qualität ist hervorragend, natürlich. Jeder sagt das, aber welchen Preis zahlt sie dafür?«

Es war in der Branche durchaus bekannt, dass Firmen wie Bechstein und Bösendorfer mithilfe moderner Maschinen alle neun Tage ein Klavier in den Verkauf bringen konnten. Die Molnar-Fabrik hingegen war immer noch vor allem von der Wasserkraft abhängig, und die Klaviere wurden von Hand gefertigt, im Großen und Ganzen wie seit ihren Anfängen in den 1850er-Jahren. Ein Konzertflügel von Molnar konnte vom Beginn bis zur Fertigstellung einen ganzen Monat in Anspruch nehmen, und ein Stutzflügel wurde auch nicht viel schneller fertig.

»Also«, sagte Dr. Menasse, »ich denke nicht, dass sie an einem schweren körperlichen Gebrechen leidet. Sie braucht für ihre Heilung nichts außer Ruhe und gutes Essen. Hier im Haus ist doch reichlich Platz, Juliette. Vielleicht könnten Sie einziehen und ihr zur Hand gehen. Sie gehören schließlich zur Familie.«

»Aber ich wohne gern im Gutshof, Charles. Ich habe lang gewartet, bis dort eine Wohnung frei wurde, und ich würde sie nur ungern aufgeben, noch dazu in meinem Alter.«

»Ich verstehe. Hm. Was soll ich sagen? Was ist mit Ihnen? Lassen Sie mich Ihre Augen ansehen und Ihren Puls fühlen.«

Für einen Moment war es in der Bibliothek still, und dann sagte Dr. Menasse: »Gut, gut.« Hélène hörte, wie an seinem Arztköfferchen das Schloss zuschnappte.

»Ich denke, ich könnte morgens vorbeikommen«, sagte Juliette dann. »Im Haushalt helfen. Sehen, dass es läuft.«

»Ja«, sagte Dr. Menasse. »Das könnten Sie versuchen.«

Kurz darauf präsentierte sich Nathan Homewood im Büro. Er sagte, er leite eine Exportagentur, die für Amerika und Kanada qualitativ hochwertige Instrumente suche.

»Darf ich?«, fragte er und zeigte auf einen Stuhl. »Ich will Ihnen einen interessanten Vorschlag unterbreiten.«

Er sagte, dass gerade ein Einkäufer einer bedeutenden Firma aus Boston in Paris weile und dass er diesen Mann gern für eine Präsentation hierherbringen würde. Der erste Auftrag würde gewiss mindestens zehn Klaviere umfassen. Er wiederholte die Zahl bedeutungsvoll. *Zehn Klaviere.* Als Kommission verlangte er fünfzig Prozent des Nettogewinns.

»Fünfzig Prozent?«, sagte Mutter zu ihr. »Ist er verrückt? Habe ich richtig gehört?«

»Ja, Maman. Vom Nettogewinn, nicht vom Bruttogewinn.«

»Das kann er doch nicht ernst meinen. Sag ihm, dass das nicht geht. Das ist lächerlich.«

»Madame«, sagte Nathan, »vielleicht ist mein Französisch nicht gerade perfekt, aber ich denke, Sie können mich durchaus auch ohne die Hilfe Ihrer bezaubernden Tochter verstehen. Ich stimme mit Ihnen dahingehend überein, dass unter normalen Bedingungen die Hälfte natürlich zu viel wäre, aber in diesem Fall erschließe ich für Sie einen sehr großen und attraktiven Markt. Der dann ganz Ihnen gehören wird.«

Mutter sagte, sie würde darüber nachdenken.

»Aber was gibt es da noch nachzudenken, Madame? Die Hälfte des Gewinns nach Abzug der Gemeinkosten und Spesen? Ich überlasse Ihnen die andere Hälfte ohne Abzüge. Ohne mich hätten Sie diesen Umsatz nicht. Noch einmal, was gibt es da noch zu überlegen? Sagen Sie es mir, und ich gehe Ihre Bedenken gemeinsam mit Ihnen durch.«

Hélène saß da und betrachtete den Mann: das Funkeln in seinen Augen, dieses amerikanische Selbstbewusstsein, das bei einem Franzosen peinlich gewirkt hätte. Aber zu Nathan passte es. Er war ein attraktiver Mann mit einem guten Haarschnitt, er trug einen schicken Anzug und polierte Schuhe, und seine ebenso entschiedene wie vernünftige Art zu sprechen flößte seinen Zuhörern Vertrauen ein. Sie war noch nie einem Menschen wie ihm begegnet. So draufgängerisch. So effizient.

»Ich bahne meine geschäftlichen Beziehungen mit größter Sorgfalt an«, erläuterte er ihr später einmal. »Sehr sorgfältig. Wenn mir jemand eine Abfuhr erteilt, kann das nur einen Grund haben. Er hat es nicht begriffen. Dann muss ich mich zurücknehmen und es noch besser erklären. So einfach ist das.«

Am jenem ersten Tag sagte er zu Mutter: »Madame, lassen Sie mich Ihnen sagen, mit so einem Geschäft legen Sie die Basis für zukünftige Geschäfte mit Nordamerika. Damit verbreitet sich der Name Molnar in den richtigen Kreisen, und jeder weitere Auftrag von dort wird an Sie gehen, zweifellos. Und das Ganze nur für den halben Gewinn des ersten Auftrages.«

»Warum gerade Molnar?«, fragte Mutter. »Ich kann mir vorstellen, dass Bechstein bereits eine Repräsentanz in Übersee hat, aber haben Sie schon mit Bösendorfer oder mit Gaveau gesprochen?«

»Natürlich. Wäre es Ihnen lieber, ich würde mit denen Geschäfte machen?«

»Nein. Aber warum gerade Molnar?«

»Weil ich sehr zu schätzen weiß, wie man in Musikkreisen über die Qualität Ihrer Klaviere spricht. Es heißt, sie seien außergewöhnlich. Außerdem bin ich mir einer Sache gewiss. Ihre Firma ist kleiner und steht unter Konkurrenzdruck, also müssen Sie sich mehr anstrengen als jede andere Firma. Habe ich recht, Madame?«

Als der Einkäufer aus Boston kam, führte ihn Mutter, eigens neu eingekleidet, zum Zuhörersessel im Ausstellungsraum, und Juliette servierte ihm Gebäck mit Nusscremefüllung und einen guten Calvados. Mutter nahm ihren Platz auf dem Sofa ein, und Nathan saß in einem Sessel und lehnte sich zurück. Sie selbst trug ein neues himmelblaues Kleid von Mouchaire, tief ausgeschnitten und von Juliette enger gemacht, damit es richtig saß. Sie hatte eine dünne Goldkette um den Hals und ihr Haar so gebürstet, dass es glänzte, und es mit Kämmen und einem blauen Band hochgesteckt. Sie trug auch neue Glacélederschuhe, deren Sohlen sie mit Schmirgelpapier aufgeraut hatte, für einen guten Griff auf den Pedalen.

Sie spielte den *Liebestraum* von Liszt, dann noch einen späten Schubert sowie Schumann und Mozart.

Damals erfasste sie bereits die Bedeutung der ersten Töne – die Macht des Wohlklanges, der mit Selbstbewusstsein erzeugt wird, mit all der Spannung, zu der Musik fähig ist. Sie führte ihm den Konzertflügel, den Stutzflügel und das Klavier mit all ihrem Können vor.

Der Einkäufer aus Amerika saß ruhig und aufmerksam da. Nach der Vorführung von jedem Modell verlagerte er das Gewicht in seinem Sessel und nickte zustimmend, und am Ende stand er auf und spendete Beifall.

»Bravo!«, sagte er. »Ja, wirklich. Großartig.«

Die erste Bestellung umfasste zwölf Klaviere, die nach Boston verschifft werden sollten, sowie sechs weitere für Toronto. Noch nie in der Geschichte von Molnar hatte es einen so umfangreichen Auftrag gegeben.

Fünf

Bis zum Mittag ihres sechsten Tages in Saint Homais hatte sie mit dem Chor schon zwei Mal geprobt. Der Flügel war etwas verstimmt, und an diesem Nachmittag nahm sie den 5/16"-Schraubenschlüssel, den sie von David Chandler geliehen hatte, und stimmte ihn. Vor dem Krieg hatten sie, wenn sie ein Molnar nach Amerika oder in eine englische Kolonie verschifften, stets einen Sechs-Millimeter-Stimmhammer mitgeschickt. Doch Morris hatte den Hammer, der zum Flügel gehörte, nicht auftreiben können, und so hatte sie David Chandler gebeten, für sie eine dünne Metallscheibe zuzuschneiden, die sie zusammen mit dem Schraubenschlüssel verwenden könnte. Sie begann mit der einzigen Stimmgabel, die sie selbst noch besaß, eine 440 Hz, und dann arbeitete sie sich mit Hilfe ihres Gehörs und ihrer Intuition die Saiten hinauf und hinunter.

Als sie fast fertig war, kam Mildred hinzu und setzte sich in die vorderste Kirchenbank. »Meine Güte, wie schaffen Sie das?«, fragte sie, als Hélène fertig war.

»Ich hatte zwei sehr gute Lehrer. Meine Mutter besaß das absolute Gehör, *l'oreille absolue*. Sie war deswegen eine sehr gute Klavierstimmerin, fast so gut wie diese Blinden. Vor allem zum Schluss, wenn es um die letzten winzigen Anpassungen der Saiten geht, um die Einstellung der Dämpfer, was manche auch Intonieren nennen. Ich habe von ihr gelernt und von unserem Meister. Er hat immer gesagt: ›Runde Schultern für die Töne, Mademoiselle. Perfekt in der Mitte, aber an den Seiten rund, niemals abrupt‹. Ach, wie oft hat er mich daran erinnert.«

Sie saßen nebeneinander in der Kirchenbank. Morris kam vorbei, nickte ihnen zu und ging weiter. Irgendwo wurde eine Tür geöffnet und wieder geschlossen.

»Mir ist vorhin Lady Ashley über den Weg gelaufen«, sagte Mildred. »Meine Güte, wie kann eine Frau nur so kompliziert sein?«

»Was ist passiert?«

»Sie sagt, dass sie vielleicht mit dem Chor aufhört.«

»Ja? Warum?«

»Ich glaube, sie hat gehofft, selbst den Chor zu leiten. Aber dann hat Father William Sie damit betraut. Das war richtig, auch wenn Sie nicht von hier sind, aber das passt ihr nicht.«

»Soll ich mit ihr reden?«

»Ich würde noch etwas warten, mal sehen, was sie vorhat. Ich weiß, dass es ihr nicht gefallen hat, wie Sie sie beim *Huron Carol* zum Schweigen gebracht haben. Aber sie und Adelaide sind auch nicht miteinander ausgekommen.«

»Ich habe sie nicht zum Schweigen gebracht, Mildred. Ich habe ihr nur das Zeichen für *sotto voce* gegeben. Das ist etwas anderes. Wenn sie in einem Chor singen will, muss sie sich daran gewöhnen, Anweisungen zu befolgen.«

»Ja. Ich weiß. Ich will nichts gesagt haben. Aber sie ist ehrgeizig. Wir alle wissen das.«

Eine Weile saßen sie nur da und schwiegen, und dann sagte Hélène: »Ich habe heute Morgen meine Tochter in London angerufen. Vielleicht kommt sie zu Weihnachten her. Sie bereitet sich gerade auf eine Prüfung vor.«

»Sie hat einen schönen Beruf«, sagte Mildred. »Krankenschwester. So etwas hätte ich auch gern gemacht. Aber dann habe ich meinen Mann kennengelernt, und der war Koch. Sie haben ihn nach Montreal auf eine Kochschule geschickt, und ich habe viel von ihm gelernt. Vor meiner Hochzeit war ich eine McTaft. Habe ich Ihnen das schon erzählt? Seine Mutter, die alte Madame Yamoussouke, hat ihm das Hotel vererbt. Es war ein wenig heruntergekommen, aber mit der guten Küche haben wir es weiterentwickelt. Haben uns einen Namen gemacht, und dann ist er mir einfach weggestorben. Als wir hier die Grippe hatten, nach dem Krieg. Er war erst sechsunddreißig.«

»Viel zu jung. Mein Beileid.«

Morris tauchte wieder im Altarraum auf. Er kam mit einem langen Staubwedel und fuhr damit über die Leuchten, die an den Querbalken hingen.

»Father William hat mir die kleine Wohnung oben im Kirchenanbau gezeigt«, sagte Hélène. »Ich denke, ich werde sie nehmen.«

»Das überrascht mich nicht. Wenn Sie hier bleiben wollen, brauchen Sie ein eigenes Zuhause. Früher hat sein Koch dort gewohnt, vor seiner Hochzeit. Es ist hübsch, wenn Ihnen die steile Treppe nichts ausmacht.«

»Ich werde mich daran gewöhnen. Außerdem gibt es einen Handlauf. Die Aussicht von da oben ist fantastisch. Zum Essen kann ich immer noch ins Hotel kommen.«

»Das hoffe ich! Wenn Sie möchten, können wir ein Konto einrichten, und Sie bezahlen nur einmal im Monat bei mir.«

~

Am Ende ihres ersten Jahres in der Volksschule fing der Meister an, ihr etwas über Klaviere beizubringen. Monsieur Bendix Raoul war kein Einheimischer, er stammte aus einer Region, die er »die Heimat der Hammerschmieden« nannte, eine Gegend in den französischen Alpen voller Täler mit Messerschmieden und Büchsenmachern und Werkzeugschlossern, wo eine Werkstatt neben der anderen stand, alle von der Wasserkraft des gleichen Flusses betrieben. Während seiner Wanderjahre war er weit herumgekommen und hatte sich in dem strengen Zunftwesen hochgearbeitet. Er hatte graues Haar und gepflegte Hände, und er trug stets einen verblichenen Arbeitskittel, in dessen Brusttasche die verstaubte Lesebrille steckte. Er ging alles mit Ruhe an, und von ihm lernte sie über die Jahre hinweg peu à peu den Umgang mit der Stimmgabel, dem Stimmhammer und mit der unfertigen Klaviatur. Wie man sorgfältig auf jedes einzelne der vielen beweglichen Einzelteile achtete und dann die Verbindung zwischen einer Taste und dem Hammer herstellte, der die Saiten anschlagen sollte. Sie beobachtete seine Finger, die die Tasten gleichermaßen entschlossen wie sanft berührten, seinen gesenkten, etwas zur Seite geneigten Kopf. Er schlug eine Taste fünf-, sechsmal an, und dann noch ein einziges Mal, und schon wusste er, wie er eine Saite stimmen musste.

Von ihm lernte sie, wie man präzise und methodisch vorging, und von ihm konnte sie die Dinge annehmen, gegen die sie meist rebellierte, wenn sie von ihrer Mutter kamen.

»Du weißt jetzt, dass ein Klavier viel mehr Saiten als Tasten hat, Mademoiselle«, sagte er einmal in der Stille des mit Kork ausgekleideten Raumes. »Das Verhältnis hängt natürlich vom jeweiligen Modell ab, aber nehmen wir doch einmal unseren Konzertflügel. Da haben wir zweihundertacht Saiten für achtundachtzig Tasten. Die meisten Hämmer berühren drei oder zwei Saiten und nicht nur eine einzige. Die Frage ist also, in welchem Maße sollen die seitlichen Saiten anders klingen als die Hauptsaiten. Verstehst du, das ist die Handwerkskunst. Das menschliche Ohr will keinen isolierten Ton hören. Es will weiche Ränder hören, einen Anflug von Polyphonie. Und es will den Ton nicht nur *hören*, Mademoiselle. Es will ihn *fühlen*.«

Sie war damals zehn Jahre alt. Seit ihrem sechsten Lebensjahr nahm sie am Konservatorium Klavierunterricht, und nun begann ihre Ausbildung im ernsten Metier des Klavierbaus.

Monsieur Bendix Raoul war, weil sie ihn mochte und ihm vertraute, schließlich auch derjenige, der sie davon überzeugen konnte, dass ein Hund auf dem Fabrikgelände keine gute Idee war. Ihre Mutter hatte das die ganze Zeit schon gesagt, und es hatte deswegen Streit und Tränen gegeben, aber als schließlich Bendix Raoul mit ihr darüber sprach, gab sie nach. Es half ihr, dass er ihr die Sache aus der Sicht des Hundes aufzeigte.

»Mademoiselle«, sagte er zu ihr. »Ein Hund kann ein einfühlsamer und treuer Gefährte sein, das garantiere ich dir. Aber du wirst nicht immer da sein, um dich um ihn zu kümmern.«

»Warum nicht? Ich würde die Verantwortung ganz allein übernehmen.«

»Ja, das weiß ich. Aber was passiert beispielsweise, wenn du in der Schule bist? Oder wenn du im Haus bist und sich der Hund hier draußen herumtreibt? Wie wäre dir zumute, wenn dem Hund etwas zustößt? Das hier ist eine Fabrik.«

»Ich würde ihn abrichten. Hunde sind intelligente Tiere.«

»Ja. Einige. Aber da unten im Süden kannte ich einmal einen Hund in einer Fabrik, der geriet in den Hauptantriebsriemen der Mühlenwelle, Mademoiselle. Das ist der breiteste Riemen, und er läuft oft sehr locker, so wie bei uns. Der Hund geriet hinein, und der Riemen beförderte ihn zu den Zahnrädern und einmal im Kreis herum und dann hoch zu dem Zwischenrad. Es war furchtbar, Mademoiselle. Sein Fell und seine Haut waren zerfetzt, und als sie ihn endlich zu fassen bekamen …«

Sie hielt sich die Ohren zu und bat ihn aufzuhören. »Stimmt die Geschichte?«, fragte sie.

Er nickte. »Ja, es war schrecklich.«

»Ich könnte eine lange Leine besorgen und ihn anbinden, wenn ich nicht da bin.«

»Ja, das könntest du machen. Aber denk mal darüber nach. Stell dir vor, du bist der Hund. Wärest du gern stundenlang angeleint? Der ganze Krach und das Gewimmel um dich herum. Die Sägen und die Fräsen und dann noch all der Verkehr.«

Das Gespräch führten sie auf allen vieren unter einem Flügel, wo er ihr grundsätzliche Dinge über die Verankerung des Resonanzbodens und die Unterschiede im Korpus erklären konnte.

Er sagte: »Vielleicht solltest du noch einmal in Ruhe darüber nachdenken, Mademoiselle. Guck dir all die Gefahren an, die hier in den Werkstätten und draußen im Hof auf ihn lauern. Und denk auch an die Männer, die die Einzelteile hertragen. Aber denk vor allem an den Hund.«

Sie dachte nach, und schließlich war ein eigener Hund kein Thema mehr.

Sechs

Nathan Homewood tauchte mehr als zehn Jahre später auf, und die Art, wie ihre Verwicklungen und ihre Probleme mit ihm begannen, war gleichermaßen eigenartig wie schnell und völlig unerwartet.

Der Auftrag aus Boston hatte die Firma im Großen und Ganzen gerettet, und eine Folge davon war, dass Nathan zu einem ständigen Besucher und Essensgast im Wohnhaus avancierte. Am dritten Abend brachte er ein Bouquet aus zwanzig langstieligen Rosen mit; breit lächelnd überreichte er es ihr mit seinem üblichen Selbstbewusstsein.

Mutter und Juliette tauschten Blicke aus, enthielten sich aber jeglichen Kommentars. Am Ende des Abendessens behandelten sie ihn wie einen alten Freund der Familie. Sie nannten ihn *Monsieur Ohm-bois*, und das gefiel ihm. Er sprach sie zunächst mit Miss Helen an, und dann nur noch mit Helen. Die Anrede beim Vornamen sei in Amerika üblich, und vor der korrekten Aussprache der Vokale in ihrem Namen müsse er kapitulieren.

Er erzählte ihnen, dass seine Familienangehörigen Amerikaner seien, die in den Norden Kanadas gezogen waren, einige von ihnen aber wieder zurückgekehrt waren. Seine Eltern waren wegen des Klimas nach New Mexico gezogen, und er selbst verbrachte sein Leben zwischen England, dem europäischen Festland und Nordamerika, stets auf der Suche nach neuen Geschäftsideen.

Bald war es ihre Aufgabe, den Besucher zu verabschieden, also das Licht im Treppenhaus einzuschalten, mit ihm die

Treppe hinunterzugehen und ihm die Haustür zu öffnen. Das war natürlich Mutters Plan, um ihnen ein kleines bisschen Privatsphäre zu gewähren. Beim Abschied stand er dicht vor ihr, hielt ihre Hände und küsste sie auf beide Wangen, erst auf die linke, dann auf die rechte, wo seine Lippen ein wenig verweilen wollten. Die ersten Male hielt sie still und überlegte. Es war verwirrend. Selbst wenn sie ihn durchaus interessant fand, in diesen Momenten wurde ihr bewusst, dass er nicht die Sorte Mann war, die sie sich selbst aussuchen würde – vielleicht als einen Mann, von dem sie etwas lernen konnte, aber nicht als zukünftigen Ehemann oder gar als Liebhaber. Sie wusste nicht genau warum, hatte aber auch kein Interesse, das zu erforschen.

»Mutter«, sagte sie mit entschiedener Stimme nach dem dritten oder vierten Mal. »Würde es dir etwas ausmachen, ihn selbst hinunterzubegleiten? Ich mag das nicht. Und würdest du bitte aufhören, ihn zu ermutigen. Ich interessiere mich nicht in dieser Weise für ihn.«

»Nicht? Meine Güte, warum nicht?«

Sie standen im Flur zwischen Esszimmer und Küche, und Mutter hielt ein Tablett mit benutztem Geschirr in den Händen.

»Ich weiß nicht«, sagte Hélène. »Das tut auch nichts zur Sache. Komm, lass mich das tragen.«

»Meine liebe Hélène«, sagte ihre Mutter. »Du überraschst mich. Ich dachte, du interessierst dich für ihn. Denk an die Rosen. Außerdem ist er ein attraktiver Mann, ein tüchtiger Geschäftsmann. Eines Tages wird er auch reich sein, wenn er das nicht schon ist. Vielleicht solltest du der Sache etwas Zeit geben.«

»Ich glaube nicht, dass das der richtige Weg ist«, sagte Hélène. »Der Sache Zeit geben. Entweder weiß man es oder eben nicht. Und diese Entscheidung kann ich immer noch selbst treffen, oder?«

Minuten später hörte sie Mutter und Juliette in der Küche miteinander reden. Juliette sagte: »Du kannst das nicht besser wissen als das Mädchen. Nur weil er die Firma hier in Schwung gebracht hat und du ihn magst, heißt das noch lange nicht, dass er ihr gefällt. Vielleicht hast du ja nur das Gefühl, in seiner Schuld zu stehen. Ist es das?«

»Sei nicht dumm. Er scheint eine gute Partie zu sein. Er ist klug, und er ist tatkräftig. So viel darf ich schon sagen, oder? Und er sieht gut aus. Mütter haben gewisse Rechte, wenn es um solche Dinge geht. Sogar eine gewisse Verpflichtung. Halt dich da raus, Juliette.«

»Das tue ich ja. Ich rede doch nur mit dir, oder? Nicht mit Hélène. Aber du musst ihr die Entscheidung selbst überlassen. Das machst du, ja? Was meinst du, woher hat sie wohl diesen sturen Kopf?«

Die Diskussionen endeten, als sie Pierre kennenlernte. Es geschah so plötzlich und beeindruckte sie so sehr, dass für sie kein Zweifel bestand.

Zum ersten Mal sah sie ihn im Zug, als sie von der Stadt nach Hause fuhr. Sie hatte den Tag in der Gießerei verbracht, die für sie die Gusseisenplatten und die Bronzemarken mit der Aufschrift Molnar, France für die Klappe anfertigte. Sie hatte inzwischen das Konservatorium abgeschlossen, hatte aber noch keine Gewerbeerlaubnis und keinen Zunftbrief. Mutter bestand darauf, dass sie jede Facette des Geschäfts lernte, und die Tage in der Gießerei sollten ihr die Wertschätzung für die Konstruktionsprinzipien der verschiedenen Gusseisenplatten vermitteln, die mit einem Minimum an Masse dem vereinten

Zug der Stahlsaiten standhielten, der sich zu vielen Tausend Pfund aufaddierte.

Als er ihr zum ersten Mal auffiel, war sie verlegen und sah ihn nicht direkt an. Sie ließ ihren Blick durch den Waggon schweifen, so als würde sie zum Fenster hinausgucken, und als sich ihre Blicke schließlich wie zufällig trafen, lächelte er. Am nächsten Tag sorgte sie dafür, dass sie den gleichen Zug nahm, setzte sich wieder in den zweiten Waggon, und er war da. Diesmal stand er auf, ging auf sie zu und stellte sich vor. Er hieß Pierre Giroux, hatte gerade die Militärakademie als Leutnant abgeschlossen und in der Garnison in der Stadt seinen Posten als Adjutant angetreten. Sie begegneten sich noch zwei Mal im Zug, und dann verabredeten sie sich in Montmagny bei Faustin zum Eisessen.

Seine Eltern hatten in Dahomey gelebt, in der Kolonie Französisch-Westafrika, nicht weit entfernt von dem Ort, an dem ihr Vater verschwunden war. In ihrem Schulatlas betrug die Entfernung zwischen Dahomey und der Elfenbeinküste gerade mal zwei Daumenbreiten. Sie hatte andere Verehrer – junge Männer aus dem Ort und junge Männer aus der Stadt, die sie zu Tanzveranstaltungen und auf Spaziergängen begleiteten –, und dann war da seit Kurzem der Ärger mit Nathan. Doch dieser Neue, Pierre aus Dahomey, war völlig anders. Er war liebenswürdig und nachdenklich, er hatte braune Augen, und sie liebte sein Lächeln und die Blicke, die er ihr schenkte.

Bei Faustin löffelten sie ihr Eis und plauderten zwanglos. Er trug Zivil und hatte die Hemdsärmel hochgekrempelt, denn es war ein lauer Herbsttag. Das Laub der Kastanienbäume war schon bunt, und die Sonne schien golden und warm durch die Blätter. Sie betrachtete ihn gern: sein Gesicht, seine Lippen, seine gebräunten Hände. Sein Lächeln.

Das wird sich niemals ändern, sagte sie sich. Zu Hause auf ihrem Zimmer, an ihrem Schreibtisch, im Licht des alten Lampenschirms mit den Scherenschnittbären aus ihrer Kindheit schrieb sie den Satz wie ein Gelöbnis nieder: *Das wird sich niemals ändern.*

Damals war das noch ihr Geheimnis.

Doch Nathan kam weiterhin zu Besuch. Ihr kam das unerbittlich vor. Einmal nahm er sogar drei Tage frei und logierte im Hotel der Stadt. Zweimal tauchte er unangemeldet in der Fabrik auf. Er traf sie in Arbeitskittel und mit Sägemehl im Haar an und schlug ihr einen Spaziergang auf dem Karrenweg am Fluss vor.

Beim zweiten Mal willigte sie ein, von dem Ärger und dem Bedürfnis getrieben, der Sache ein Ende zu bereiten. Es war ein kühler Tag. Sie nahm ihren Mantel und einen Schal und ging voraus. Sie waren noch nicht weit gekommen, da hielt sie an und drehte sich zu ihm um.

»Nathan«, sagte sie. »Ich muss dir etwas sagen.«

»Hm. Gut.« Er lächelte. »Was? Lass mich raten?«

Er hatte sich vom Fluss abgewandt und stützte eine Hand auf das Holzgeländer.

Sie berührte kurz seine Hand. »Da gibt es nichts zu erraten, Nathan. Du wirst es nicht hören wollen, aber ich bin nicht frei. Es gibt da jemanden.«

Er starrte sie an. »Was? Aber … Ich verstehe nicht. Seit wann?«

»Das tut nichts zur Sache. Hör mir zu, Nathan. Es gibt viele Eigenschaften, die ich an dir schätze. Deinen Geschäftssinn, deine Freimütigkeit. Das habe ich von dir gelernt, also bin ich nun auch freimütig. Ich mag dich, aber nicht so, wie ich dich mögen sollte – um nicht von lieben zu reden –, nicht wie einen zukünftigen Ehemann. Du hast Molnar große Dienste erwiesen, aber du selbst hast auch davon profitiert. Kann ich dich nicht einfach wie einen Freund mögen? Wie einen Menschen, von dem ich etwas lernen kann. Das ist doch auch etwas, oder?«

»Ist es der Altersunterschied? So groß ist der nun auch wieder nicht. Du bist zweiundzwanzig, und ich bin nur dreizehn Jahre älter. Oder liegt es daran, dass ich kein Franzose bin?«

»Nein, keineswegs. Es geht nicht um so etwas Simples. Bitte mich nicht darum, es zu erklären. Ich könnte es nicht. Es geht um das, was ich fühle.«

»Wer ist es? Wie heißt er?«

»Das tut nichts zur Sache. Bitte frag nicht weiter nach.«

Eine Weile sagte er gar nichts. Es sah fast so aus, als wäre er plötzlich geschrumpft, als er sich zum Fluss umwandte. Er tat ihr leid. Sie fühlte sich schuldig, und sie wollte die Sache endlich beendet haben; gesagt, getan und verziehen.

Sie berührte noch einmal seine Hand. »Nathan, du bist in vielerlei Hinsicht ein interessanter Mann. Du bist mutig, du bist klug, und Mutter und Juliette schätzen dich sehr. Du wirst bald jemand anderen finden. Selbstverständlich wirst du das. Nathan? Bitte.«

»Wir werden sehen«, sagte er schließlich. Er sah ihr immer noch nicht in die Augen. »Liebe kann sich aus einer Freundschaft entwickeln. Ich gebe die Hoffnung nicht auf. Ich kann warten.«

»*Warten?* Nathan, verschwende keinen Gedanken daran. Mir würde es nicht gefallen, wenn du dich zurückhältst, um auf mich zu *warten*.«

Er schwieg eine Weile, und auch ihr fiel nichts ein, was sie sagen könnte, um der Situation die Spannung zu nehmen. Schließlich löste er seine Hand vom Geländer und ging.

»Komm«, rief er ihr über die Schulter zu. »Ich sollte dich nicht von deiner Arbeit abhalten.«

Einige Minuten gingen sie still weiter, dann sagte er: »Ich werde mit deiner Mutter über unsere Geschäftsbeziehung sprechen. Ihr seid wegen eurer antiquierten Produktionsmethoden mit dem Boston-Auftrag in Verzug, das weißt du. Aber ich werde mit ihnen reden. Ich respektiere deine Entscheidung, Helen. Danke, dass du sie mir mitgeteilt hast. Das war frank und frei. Ich werde euch nicht mehr als Privatmann besuchen.«

Als sie es ihnen erzählte, war Mutter zunächst verblüfft, dann verärgert, und schließlich akzeptierte sie die Lage. Mutter und Juliette wollten beide Pierre kennenlernen und baten sie, ihn zum Abendessen einzuladen. Er kam in seiner Ausgehuniform, machte vor den Damen eine Verbeugung, löste den Säbel vom Gürtel und stellte ihn im Schirmständer im Eingang ab.

Er besaß gute Tischmanieren und unterhielt sich angeregt mit ihnen, und nach einigen weiteren Abendeinladungen stellte Mutter fest, dass sie ihn wohl mögen würde, dass er intelligent und kultiviert zu sein schien.

»Zu schade, dass er Soldat ist. Denn Soldaten müssen dahin gehen, wo die Politiker sie hinschicken. Zurzeit sind das die Kolonien«, sagte Mutter, »und die Kolonien sind weit weg.« Bei diesen Worten fixierte sie Hélène mit ihrem Blick. Dann wiederholte sie die Worte *weit weg* und sagte noch: »Dein Vater war zwar kein Soldat, aber er hat mehr Zeit in den Kolonien verbracht als zu Hause mit uns.«

»Ich weiß, Maman. Ich weiß das. Wir alle wissen das.«

»Und?«

»Nichts und.«

»Nun«, sagte Mutter nach einer langen Pause. »Mir gefällt, wie er dich ansieht. Mit seinen schönen braunen Augen.«

Auch Juliette akzeptierte den jungen Mann. Sie winkte Hélène zu sich und erklärte ihr, dass sie am meisten an ihm schätze, dass er so hohe Erwartungen habe, und zwar nicht an andere, sondern an sich selbst, an die Sorte Mann, zu der er sich entwickeln wollte. Sie sagte, er habe *caractère*.

In den folgenden Wochen und Monaten genoss sie es, Pierre ihre Stadt zu zeigen; die Straßen, die sternförmig vom Kirchplatz abgingen und von Gebäuden gesäumt waren, die siebenhundert oder gar achthundert Jahre alt waren, alles uralte Gemäuer; das historische Museum und die moderne Konzerthalle. Der Brunnen, an dem im Frühjahr und im Herbst eine Bühne für die Passionsspiele und Moralitätsdramen der Wandertruppen errichtet wurde, mit elektrischen Scheinwerfern auf den Stein- und Ziegeldächern, die Schauspieler in mittelalterlichen Trachten, die Frauen in Blusen und Gewändern, die Männer in Tuniken und Beinlingen und Gürteln. Ihre Rufe, die über den Platz hallten, das Klacken ihrer Stiefel auf den Bohlen der Bühne, der allgegenwärtige Schatten eines Galgens.

Sie zeigte ihm den Fluss – nach wie vor die wichtigste Energiequelle für die Industrie der Stadt –, wo sie und ihre Spielgefährten sich als Kinder die Stromschnellen hatten hinuntertreiben lassen, kreischend und lachend, an ihre improvisierten Flöße geklammert.

Einmal, als die Mühle flussabwärts Furnierholz für Molnar schnitt, führte sie ihn dorthin, und sie standen da und beobachteten, wie Dampf aus den Düsen zischte und das Holz aufweichte. Scharfe Klingen schälten dünne Furnierblätter ab, die dann aufgerollt und in Wachstuch gehüllt wurden, damit sie elastisch blieben.

Die Stämme, die an dem Tag verarbeitet wurden, kamen von

wertvollen Obstbäumen, Pflaume, Kirsche und Pfirsich, von einer abgeholzten Pflanzung nördlich des Flusses. Sie lehnte sich an Pierre und erzählte ihm mit lauter Stimme, um das Getöse zu übertönen, dass ihr Großvater mütterlicherseits die Rechte an dem Holz schon an dem Tag erworben hatte, als die Obstbäume gepflanzt wurden. So lang war das her.

Sie erklärte, dass die Bäume nach dem Fällen entrindet wurden, um Käferbefall zu vermeiden, und die Stämme dann zehn Jahre lang in einer belüfteten Scheune zum Trocknen gelagert wurden. Man sorgte für reichlich Luftzufuhr, und in bestimmten Abständen wurden sie gewendet, wie Weinflaschen. Das Verfahren sorgte dafür, dass die Struktur und die Farbe der Maserung so prächtig und gleichmäßig waren.

»Sieh dir das hier an«, sagte sie. »Jetzt muss gleich Birnenholz von den Walzen kommen. Neben dem Rosenholz ist Birne unser edelstes Furnier, es wird nur für Intarsien und für die Außenkontur verwendet. Erinnere mich daran, dass ich dir die Fotografie aus den Anfängen der Fabrik zeige. Damals bestand alles noch aus Holz. Stell dir das einmal vor! Meistens Eiche oder Nussbaum. Und man arbeitete nur mit Werkzeugen und mit Eisenklingen, Pierre, nicht mit Maschinen. Es gab schon Karbonstahl, aber obwohl Rost ein Problem war, arbeitete man lieber mit Eisen, weil es weicher ist und man bessere Kanten hinbekommt. Tatsächlich verwenden wir immer noch Eisenklingen für die Feinarbeiten. Selbst heute noch. Ihre Kanten sind so scharf und elastisch, dass sie sich verbiegen, wenn du mit ihnen über deinen Daumennagel streifst. Die Männer bringen mit ihnen so feine Schnitte zustande, dass du sie fast nicht siehst ...« Sie hielt inne. »Warum lächelst du?«

»Wegen dir, Hélène. Wegen deiner Begeisterung. Komm, erzähl mir mehr!«

Zwei Jahre nach ihrer ersten Begegnung versetzten die Generäle Pierre nach Rouen, und ein Jahr später nach Paris. In der Zeit sah sie ihn nur alle zwei Wochen, wenn man ihm drei Tage Ausgang zugestand, aber ihre Treffen waren immer wunderschön. Als man ihn schließlich nach Indochina schickte, war er Major, und sie war glücklich mit ihm verheiratet.

Die Aufträge aus Boston und Toronto waren längst ausgeliefert und bezahlt, und Nathan hatte seinen Anteil nebst einer detaillierten Abrechnung erhalten. Er schrieb weiterhin Briefe, doch sie antwortete nicht. Wie er von der Hochzeit und später von Claires Geburt erfahren hatte, offenbarte er ihr nie, aber er schickte Geschenke – eine Kristallschüssel aus Prag zur Hochzeit und dann eine Spieldose in Form eines Klaviers zu Claires Geburt, aus der *Für Elise* erklang, wenn man sie öffnete. Juliette schrieb die Danksagungen.

Inzwischen war Hélène am Ende ihrer Ausbildung angekommen und bereitete sich auf die Abschlussprüfung vor. Die Prüfungskommission forderte von ihr als Gesellenstück einen kompletten Resonanzboden für einen Stutzflügel, die Stellen für die Rahmenaufhängung und den Steg nur eingezeichnet, aber mit korrekt gespannten Saiten, mit allen Zugkräften und Winkeln und Stützen und Tonhöhen. Sie stellte ihn aus fünf Zentimeter breiten Stücken norwegischer Fichte her, perfekt geleimt und geklammert und gehobelt, und mit Bleistiftmarkierungen versehen. Sie war sechs Wochen lang jeden Abend fünf Stunden damit beschäftigt. Am Prüfungstag halfen zwei Arbeiter ihr, den Resonanzbogen auf die gepolsterte Ladefläche eines Molnar-Lieferwagens zu hieven und ihn festzuzurren. Nach dem Ausladen stellten ihn die Männer auf vier Stuhllehnen ab. Die Prüfer ließen sie warten und zusehen, während sie flüsterten und sich am Bart kratzten und weise nickten und alles mit dem Parallellineal und dem Messschieber kontrollierten.

Sie schrieb die Prüfung für ihre Gewerbeerlaubnis, und als sie diese bestanden hatte, trug der Rechtsanwalt sie auf Geheiß ihrer Mutter als Direktorin in die Firmenunterlagen ein.

Der erste Konzertflügel, den sie selbstständig baute und in dem mit Kork ausgekleideten Raum stimmte und intonierte, war die Bestellung einer berühmten Musikschule in New York. Ihre Mutter und Bendix Raoul überprüften das Instrument und gaben ihren Segen.

Danach blieben sie stehen und sahen ihr zu, wie sie ihren eigenen kleinen ovalen Meisterstempel mit den Lettern H. G. auf die Raste drückte. Das war das Initiationsritual, das sie niemals vergaß.

Sieben

An dem Morgen, an dem sie vom Hotel in die Wohnung umzog, verstaute sie ihr Nachthemd und die Toilettenartikel im Koffer. Sie klappte den Deckel zu und stellte ihn auf den Truhenkoffer, dann setzte sie sich auf das Bett und verschränkte die Hände im Schoß. Mantel und Hut hatte sie schon parat gelegt.

Draußen vor dem Fenster schneite es wieder, und der Schnee fiel in so dicken Flocken, dass die Sicht nur bis zu den Bäumen reichte. Den Ozean konnte sie nicht sehen. Vielleicht war die Welt bei den Bäumen zu Ende.

Sie hörte Stimmen und stand auf, um die Tür zu öffnen. Schnee lag auf den Schultern und Hüten der Männer. Sie brachten den Geruch von klarer, kalter Luft mit ins Zimmer. Father William fragte, ob sie bereit sei. Sie trat zurück und zeigte auf ihr Gepäck.

»Ich möchte Ihnen beiden dafür danken, dass Sie das auf sich nehmen«, sagte sie. »Ich könnte eine der Hutschachteln tragen, oder auch beide.«

»Aber nein«, sagte Father William. »Das kommt nicht infrage, Mrs. Giroux. Das Gehen draußen fällt heute schwer. Vielleicht sollten Sie Galoschen anziehen. Haben Sie welche?«

Zuerst nahmen sie die Truhe, dabei packte jeder der beiden Männer einen der Ledergriffe an den Seiten.

»Gehen Sie doch voraus, Missus«, sagte der Küster. »Dann können Sie Father William und mir die Türen aufmachen.«

Eine halbe Stunde später war alles erledigt, und sie stand mit

Father William in ihrem neuen Zuhause über der steilen Treppe im Anbau hinter der Kirche. Auf dem Rost prasselte ein Kohlefeuer, und sie hörten, wie Morris im Badezimmer die Wasserhähne, die Toilettenspülung und den Duschkopf testete.

Sie sah sich um: ein Schlafzimmer und ein Wohnzimmer, das Mobiliar in ordentlichem Zustand. Fenster mit Aussicht auf die Stadt und die Bäume und den Golf von Maine. Eine schmale Küche mit einem Tisch und einer Kochstelle mit drei Ringen. Ein eingebauter Speiseschrank mit Luftlöchern.

»Und, wie finden Sie es, Mrs. Giroux?«

»Ah. Es gefällt mir. Wirklich.«

»Vielleicht möchten Sie im Badezimmer die Decke streichen. Morris könnte Ihnen dabei helfen.«

»Ich werde sehen.«

»Nun, gut, Mrs. Giroux. Übrigens, ich setze wirklich große Hoffnung in unser Musikprogramm. Vielleicht reicht es sogar für ein Musikfestival im nächsten Sommer oder Herbst. Habe ich das schon erwähnt? Mit dem Wunsch trage ich mich schon seit geraumer Zeit.«

»Nein, das haben Sie nicht erwähnt. Ein Musikfestival?«

»Ja. Ich gehe fest davon aus, dass der Stadtrat das unterstützen wird. Dafür würden Besucher anreisen und ihr Geld hier ausgeben. Die Amerikaner würden von New York und von Maine herkommen. Wir könnten für ein paar Wochen Streicher und Holzbläser engagieren. Vielleicht nennen wir es das *Acadian Shore Music Festival.* Das klingt doch gut, oder nicht?«

In den folgenden Tagen eröffnete sie ein Konto bei der Dominion Bank und ließ ihr Geld aus Montreal dorthin überweisen. Sie übte Klavier und probte mit dem Chor, und sie packte ihren

Koffer und den Truhenkoffer aus. Einige ihrer Kleidungsstücke befanden sich nun schon seit fast drei Jahren sorgfältig gefaltet darin, und nun hängte sie sie in den Kleiderschrank, damit sich die Falten glätteten.

Ihre wenigen Bücher und die gerahmte Fotografie von Pierre wollte sie in ein Regal stellen, und sie fragte David Chandler, ob er eines für sie anfertigen könne. Mit nur drei Regalbrettern, sagte sie. Dann deutete sie mit gestreckten Armen an, wie breit und wie hoch es sein sollte. Er brachte es schon am nächsten Tag vorbei und baute es für sie im Wohnzimmer an der Wand neben dem Kohlefeuer auf.

Sie sagte ihm, dass es ihr gut gefalle. Helle Kiefer, präzise zugeschnitten, verbunden und lasiert, bündig mit der Wand, sodass man die Haken nicht sah.

»Dann kommen wir zum Bezahlen, Mr. Chandler«, sagte sie. »Ich habe Sie nicht einmal nach dem Preis gefragt.«

Er lachte und meinte, sie solle sich keine Sorgen machen. Es wäre nicht viel, und er würde das Regal zusammen mit den Schuhen auf eine Rechnung setzen.

Er sah sich um. »Das ist ein schönes Plätzchen, Mrs. Giroux. Und die Aussicht! Ich bin noch nie hier oben gewesen.«

»Sie sollten einmal auf einen Tee vorbeikommen. Jetzt muss ich gehen und üben, aber vielleicht passt es Ihnen ja morgen. Gegen vier?«

Als er weg war, strich sie mit einer Hand über das Regal. Sie fuhr über die Verbindungen auf dem Holz, und sie waren so perfekt, dass man sie nur daran erkannte, dass die Maserung anders verlief. Ihr eigenes Möbelstück, das erste seit Jahren, noch dazu eine so edle Arbeit.

Am Abend saß sie mit Mildred im Hotel beim Abendessen zusammen. Sie waren noch nicht mit der Suppe fertig, als Morris kam und sagte, Father William wolle mit ihr reden.

»Wie bitte, jetzt?«

»Ja, jetzt«, sagte Morris. Er stand in seinem schwarzen Mantel neben ihrem Tisch, den Hut hielt er in der Hand.

Draußen auf der Straße fragte sie ihn, ob er wisse, worum es ging. Er sagte, er wisse es nicht.

Der Ford des Polizisten parkte mit Schneeketten an den Hinterreifen am Seiteneingang, und als sie in die Sakristei kamen, schoben der Polizist und Father William ihre Stühle zurück und standen auf. Ein geschlossener Aktendeckel lag unter dem Hut des Polizisten.

Ihr Herz pochte.

»Danke, Morris«, sagte Father William. »Bitte schließen Sie die Tür hinter sich.«

Sie nahmen Platz, und Father William ergriff das Wort: »Mrs. Giroux, unseren Sergeant Elliott kennen Sie bereits. Halifax hat ein Schreiben vom Provinzgericht in Edmonton an seine Polizeiwache geschickt. Er wird Ihnen jetzt berichten, worum es geht.«

Der Polizist schlug den Aktendeckel auf und verteilte den Inhalt auf dem Tisch. Zwischen den Papieren entdeckte sie auch zwei Fotografien von sich. Eine war von vor dem Krieg, sie trug ihre taillierte Wolljacke, und ihr Haar war noch tiefschwarz. Die Fotografie war in einer Zeitschrift erschienen, wo man sie als jüngste weibliche Direktorin in der Provinz Seine-et-Oise präsentierte, die eine Fabrik mit mehr als fünfzehn Angestellten leitete. Das war Pierres Lieblingsbild von ihr gewesen. Ihre stolze Kopfhaltung und ihre vollen Kusslippen hatten ihm gefallen.

Die andere Fotografie war viele Jahre später entstanden, sie stammte von einem Pressefotografen, der sie hinter einer Polizeiwache in Edmonton fotografiert hatte. Sie ging darauf an Krücken neben einem Polizisten, und ihr Gesicht war voller Hämatome und verkrustetem Blut. Sie trug keinen Hut, und die Kämme hatten sich aus ihrem Haar gelöst. Ihre Augen, in denen sich nur Entsetzen spiegelte, waren weit aufgerissen. *Madness*, hatte eine Zeitung darübergeschrieben.

Father William beugte sich vor, um die Bilder zu betrachten. Erschrocken hielt er sich eine Hand vor den Mund, blickte sie an und sah dann schnell weg.

Der Polizist entfaltete einen Bogen Papier, legte ihn auf den Tisch und glättete ihn mit der Hand. Er war mit Schreibmaschine geschrieben und enthielt jede Menge Siegel und schwungvolle Unterschriften.

»Mrs. Hélène Giroux«, sagte er. »Sie sind Mrs. Hélène Giroux?«

»Ja.«

»Bitte zeigen Sie mir Ihren Führerschein.«

Sie holte ihn aus ihrem Portemonnaie und schob ihn über den Tisch. Sie sah nicht zu Father William. Sie konnte nicht.

Der Polizist prüfte den Führerschein und gab ihn ihr zurück. »Mrs. Giroux«, sagte er. »Ich habe hier einen Haftbefehl gegen Sie vorliegen. Gegen Sie wird wegen neuer Beweise im Fall des unnatürlichen Todes von Mr. Nathan Homewood im November 1929 in der Provinz Alberta ermittelt.« Er schob das Dokument über den Tisch zu ihr hinüber. »Verstehen Sie? Bitte, sehen Sie es sich an.«

»Sagen Sie nichts, Mrs. Giroux«, sagte Father William. »Der Sergeant hat mir gesagt, dass Sie nicht verpflichtet sind, sich jetzt zu äußern.«

»Bitte, Father William«, sagte der Polizist. »Reden Sie mir nicht rein. Sie muss mir mitteilen, ob sie die Beschuldigung versteht. Und ich muss das fragen. Es ist ein höchstrichterlicher Beschluss.« Er sah zu ihr. »Verstehen Sie diesen Beschluss? Mrs. Giroux?«

»Ja, das tue ich.«

Sie lehnte sich mit erhobenem Kopf auf ihrem Stuhl zurück und biss sich auf die Lippen. Sie nestelte ein Taschentuch aus ihrem Ärmel, aber dann schob sie es schnell mit Daumen und Zeigefinger zurück. Die Männer beobachteten sie. Da sie sich nicht äußerte, nahm der Polizist den richterlichen Beschluss und legte ihn zu den anderen Papieren in den Aktendeckel zurück.

»Mrs. Giroux, ein richterlicher Haftbefehl bedeutet, dass ich Sie bis zur ersten Anhörung in Untersuchungshaft nehmen muss. Aber derzeit habe ich weder eine Einzelzelle, noch steht mir eine Aufseherin für Ihre Bewachung zur Verfügung, daher hat Father William vorgeschlagen, Sie in Hausarrest zu nehmen. Was de facto eine legale Möglichkeit darstellt. Vorausgesetzt, Sie willigen ein, dass Sie diese Räumlichkeiten, also die Kirche und den Anbau, bis auf Weiteres nicht verlassen. Sollten Sie fliehen, werden wir Sie finden, und dann werden Sie ins Frauenzuchthaus in Dartmouth verbracht. Dann wäre Flucht aus der Untersuchungshaft ein weiterer Anklagepunkt gegen Sie. Verstehen Sie das, und stimmen Sie den Arrestauflagen zu?«

»Wissen Sie«, sagte Father William, als der Polizist gegangen war. »Ich hatte so ein Gefühl. Ich hatte gehofft, dass ich mich täusche, aber das Gefühl war da. Eine Frau wie Sie, die plötzlich aus dem Nichts auftaucht. Sie erinnern sich bestimmt daran. Ich habe Sie gefragt, ob es da womöglich noch etwas gebe, was ich über Sie wissen sollte. Das haben Sie verneint.«

»Weil es nicht mehr zu berichten gab. Und sicherlich nicht

das hier. Ja, vor drei Jahren fand eine Gerichtsverhandlung statt. Aber warum sollte ich darüber reden? Die Klage wurde abgewiesen.«

»Sie hätten es trotzdem erwähnen sollen.«

»Ich sah keine Notwendigkeit.«

»Sie haben sich geirrt. An dem Abend, an dem wir Ihren Wagen angeschoben haben, ist dem Sergeant irgendetwas an Ihrem Kennzeichen aufgefallen. Anscheinend gibt es jetzt in Quebec Schilder mit anderen Daten. Sie haben gesagt, dass Sie aus Montreal kommen, und Sie haben das nicht gewusst? Wann sind Sie zuletzt dort gewesen?«

»Kurz bevor ich hierherkam. Ich habe jahrelang dort gelebt und später in Moncton und auch noch in anderen Orten, aber erst vor Kurzem habe ich wieder einige Zeit in Montreal gewohnt. Das war auch die Zeit, in der Madame Cabayé mir von Saint Homais erzählte.«

»Verstehe. Wie auch immer, der Sergeant hat Nachforschungen angestellt und dabei erfahren, dass nach Ihnen gefahndet wird. Haben Sie das gewusst?«

»Nein, wirklich nicht. Man hatte mich angeklagt, aber ich wurde freigesprochen.«

»Worum ging es bei der Anklage?«

»Tut das etwas zur Sache?«

»Worum ging es bei der Anklage, Mrs. Giroux? In dem Haftbefehl ist von einem unnatürlichen Tod die Rede.«

»Ja. Die Anklage hatte etwas damit zu tun.«

Eine Weile saßen sie da und schwiegen. Das Bleiglasfenster war nachtdunkel, und auf einem Steinsims schimmerten einige Kelche und ein Glasbecher. Priestergewänder mit Goldstickerei hingen an einem Haken.

Nach einer Weile richtete sich Father William auf seinem Stuhl auf. »Wer war dieser Nathan Homewood?«

»Ein Mann, mit dem ich Reisen unternahm. Ein Freund und Geschäftspartner.«

»Verstehe. Hm, anscheinend hat ein Staatsanwalt neue Beweise im Zusammenhang mit seinem Tod. Der Sergeant durfte aber nicht sagen, welche.«

»Ich hatte keine Ahnung davon. Ich muss meine Tochter in London anrufen.«

»Sie können den Anruf vom Kirchenbüro aus tätigen. Mrs. Giroux, bitte versprechen Sie mir, dass Sie nicht nach draußen gehen, und lassen Sie sich auch nicht in einer geöffneten Tür blicken.«

»Das verspreche ich.«

»Gut. Telefonieren Sie morgen früh. Die Fernvermittlung arbeitet jetzt nicht mehr.«

Sie sah ihm in die Augen, aus ihnen sprach Trauer. Schlimmer noch, Enttäuschung. »Es gibt für all das Erklärungen«, sagte sie.

»Bestimmt. Aber nicht heute Abend. Bitte gehen Sie jetzt hinauf. Es tut mir leid, dass es dazu gekommen ist. Konnten Sie im Hotel Ihr Abendessen beenden?«

Sie schüttelte den Kopf.

»Ich könnte Ihnen etwas nach oben bringen lassen.«

»Nein. Danke. Father William ...«

Er wartete einen Moment, doch als sie nichts sagte, stand er auf. »Lassen Sie uns morgen früh reden. Wir alle müssen jetzt zur Ruhe kommen und darüber nachdenken. Gute Nacht, Mrs. Giroux.«

Er streckte eine Hand aus, und sie wollte ihm gerade die ihre reichen, doch er sagte: »Ihre Autoschlüssel, bitte.«

Der lange Weg

Acht

Nathan Homewood hielt den Kontakt. Im Verlauf der Zeit bahnte er von Paris aus zwei Geschäfte an, die tatsächlich zum Abschluss kamen. Er schrieb, dass er diesmal keine Kommission beanspruche, doch Mutter sandte ihm einen Scheck über die branchenüblichen fünf Prozent. Er reichte ihn ein.

Es trafen immer wieder Briefe von ihm ein: aus Kanada, aus England, aus Ägypten, aus Amerika. Einige waren an Hélène gerichtet, einige an ihre Mutter. Ihre Mutter öffnete die Post für gewöhnlich am Frühstückstisch, und weil sie oft keine Lust hatte, sich mit ihrer Brille abzumühen, schob sie die Briefe über den Tisch zu Hélène, damit ihre Tochter sich damit befasste.

»Er ist gerade in London«, sagte sie an einem Morgen im Jahr 1909. »Irgendwie geht es um Logistik. Er schreibt über Schiffsladungen von Kanada nach Großbritannien. Hör mal: ›Schiffe, die bis an die Auslastungsgrenze mit Bauholz, Kupfer und Gold beladen sind, und was sie sonst noch rauben können‹.«

»Rauben«, sagte Mutter. »Schreibt er das wirklich so? Die Amerikaner haben die Briten abgeschüttelt, aber Englisch Kanada ist eine britische Kolonie, wie auch immer man sie bezeichnet. Sie haben es an sich gerissen, und alles gehört ihnen.«

»Wenn er nur endlich mit diesen Briefen aufhören könnte.«

»Was tut das zur Sache? Er ist kein unangenehmer Mensch, und er hat unserer Firma große Dienste erwiesen. Das dürfen wir ihm nie vergessen.«

»Ich denke, der einzige Grund, weshalb er mit uns Geschäfte machte, war, dass er vorab Nachforschungen angestellt hat. Das hat er immer gesagt. Er wusste, dass Molnar in Schwierigkeiten steckte, und von uns konnte er die höchste Kommission fordern. Bösendorfer oder Bechstein hätten ihm die Tür gewiesen.«

»Vielleicht«, sagte Mutter. »Aber so ist das Geschäftsleben nun mal. Er ist gewieft, und er hatte recht.«

Seit Dr. Menasse sie darum gebeten hatte, kam Juliette jeden Morgen ins Haus. Sie zog eine weiße Latzschürze an, nahm in der Küche die Schlüssel für den Haushalt vom Haken und übernahm das Regime. Da Juliette sich zudem um Claire kümmerte, konnten Hélène und ihre Mutter sich voll und ganz auf die Firma konzentrieren. Mutter bot Juliette schließlich an, ihr etwas für ihre Dienste zu bezahlen, damit sie ihre Pension aufbesserte, und Juliette nahm das Angebot an.

Als Claire zwei Jahre alt war, trafen sie Vorbereitungen für ihre Reise nach Indochina, um mit Pierre zusammenzuleben und um in der Kolonie Molnar-Klaviere auf den Markt zu bringen. Sie kauften Reisekleidung, und Mutter ließ einen Stutzflügel für sie verpacken. Mutter hatte zudem einen klappbaren Kinderwagen mit einem aufrechten Sitz entworfen. Sie nannte es *enfantmobile*, und die Männer in der Fabrikhalle fertigten es aus Segeltuch, Pappelholz und den Rädern eines Oxford-Teewagens. Zum Abschied küsste Hélène ihre Mutter und Juliette, dann fuhr sie mit Claire im Zug nach Marseille und schiffte sich dort auf dem Dampfer *Patrie* ein, der sie gen Süden durch den Suezkanal zum Indischen Ozean brachte.

Wochen später, im Hafen von Haiphong, kam Pierre mit der Barkasse an den Dampfer, um sie abzuholen. Als sie einen ersten Blick von ihm erhaschen konnte, in seiner Tropenuniform mit sonnengebräuntem Gesicht und vor Glück strahlenden Augen, war ihr gleichermaßen nach Lachen und Weinen zumute. Sie stand mit Claire auf dem Arm an der Backbordreling und sah nur Pierres lächelndes Gesicht. Claires Haar, tiefschwarz wie das ihre und an dem Morgen frisch gewaschen, wehte ihr ins Gesicht. Das war alles, was sie fühlen und riechen konnte.

»*Chérie*«, begrüßte Pierre sie, und er löste seine Lippen von ihren feuchten Augen und küsste sie auf den Mund. Er nahm ihr Claire aus den Armen und trug sie auf den Schultern die Gangway zur Barkasse hinunter.

Haiphong war der Hauptflottenstützpunkt der Franzosen in Indochina. Es war eine alte Stadt mit Straßen voller Menschen und einigen guten Restaurants und Geschäften und abends einem herrlichen Blick auf den Golf von Tonkin im Osten und die Plantagen Richtung Westen. Pierre hatte ein kleines Haus auf dem Tonkin-Hügel gemietet, und von ihrer Terrasse aus konnten sie die Sonne über Hainan aufgehen sehen. Manchmal, wenn Claire und Pierre noch schliefen, schlich sie auf Zehenspitzen im Nachthemd durch die Schiebetür und stand morgens um fünf Uhr in dem erstaunlichen Licht. Die Schiffe im Hafen lagen noch im Dunkeln, während über ihnen die Sonne wie Lava aus der Erdkruste brach und in den Himmel über der Insel stieg, und plötzlich war die Hitze des Tages zu spüren.

An den meisten Samstagabenden gab sie mit zwei Musikern vom Symphonieorchester Konzerte in der Großen Konzerthalle. Der Stutzflügel hatte die Reise gut überstanden, doch wegen der hohen Luftfeuchtigkeit musste er oft gestimmt werden, manchmal sogar zwischen den Konzertbeiträgen hinter dem geschlossenen Vorhang. Der Stimmstock bestand damals noch aus einem einzigen Stück Hartholz. Während des häufigen Stimmens in Haiphong untersuchte sie die Verankerung des Stimmstocks genauer. Schließlich schlug sie ihrer Mutter in einem Brief vor, ihn in Segmente aufzuteilen und diese in Öffnungen am unteren Rahmen zu befestigen und möglichst viel Holz durch Metall zu ersetzen. Sie legte dem Brief eine Skizze ihres Entwurfs bei.

Die Cellistin bei den Konzerten war Madame Tran. Sie hatte an der Sorbonne studiert und war nicht älter als Hélène. Die beiden Frauen freundeten sich an, und Madame Tran erteilte ihr Vietnamesisch-Unterricht. Claire war stets mit von der Partie und verblüffte danach ihre Eltern mit den vietnamesischen Worten und Sätzen, die sie behalten hatte.

Einmal entdeckten sie auf dem Heimweg von der Vietnamesisch-Stunde in der Nähe des Hügels einen Park. Von da an schlenderten sie abends zu dritt durch den Park, Pierre in seiner Uniform und sie und Claire in Leinenkleidern und weißen Schuhen und mit Hüten, die mit Bändern geschmückt waren. Sie spazierten an Büschen vorbei, die man in Tierformen getrimmt hatte, und sie versuchten zu erraten, welches Tier sie darstellen sollten. Dann fragten sie Vorbeigehende nach der vietnamesischen Bezeichnung, und die blieben stehen, sprachen das Wort aus und hörten zu, wenn sie es wiederholten.

In dem Park gab es auch einen naturbelassenen Bereich neben einem Teich, dort wuchsen magische kleine Wildblumen, deren Blüten tagsüber geschlossen waren. Sie waren so dicht geschlossen, dass am Ende des Stängels kaum eine Verdickung zu erkennen war, aber nachts, sobald es vollkommen dunkel war, entfalteten sich die Blütenblätter in einem dunklen und purpurfarbenen Rot und verströmten ein überwältigendes süßliches Aroma, wie ein edles Parfum. In der Dunkelheit schwirrten zum Nektarsaugen winzige bunte Vögel herbei, die kleiner als Kolibris waren, kleiner als Claires Daumen. Zweimal brachten sie und Pierre und Claire eine Decke, ein Moskitonetz und eine Taschenlampe mit, und dann lagen sie wie Kinder einfach auf der Decke und beobachteten das Spektakel der winzigen Vögel um die Mitternachtsblumen.

Wenn Pierre keinen Felddienst leistete, konnte er abends nach Hause kommen, und es ergaben sich Zeiten, in denen sie zwei Wochen am Stück jeden Abend zusammen verbringen konnten. Daran würde sie sich immer erinnern: an die schönen Zeiten in Haiphong, als sie ihr Abendessen auf der eigenen Terrasse einnahmen und als sie und Pierre Nacht für Nacht im selben Bett schliefen, einander umarmten und morgens zusammen aufwachten. Damals wuchsen sie zu einer richtigen Familie zusammen, endlich lebten sie unter demselben Dach, was ihnen in Frankreich wegen seiner Versetzungen und ihrer Verantwortung für die Pianofabrik selten vergönnt war.

Doch eines Morgens wurde sie ins Konsulat einbestellt, und man übergab ihr ein Funktelegramm von Dr. Menasse. Ihre Mutter war erkrankt, und der Arzt bat sie zurückzukommen. Ihre Mutter sei sehr schwach und kaum noch in der Lage zu sprechen.

Mit einem Schlag veränderte sich alles, und ihre magische Zeit in dem kleinen Haus auf dem Tonkin-Hügel war vorbei.

In ihrem Jahr in Indochina hatte sie für insgesamt sieben Klaviere Bestellungen und Anzahlungen nach Hause geschickt, darunter zwei Konzertflügel für die Symphonieorchester in Haiphong und in Hanoi. Nun verkaufte sie ihren eigenen Stutzflügel an die Gattin des Patissiers und verabschiedete sich von Madame Tran. Sie saßen beim Orangenblütentee beisammen, und beim Abschied umarmte Madame Tran sie nach französischer Sitte, dann streckte sie eine Hand aus und zeichnete auf Hélènes Stirn einen Kreis.

Zurück in ihrem kleinen Haus packte sie ihre eigenen und

Claires Sachen. Pierre begleitete sie auf der Barkasse, und auf der Fahrt durch den Hafen drückte er die ganze Zeit Claires Hand. Als die Barkasse ihr Tempo verlangsamte, kniete er auf den Deckplanken und umarmte seine Tochter.

Dieses eindringliche Bild, Pierre, der mit traurigem Gesicht vor seiner Tochter kniet, blieb ihr noch Jahre ins Gedächtnis eingebrannt. In der ersten Zeit, in der ihr das Bild in den Sinn kam, überfielen sie Entsetzen und Furcht vor weiteren Verlusten, aber nach einiger Zeit erwuchs daraus nur noch Dankbarkeit für das, was gewesen war, und so blieb es immer in ihrem Gedächtnis.

Neun

Am Morgen saß sie auf dem Stuhl neben dem Telefon in dem eiskalten Kirchenbüro und sprach mit Claire in London.

»Oh, Mum«, sagte Claire. »Sag mir genau, was passiert ist. Was hat der Polizist gesagt?«

Sie berichtete, wenn es auch nicht viel war.

»Neue Beweise. Was können sie Neues ausgegraben haben?«

»Ich habe keine Ahnung. Ich hatte gehofft, dass du herkommen und mich besuchen kannst, Claire. Hast du die Prüfung hinter dir?«

»Ja, den praktischen Teil. Morgen ist die schriftliche Prüfung.«

»Kannst du danach kommen? Nimm dir Geld dafür von dem Sonderkonto. Es ist für Notfälle da, und das hier ist einer.«

»Ich sehe zu, dass ich es einrichten kann. Ich spreche mit der Oberschwester.«

Sie sagte Claire, wie sehr sie sie liebe, und Claire versicherte ihr das Gleiche. Claire sagte: »Mach dir keine Sorgen, Mum. Man hat die Klage schon einmal als unbegründet abgewiesen, und das werden sie auch diesmal so machen.«

Nachdem sie aufgelegt hatte, wählte sie noch einmal das Amt und fragte die Telefonistin nach den Kosten für das Gespräch.

Als sie durch die Kirche ging, sah sie David Chandler oben auf der Orgelempore, und sie öffnete die Tür und stieg die Treppe hinauf. Er hatte einige Maschinenteile aus Holz auf dem Fußboden ausgelegt und kniete vor ihnen, um sie zu messen und zu zeichnen.

»Mrs. Giroux«, sagte er und stand auf. »Ich habe es von Morris gehört. Father William musste es ihm wegen des Arrests erzählen.«

»Verstehe. Also ist es bekannt.«

»Ja, schon. Bitte, lassen Sie es mich wissen, wenn ich Ihnen auf irgendeine Weise behilflich sein kann. Sie werden nicht verhindern können, dass es sich rumspricht. Das muss irgendein Irrtum sein.«

»Es ist kein Irrtum, Mr. Chandler. Es ist eine lange Geschichte, und ich dachte, sie wäre beendet.«

Sie stand da und betrachtete die Holzteile auf dem Fußboden, Wellen, Abstrakte und weitere Teile der Traktur. Zwei Teile konnte sie nicht zuordnen, und sie nahm sie als Aufhänger, um das Thema zu wechseln.

»Was sind das für Teile, Mr. Chandler?«

»Teile des Ventils, der Windlade, sollte ich besser sagen. Ich denke, wir könnten eine Messingscheibe einsetzen, hier am Abzugsdraht, wo es kaputt ist. Es entsteht Reibung, und egal ob Schmiere oder Graphit, alles wird ohnehin nur hinausgepresst. Ich habe das schon einmal so gemacht. Wenn die kaputtgehen, muss man nur dieses Teil ersetzen. Übrigens, Mrs. Giroux, Ihr erstes Paar Schuhe ist fertig, Sie können es anprobieren. Ich kann heute Nachmittag vorbeikommen, wie Sie gesagt haben. Wäre vier Uhr gut?«

»Ja.« Sie zeigte zu den Maschinenteilen auf dem Fußboden. »Als ich noch jung war, haben wir einige dieser Teile für eine Orgelfabrik in Bordeaux gefertigt. Wir haben dafür Wintereiche verwendet, die am letzten Tag des Januarneumonds geschlagen wurde. Bei uns in der Stadt gab es noch ein paar Leute, die sich mit solchen Sachen auskannten, die konnten einem viele Geschichte erzählen. Von Dachrinnen aus Holz, die Generationen überdauert haben, und von Holzschindeln, die länger hielten als Lehmziegel. Aber irgendwann haben wir das Geschäft an eine belgische Firma verloren, die hatte billigeres Holz aus dem Kongo. Ein schwarzes, sehr hartes Holz. *Bois de fer*, hieß es bei uns.«

»Ich glaube, wir nennen es Eisenholz, Mrs. Giroux. Es gibt auch eine Art davon in Nordamerika. Ich weiß nicht, ob es schwarz ist, aber nach allem, was ich gehört habe, muss es schwer zu verarbeiten sein. Ich habe auch darüber gelesen, dass man sich beim Fällen von Winterholz nach dem Mond richtet.«

»Ja«, sagte sie. Sie zögerte einen Moment, und dann nickte sie und sagte, dass sie ihn nicht länger aufhalten wolle. Sie ging die Treppe hinunter und hielt sich dabei am Holzgeländer fest.

Zurück in Montmagny, nach der unendlich langen Heimreise, wechselte sie sich mit Juliette an Mutters Bett ab. Mutter war blass und dünn geworden, und meist lag sie mit geschlossenen Augen da. Sie bekam nur unter Mühen Luft, und manchmal setzte ihr Atem vollständig aus, und dann konnte sie nur unter Krämpfen weiteratmen.

»Eine schwere Krankheit«, sagte Dr. Menasse zu Hélène nach einem seiner Besuche bei der Patientin. »Ich bin mir jetzt recht sicher, was es ist.«

»Hm. Was ist es denn, Dr. Menasse?«

»Es ist ein Krebsleiden, Madame. Hauptsächlich in den Lungen. Aber vielleicht sind auch die Leber und die Milz betroffen.«

Er sagte, er habe Blut- und Speichelproben an ein Labor

geschickt, und einige habe er auch selbst unter dem Mikroskop untersucht. »Vielleicht die Dämpfe in der Fabrik«, sagte er. »Der Schellack und der Leim. Man weiß, dass Lösungsmittel die chemische Zusammensetzung des Blutes verändern können, was sich dann auf die lebensnotwendigen Organe auswirkt. Tja, und dann noch das Sägemehl. Feine Zellulose, die die Lungen verstopft.«

Er sah in die schwarze Vertiefung seines Huts und sagte: »Vielleicht ist sie jetzt besser im Krankenhaus aufgehoben, Madame.«

Also wurde Mutter ins Hôpital de la Miséricorde gebracht, und Hélène fuhr zweimal am Tag mit dem Fahrrad dorthin. Juliette nahm eine Droschke und blieb stundenlang an Mutters Bett und ging zudem den Krankenschwestern zur Hand.

Hélène bestellte kistenweise Mundschutzmasken und schrieb allen vor, diese in der Fabrikhalle zu tragen. Claire musste den Mundschutz anlegen, sobald sie durch die Tür kam, und auch Hélène trug ihn. Wenn sie ihre Mitarbeiter ohne den Mundschutz erwischte, beorderte sie einen nach dem anderen in das Büro ihrer Mutter, ließ sie Platz nehmen und nahm sie sich dann vor. In der Endfertigung ließ sie einen zweiten Entlüftungsventilator in der Außenwand montieren, und auf der gegenüberliegenden Wand verbesserte sie das System der Frischluftzufuhr.

Mutter, die sich zeit ihres Lebens durch ihre klaren Vorstellungen und ihren starken Willen auszeichnete, die ganz allein den Gussrahmen für einen Stutzflügel auf einen Transportwagen hievte und diesen durch die Halle zum Montageplatz schob, konnte nun kaum mehr eine Tasse an ihre Lippen heben.

Hélène wusch ihrer Mutter das Gesicht und frisierte sie und legte ihr Lippenstift auf, und ihre Mutter war für jede kleine

Geste so dankbar, dass Hélène am liebsten nur noch geweint hätte.

Sie arbeiteten viele Stunden, um die Aufträge zu erledigen, die inzwischen aus der ganzen Welt eintrafen, berichtete sie Mutter. Das Geschäft lief gut, und da nun etwas Geld da war, nahm sie Kontakt mit einer Ingenieurfirma auf, um die Elektrifizierung der Fabrik in Angriff zu nehmen. Anscheinend war dies möglich, indem man den Mühlkanal oben erweiterte und unten verengte und zudem das alte Mühlrad aus Holz durch eine Lamellenturbine ersetzte, wodurch man viel mehr Strom erzeugen konnte. Ein Generator würde dann Starkstrom statt dem bisherigen Hausstrom produzieren. Damit könnte man die Produktionsschritte der Holzverarbeitung beschleunigen und die ebenso gefährlichen und veralteten Transmissionsriemen in der Fabrikhalle ersetzen.

Mutter hörte zu. Sie schloss die Augen und sagte: »Schön, Hélène. Du bist stark und mutig, und du strebst immer nach der Wahrheit. Du wirst es schaffen. Ich weiß das.«

»Danke, Maman. Juliette hat angeboten, zu uns zu ziehen. Sie meint, dann kann sie mir besser helfen. Soll ich das annehmen?«

»Nein. Juliette liebt ihre Unabhängigkeit, und wenn sie einmal auszieht, hat sie ihre kleine Wohnung für immer verloren. Bedanke dich bei ihr, aber lehne ihr Angebot ab.«

»Einverstanden. So mache ich es. Sie kommt immer noch jeden Tag, und wenn ich spät dran bin, isst sie mit Claire zu Abend, und dann liest sie ihr noch etwas vor und bringt sie ins Bett. Ich habe ihr auch angeboten, noch jemanden für Claire einzustellen, aber sie will davon nichts hören.«

»Natürlich nicht. Eine fremde Person im Haus? Zahl ihr noch etwas mehr. Aber sprich nicht mit ihr darüber, steck das Geld einfach in den Umschlag. Und lass dich bloß nicht auf Diskussionen ein.«

In der Krebsstation standen sechzehn Betten in einem Raum. Die Besucher kamen und gingen, und Ärzte und Krankenschwestern zogen in Pantinen mit Filzsohlen ihre Runden. Wenn eine Patientin dem Tod nahe war, stellten die Krankenschwestern Wandschirme um das Krankenbett, doch diese konnten die Geräusche nicht dämpfen. Wenn für eine Patientin das letzte Stündchen schlug, trat Père Dubert in Erscheinung. Hinter dem Schirm flüsterte er sein Latein, und man hörte den Glasstöpsel klirren, und die Patientinnen in den anderen Betten konnten sogar das Öl für die Krankensalbung riechen. Dann wurde das Bett zur Tür hinausgeschoben und dann nach rechts durch die Eingangshalle zu der Flügeltür mit der knarrenden Türangel, deren Geräusch auf der Krebsstation jeder kannte. Am nächsten Tag kam das leere Bett zurück, mit frischen Laken und einem unbeschriebenen Namensschild.

Manchmal begleitete auch Claire ihre Besuche bei Mutter, aber sie saß jedes Mal nur still und erschrocken auf dem Stuhl, und auf dem Rückweg im Taxi weinte sie, und am nächsten Tag brachte sie kaum ein Wort hervor.

Der Tod von Patienten, die Geld hatten, war milder, denn sie konnten das Morphium bezahlen. Mutter konnte das. Molnar-Klaviere hatten sie womöglich umgebracht, aber nun verfügten sie dank der Firma auch über die finanziellen Mittel, um ihr Ruhe zu ermöglichen und das Atmen zu erleichtern.

Also bezahlten sie für einen barmherzigeren Tod, *une mort plus douce*, wie Dr. Menasse sagte.

An einem ihrer letzten Tage hinterließ Mutter ihr das wertvollste Geschenk, das sie ihr jemals gemacht hatte. Es war nach dem Mittagessen an einem wolkenverhangenen Tag, das Licht auf der Station war stumpf und dunkel. Das Tablett mit den

Essensresten war schon abgeräumt. Mutter saß mit geschlossenen Augen gegen das Kissen gelehnt. Hélène dachte, sie schlief, doch plötzlich sprach Mutter, ohne die Augen zu öffnen: »Ich weiß, dass du da bist. Ich spüre das immer. Bitte, richte Claire ganz liebe Grüße von mir aus. Gib ihr einen Kuss von mir, und sag ihr, dass ich sie bitte, nicht mehr zu kommen. Hélène, dir möchte ich noch etwas mit auf den Weg geben. Es ist mir gestern Abend eingefallen ... Ich weiß, du wirst das Beste für die Firma tun, aber du darfst niemals deine eigene Musik vernachlässigen. Mit dem Geschäft kann es zu Ende gehen, ohne dass du etwas dafür kannst, aber deine Musik gehört ausschließlich dir. Beschäftige dich mit ihr, und sie wird dir beistehen.« Ihre Mutter öffnete die Augen und sah Hélène direkt an. »Habe ich dir das schon einmal gesagt?«

»Nein, das hast du nicht, Maman. Zumindest nicht so.« Sie streckte ihre Hand aus und drückte fest die Hand ihrer Mutter auf dem Laken.

»Mir hat die Musik geholfen, Hélène. Besonders nach dem Tod deines Vaters. Auf eine andere Weise, denn ich bin niemals so gut wie du gewesen. Unsere Klaviere haben meinem Leben stets einen wunderbaren Sinn gegeben. Dein Vater und du und unsere wunderbaren Klaviere.«

»Ja, Maman.«

»Ich weiß, dein Vater ist nicht oft zu Hause gewesen, aber ich weiß auch, dass er deswegen unglücklich war. Er hätte liebend gern mehr Zeit mit dir verbracht. Das Kolonialamt bezahlt gut, aber es behandelt sie wie Sklaven ... Es war nicht immer einfach zwischen deinem Vater und mir. Vielleicht hast du das gespürt, vielleicht auch nicht. Es tut auch nichts zur Sache. Das Wichtigste ist, dass du weißt, dass ich deinen Vater geliebt habe. Ich habe ihn wirklich sehr lieben gelernt ... Nach seinem Tod hatte ich eine schwere Zeit. Ich fühlte mich so verloren, Liebes. Aber schließlich lernte ich auf diese Weise auch etwas über mich selbst, was ich sonst nie erfahren hätte. Dennoch, nichts war mehr wie zuvor. Sag, wiederhole ich mich? Habe ich das vorher schon einmal gesagt?«

»Nein, das hast du nicht, Maman. Und selbst wenn es so wäre. Dann macht es auch nichts. Ich höre dir gern zu, wenn du von Papa erzählst.«

Inzwischen standen ihr Tränen in den Augen. Sie wollte sie trocken tupfen, aber sie wollte auch nicht die Hand ihrer Mutter loslassen, sie hatte Angst, sie zu verlieren.

Zwei Tage später wurde der Wandschirm um ihr Bett aufgestellt, und als Père Dubert in seinem Ornat mit dem heiligen Öl ankam, wirkte Mutters Gesicht auf wundersame Weise friedvoll.

Pierre konnte nicht rechtzeitig zum Begräbnis kommen, doch zu ihrer Überraschung war Nathan anwesend. So standen sie plötzlich alle an einem Novembernachmittag um das Grab, während Père Dubert sein Weihrauchgefäß schwenkte und seine lateinischen Gebete sprach. Alle erwiderten sein Amen und bekreuzigten sich, und dann waren sie und Claire an der Reihe. Sie nahmen die silberne Kelle in die Hand und füllten sie mit Erde und ließen diese auf Mutters Sarg rieseln. Sie ging neben Claire in die Hocke und drückte sie fest an sich. Nathan stand nicht weit von ihnen entfernt, mit gesenktem Kopf und dem Hut in den Händen. Sie vermied, zu ihm zu sehen, aber sie spürte seine Anwesenheit. Er lenkte sie in ihrer Trauer ab, und sie wünschte, er wäre nicht gekommen.

»Du musst mir helfen, ihn von mir fernzuhalten«, flüsterte sie Juliette zu, und Juliette antwortete durch den schwarzen Schleier hindurch: »Mach dir seinetwegen keine Sorgen.«

Ein Wagen wartete auf ihn, und er bot ihnen an, dass sie mitfahren könnten, doch sie bedankte sich nur und sagte, dass sie lieber zu Fuß gingen, es wäre ja nicht weit. Juliette winkte ihn zu sich zur Seite, und als Hélène sich nach einigen Schritten umdrehte, sah sie die beiden auf dem Rasen neben dem Gehweg stehen. Der stattliche Nathan in einem Trenchcoat mit schwarzem Trauerflor am Ärmel und die zerbrechliche, aber immer noch aufrechte Juliette in einem langen schwarzen Mantel und einem schwarzen Hut, bei dem sie nun den Schleier hochgeschlagen hatte. Mit einer entschiedenen Geste schien sie eine Abfuhr zu unterstreichen.

»Er hat uns zum Abendessen eingeladen«, sagte Juliette später, »aber ich habe ihm erklärt, dass keiner von uns nach Gesellschaft zumute ist. Er wird am Morgen anrufen, um Adieu zu sagen. Das können wir ihm nicht abschlagen.«

Am Morgen empfing sie Nathan in der Bibliothek. Juliette servierte ihnen Kaffee auf dem guten Tablett aus Sterlingsilber und schwirrte dann im Hintergrund wie eine Anstandsdame umher. Nathan saß auf dem Stuhl, selbstbewusst wie eh und je und mit dem vertrauten Funkeln in den Augen.

Ihm ging es gut, berichtete er auf ihre Nachfrage. Er arbeitete inzwischen als Antikenhändler für die Antikenverwaltung von Ägypten und lernte in diesem neuen Geschäftsbereich viel hinzu. Er erzählte vom Tal der Könige und von den Gräbern und all den großartigen Schätzen, die es dort noch auszugraben gab.

Er sagte: »Ich habe da einige Ideen für lukrative Geschäfte bekommen, Helen. Es geht um Museumsexponate.«

»Keine Klaviere mehr?«

Er schüttelte den Kopf.

»Wie hast du von Mutters Tod erfahren?«

»Hm, ich habe davon gehört, ich weiß nicht mehr, von wem.

Ich glaube, von jemandem in Amsterdam. Der Name Molnar hat sich inzwischen richtig herumgesprochen.«

Als er zum Abschied aufstand, sagte er: »Falls ich jemals irgendwie helfen kann – was auch immer. Als Dank für die guten alten Zeiten und weil ich deine Mutter sehr geschätzt habe.«

Er wartete. »Helen? Du sollst wissen, dass ich mich sehr für dich freue. Deine Ehe, deine entzückende kleine Tochter. Du jetzt als Direktorin von Molnar. Glückwunsch. Ich freue mich, dass sich die Dinge für dich so gut entwickelt haben. Bei mir ist es nicht viel anders.«

»Ja, das hört sich so an. Ich freue mich, Nathan.«

Sie begleitete ihn die Treppe hinunter und lächelte, und an der Haustür gab sie ihm die Hand. Er beugte sich vor und küsste sie auf die Wange.

»Ein interessanter Mann«, sagte Juliette später. »Mehr als sonst jemand. Das muss man ihm lassen. Aber er ist und bleibt ein Abenteurer, wenn man ihn so erzählen hört. Solche Männer sind keine guten Ehemänner, Hélène. Dafür braucht man starke, beständige Männer. Wie dein Pierre. Du hast die richtige Wahl getroffen.«

~

Das Paar Schuhe, das David Chandler ihr am frühen Abend brachte, saß besser als jedes Paar, das sie jemals getragen hatte. Sie saß auf dem Stuhl vor dem Kohlefeuer und schlüpfte in sie hinein und hinaus und wieder hinein. Sie stand auf und ging einmal zum Fenster und zurück.

»Haben Sie da guten Halt, wo Sie ihn benötigen, Mrs. Giroux?«

»Ja. Es fühlt sich sehr gut an, Mr. Chandler, ohne die Schnürsenkel oben noch etwas locker, aber genau an der Stelle fest, wo es wichtig ist.«

»Wenn Sie so gehen, können wir ihn an den Stellen für die Schnürsenkel noch enger machen und etwas schmaler um die Knöchel. Der Fuß verändert seine Form, sobald wir ihn belasten. Und er braucht nach vorn noch ein wenig Luft, vielleicht ein Achtel Inch.«

»Es fühlt sich wirklich gut an.«

»Möchten Sie Haken und Ösen oder nur Ösen?«

»Vielleicht nur Ösen. Das scheint derzeit Mode zu sein.«

»Ja, das stimmt. Also gut.«

»Sollen wir jetzt zum Tee übergehen, Mr. Chandler?«

»Ja, gern, Mrs. Giroux.«

Sie bereitete Tee zu, und als sie mit dem Tablett aus der Küche kam, stand er am Fenster und blickte hinaus. Im Wohnzimmer gab es zwei Fenster, und er stand vor dem südwestlichen mit Blick auf das Meer. Der Himmel war am Horizont tiefrot und darüber fast purpurrot.

»Wunderschön«, sagte er. »Ich glaube, an einem klaren Tag können Sie Maine sehen, und in manchen Nächten können sie sogar den Widerschein der Lichter sehen, die sich hinter dem Horizont befinden. Das müsste dann Eastport sein, oder Cutler. Grand Manan liegt weiter darüber. Da versperren Ihnen die Bäume die Sicht.«

Er nippte einige Male an seinem Tee und kam dann mit der Tasse zum Wohnzimmertisch. Nun saßen sie im Schein der Stehlampe auf dem Sofa und dem Stuhl.

»Sie haben gewiss bemerkt, dass ich keine Fragen stelle, Mrs. Giroux. Ich bin mir sicher, worum auch immer es geht, es wird sich alles aufklären. Aber wie gesagt, ich wäre froh, wenn ich Ihnen behilflich sein kann. Schicken Sie mir einfach jemanden vorbei, damit ich es weiß.«

»Danke, Mr. Chandler.«

Einen Moment lang herrschte Stille, nur in der Ferne konnte man Möwen hören.

»Ich selbst stamme aus New York«, sagte er dann. »Meine Eltern sind im Sommer immer hierher gefahren, damit meine Schwester und ich an die frische Luft kamen. So haben sie das zumindest genannt. Mir hat es hier immer sehr gut gefallen, und nach ihrem Tod bin ich hergezogen. Meine Schwester lebt in Kalifornien. Wir schreiben uns.«

»Haben Sie Ihren Beruf hier gelernt?«

»Ja, das mit den Lederwaren schon. In New York habe ich Maschinen- und Modellbau studiert, und dann kamen hier die Lederarbeiten hinzu. Es ist immer gut, wenn man noch ein zweites Eisen im Feuer hat. Und es ist interessant. Ich habe in meinem Leben viel Glück gehabt, Mrs. Giroux. Zwar nicht in allem. Ich war sechzehn Jahre verheiratet, aber dann ist meine Frau an der Spanischen Grippe gestorben, schon ganz am Anfang der Epidemie. Dabei gab es hierzulande nur wenige Tote.«

»Mein Beileid, Mr. Chandler. Ich habe damals in London gelebt, und dort grassierte sie auch. Ich hatte auch einige Bekannte, die daran starben. Meine Tochter und ich, wir hatten Glück.«

»Ihre Tochter«, sagte er und lächelte. »Erzählen Sie mir von ihr.«

Sie stand auf und holte ihre Handtasche. Sie nahm das kleine Lederetui mit Claires Foto heraus und reichte es ihm. »Das ist vor fünf oder sechs Jahren in Montreal aufgenommen worden. Im Hinterhof des Hauses, in dem wir einige Jahre gewohnt haben. Ich hatte auch in vielerlei Hinsicht Glück, Mr. Chandler, aber nicht in allem. In einer entscheidenden Situation hatte ich kein Glück. Aber wenigstens habe ich jetzt Zeit zum Nachdenken. Das ist der Silberstreifen am Horizont. Ich muss nicht mehr ständig zurückschauen, sondern kann es mit Ruhe angehen und mich auf das vorbereiten, was kommt.«

»Ja«, sagte er. »Ich glaube, ich verstehe, was Sie meinen.«

Er legte das Foto auf den Tisch zurück und wartete einen Moment, und als sie ihm nichts mehr anbot, sagte er: »Noch einmal zu den Schuhen. Der rechte ist zwar der schwierigere, aber der ist in Ordnung, sagen Sie?«

»Der ist mehr als in Ordnung, er ist großartig. Danke, Mr. Chandler. Übrigens, meinen Sie das ernst, Sie wären tatsächlich bereit, mir zu helfen?«

»Ja«, sagte er, »das bin ich.«

»Gut. Da ist eine Sache. Wir haben doch gerade über Claire gesprochen. Sie werden Sie demnächst kennenlernen, denn sie kommt zu Besuch. Mr. Chandler, eine Frage. Können Sie vielleicht Auto fahren?«

Zehn

Pierre hatte in dem Haus auf dem Tonkin-Hügel ein Telefon installieren lassen, und sie konnten über eine Relaisstation des Kolonialamtes zu vorab vereinbarten Zeiten miteinander telefonieren. Es kam wieder vermehrt zu Aufständen, und man hatte ihm das Kommando über eine Kompanie Fremdenlegionäre übertragen, die die ländlichen Gebiete und Plantagen kontrollieren sollten. Er berichtete, wie er Männer verlor, weil im Schotter der unbefestigten Pisten Sprengstoff verscharrt war. Dynamit explodierte, weil jemand auf einen primitiven Auslöser trat. Minen gingen hoch, weil ein dünner Draht über einen zugewachsenen Pfad gespannt war. Seine Männer stürzten in Fallgruben, in denen angespitzte Bambusstangen steckten, die mit Exkrementen beschmiert waren. Aber nie bekamen sie den Feind zu Gesicht. Die Aufständischen waren nachts unterwegs, sie tauchten in der einheimischen Bevölkerung unter.

Sie fragte, ob er ihr das am Telefon überhaupt erzählen dürfe, und er sagte, es sei in Ordnung. Alle wüssten Bescheid. Er klang müde.

»Sie hassen uns«, sagte er. »Das ist eine altbekannte Tatsache. Die Oberschicht mag uns noch, sie schätzt unser Geld und die Posten, die wir ihnen geben, aber die Rebellen sind anders.«

»Was ist mit dir?«, sagte sie. »Mit deiner Sicherheit? Ich mache mir Sorgen um dich. Wir haben Sehnsucht nach dir.«

»Ach, mir geht's gut, Liebling. Ich habe für die Gefahren hier einen sechsten Sinn entwickelt.«

Den Zeitungen konnte sie entnehmen, dass Indochina nicht die einzige Kolonie war, in der sich Unruhe regte. Der Hass auf die Ausbeuter aus dem Ausland, auf diese selbst ernannten, hellhäutigen Herrscher, schwoll überall wie eine Flut an, in Indien und in Afrika und an vielen anderen Orten. Gegen die Briten und gegen die Franzosen und gegen die Deutschen; gegen die Belgier und gegen die Portugiesen; und in ihren eigenen Kolonien in Fernost gegen die Holländer. Und in Osteuropa gegen die Österreicher.

Im Februar 1914 wurde Pierre abberufen. Bevor man ihm seinen nächsten Posten zuwies, gestand man ihm einen Heimaturlaub zu. Er stieg aus dem Zug, ganz dürr und mit gelb unterlaufenen Augen von dem Tropenfieber, und sie und Claire holten ihn mit einer Pferdekutsche ab und brachten ihn zu Hause geradewegs ins Bett. Dr. Menasse untersuchte sein Blut unter dem Mikroskop und entdeckte darin winzige Wesen, sich selbst antreibende Formen von Leben, sagte er, die er aber nicht identifizieren konnte. Er erstattete dem Gesundheitsministerium in Paris Bericht, und dessen Kolonialbüro schickte Fläschchen mit einem Arzneimittel, das sie Pierre in die Venen injizierten.

Zuerst ging es ihm noch schlechter, doch dann erholte er sich ein wenig. Inzwischen waren der österreichische Erzherzog und seine Frau bei einem Attentat ums Leben gekommen, und der gesamte Balkan war in Aufruhr. Die Zeitungen waren voller Spekulationen und angsterfüllter Prophezeiungen. Juliette sagte, der Krieg stünde bevor, jeder spüre das. Sie sagte, sie sei alt genug, um sich noch an 1870 zu erinnern. Jede Generation habe ihren Krieg, aber vielleicht müsse ihre Generation zwei erleben. Vielleicht auch nicht, sagte Hélène. Vielleicht haben die Politiker aus dem letzten Krieg gelernt. Doch Juliette schüttelte nur den Kopf und wendete sich ab.

Zu der Zeit fühlte sich Hélène hin- und hergerissen: Pierre wieder zu Hause zu haben war neu und meistens wunderbar, aber sie war ja noch Direktorin einer Pianofabrik und musste die Bestellungen erledigen. Ihre Arbeiter waren von ihr abhängig.

Die Elektrifizierung der Fabrik war abgeschlossen, doch nach wie vor wurden Molnar-Klaviere in jedem Arbeitsschritt in Handarbeit gefertigt, also fiel die Effizienzsteigerung geringer aus als erhofft. Monsieur Bendix Raoul hatte das prophezeit, als sie ihn vorher um Rat gebeten hatte. Er machte ihr aber keine Vorwürfe, sondern sagte, dass sich die Arbeitsbedingungen in der Fabrik ohne die Transmissionsriemen verbessert hätten und dass die Stromversorgung nun konstant wäre, unabhängig vom Wasserstand des Flusses.

Keinen Monat später brach der Krieg aus.

An dem Tag befand sie sich gerade in dem mit Kork ausgeschlagenen Raum und stimmte ein Klavier für einen Händler in St. Petersburg. Sie kämpfte mit den Tücken eines Saitenchors, sie schloss die Augen und lauschte mit geneigtem Kopf in höchster Konzentration, wieder und wieder schlug sie die Taste an und nahm minimale Veränderungen an den Stiften vor – winzig kleine, kaum wahrnehmbare Bewegungen. Währenddessen stoppten im ganzen Land und in ganz Europa die Druckmaschinen der Zeitungen für eine neue Schlagzeile oder eine Sonderbeilage. Sie las an dem Abend in *Le Figaro* davon.

Pierre erhielt seine Order und freute sich darüber. Er versuchte, es sich nicht anmerken zu lassen, aber sie spürte es. Eine ehrenwerte Aufgabe für einen Soldaten in der Heimat, sagte er zu ihr. Ein sichtbarer Feind auf freiem Feld, keine nächtlichen Angriffe und Sprengfallen. Und keine ernsthafte Bedrohung für die französische Armee, versicherte er ihr. Da gebe es Disziplin, hervorragenden Drill und großartige Führungspersönlichkeiten. Es würde schnell vorbei sein. Vielleicht nicht schon zu Weihnachten, wie die Zeitungen schrieben, aber bestimmt bis zum nächsten Frühjahr.

Die Zeit, bis er seinen Dienst erneut antreten musste, reichte sogar noch für einen Kurzurlaub, und sie reisten mit dem Zug nach Belgien, nach Ostende in ein Ferienhotel. Sie spazierten bei Ebbe am Strand entlang und spielten mit Claire »Engelchen flieg« und bewunderten deren Künste beim Radschlagen. Sie war restlos verliebt in ihre kleine Familie, in dieses Glück zu dritt, mit einer feinen schützenden Aura um sie herum. Sie mieteten einen Strandsegler und fuhren am Strand entlang, mit dem Wind, der ins Segel blies, und dem feuchten Sand, der hinter ihnen in hohen Bögen aufspritzte. Im Hotel hatten sie und Pierre nachts ein Zimmer für sich, und sie liebten sich bis zur süßen Erschöpfung. Sie schliefen ineinander verschlungen, wie damals in dem kleinen Haus auf dem Tonkin-Hügel. Mit dem Unterschied, dass in Ostende morgens ein Zimmermädchen anklopfte und ihnen das Frühstück ans Bett brachte. Bald darauf kam Claire aus dem Nebenzimmer angehüpft, putzmunter und voller Tatendrang für die Abenteuer des neuen Tages.

Am 30. August des Jahres schickte das Militär Pierre in den Osten des Landes, damit er dort eine Kompanie befehligte, und keine fünf Wochen später war er tot. Ein Held, wie der Oberst in seinem Brief schrieb, der im Morgengrauen, bei einem Angriff auf feindliche Stellungen, sein Leben für Frankreich gegeben hatte. Man schickte ihr seine Orden und seinen Tornister und einen Ehering, der nicht der seine war. Im Tornister fand sie zwischen anderen Papieren einen kleinen

Abzug von ihrem Bild aus der Zeitschrift und eine Fotografie von Claire, geschrubbt und ungewöhnlich ernsthaft in ihrem Matrosenkleidchen; auch eine Aufnahme des Zeitschriftenfotografen.

Am Tag nach dem Erhalt des Briefs holten sie und Claire die schwarzen Kleider hervor, die sie für das Begräbnis ihrer Mutter gekauft hatten. Claire war in dem Jahr in die Schule gekommen; sie war aus dem Kleid herausgewachsen, und Hélène erstand für sie ein neues.

Juliette schloss sich ihnen an, als sie zum Grab ihrer Mutter gingen, und dann standen sie eine Weile dort. Es war ihnen ein Bedürfnis, an dem Tag an einem Grab zu stehen.

Es war ein goldener Oktobertag, dem vor zehn Jahren sehr ähnlich, an dem sie mit Pierre Eis essen gegangen war und sein Gesicht betrachtet und sich selbst gelobt hatte, dass sich dies niemals ändern würde. Wieder lagen schimmernde Kastanien auf der Erde, und von irgendwo hinter der Friedhofsmauer waren die Rufe von Jungen und das wiederholte Aufprallen eines Balls zu hören. Schließlich machten sie kehrt und gingen den Kiesweg zurück.

»Wir sind nicht allein, Liebling«, sagte sie mit gedämpfter Stimme zu Claire. »Wir sind immer noch eine Familie.« Claire sah hoch, um hinter dem Schleier ihren Gesichtsausdruck zu enträtseln, und drückte ihre Hand noch fester.

Elf

Es gab eine Zeit, in der es ihr keineswegs behagte, Klavier zu spielen, diesen Kaufinteressenten vorzuspielen, für die sie sich schön anziehen musste, wie damals für den Einkäufer aus Boston. Mit einer Aufsteckfrisur, weil ihre Mutter stets betont hatte, der Nacken einer jungen Dame stelle eine süße Verletzlichkeit dar.

»Aber sie kaufen doch nicht *mich*, Maman«, hatte sie zunächst entgegnet. Doch ihre Mutter hatte gesagt: »Ja, das stimmt, meine Liebe. Aber etwas Hübsches in Verbindung mit dem Klavier, das gefällt ihnen. Das bleibt ihnen im Gedächtnis haften. Ein Ausdruck unserer großartigen Kultur für ihre viel zu gewöhnlichen Wohnzimmer zu Hause in England oder Amerika. Denn das kaufen sie, Hélène: Erinnerungen und Träume und unsere wunderbaren Klaviere.«

Damals war ihr das Klavierspielen verhasst, doch jetzt rettete es ihr das Leben, und das nun schon seit Jahren.

Sie saß am Klavier und spielte aus dem Gedächtnis *Morning Has Broken*, als sie Father William zum Seiteneingang hereinkommen sah. Er blickte durch den Altarraum zu ihr und kam dann näher. Sie hörte auf zu spielen.

»Das ist ein neues Kirchenlied«, sagte sie. »Kennen Sie es?«

»Nein, ich glaube nicht.«

»Der Text stammt von einer Engländerin, von Eleanor Farjeon, die Melodie ist eine gälische Weise. Es ist wunderschön. Hören Sie mal.«

Sie spielte und sang es ihm mit sanfter Stimme vor.

Morning has broken like the first morning.
Blackbird has spoken like the first bird.
Praise for the singing, praise for the morning.
Praise for them springing, fresh for the Word ...

»Wunderschön«, sagte er. »Wirklich.«

»Ich hätte gern die Noten, damit ich das Lied mit dem Chor einstudieren kann.«

»Die bekommen wir wahrscheinlich in der Stadt. In der Barrington Street gibt es eine gute Musikalienhandlung. Ich rufe dort an.«

Er sah auf und schaute sich um. Auf den Kirchenbänken im Dämmerlicht neben der Tür saß etwa ein Dutzend Leute.

»Ah, Sie haben Zuhörer.«

»Ja. Sie kommen seit dem Tag, an dem ich die Nachricht aufgehängt habe.«

»Es freut mich, dass Ihnen der Sinn nach Musik steht. Wie läuft es mit dem Chor?«

»Ganz gut. Wir hatten bislang sechs oder sieben Proben. Die neue Situation erleichtert die Sache nicht gerade, aber ich habe mit den Sängern geredet und sie gebeten, bis zur Gerichtsverhandlung alles beiseitezuschieben. Die meisten kommen damit klar. Ein oder zwei zeigen sich mir gegenüber ablehnend, aber ich kann damit umgehen.«

Sie sah auf ihre Armbanduhr. »Ich könnte jetzt aufhören. Ich würde gern mit Ihnen etwas besprechen. Haben Sie eine Minute Zeit?«

»Ja, natürlich. Aber bevor ich es vergesse, der Sergeant hat gesagt, er kann es nicht gestatten, dass ein Wagen ohne rechtmäßige Zulassung auf einem öffentlichen Platz parkt. Er hat mir ein Formular mitgegeben. Sie sollen es ausfüllen, und dann stellt er eine vorübergehende Erlaubnis und Zulassung auf die Adresse der Kirche aus.«

»Schön. Bitte richten Sie ihm meinen Dank dafür aus. Übrigens, David Chandler wird Sie um die Autoschlüssel bitten. Er erledigt für mich einen Auftrag.«

In der Sakristei schloss er die Tür hinter ihr, und dann saßen sie einander an der Tischecke gegenüber.

»Sie wissen, dass Sie mir nichts erzählen müssen, Mrs. Giroux. Ich habe darüber nachgedacht. Unter den gegebenen Umständen ist es vielleicht besser, wenn Sie schweigen, um sich nicht in Widersprüche zu verwickeln. Für jeden von uns. Es sei denn, es fällt unter das Beichtgeheimnis, aber vielleicht ist auch das nicht ratsam.«

Sie schüttelte den Kopf. »Es gibt keine Widersprüche. Es gibt auch nichts zu beichten, aber ich möchte, dass Sie wissen, wovon der Polizist gesprochen hat. Sie hatten recht. Ich hätte es Ihnen bei unserem ersten Gespräch erzählen sollen, aber ich hatte hier auf einen Neuanfang gehofft, und ich hatte das Gefühl, es könnte meine Chance zunichte machen. Sie sind sehr gütig zu mir gewesen, und das sind Sie immer noch, und deshalb möchte ich Ihnen jetzt etwas über die Fotografie in den Akten erzählen.«

»Wenn Sie möchten.«

»Father William, wissen Sie, woher die Museen die meisten ihrer Exponate beziehen? Ich glaube, das weiß kaum jemand, also werde ich es Ihnen erklären. Es gibt Schenkungen, manche sind Leihgaben, aber die meisten Exponate werden für sehr viel Geld angekauft. Nun, von wem? Wer hat überhaupt das Recht, solche Dinge zu verkaufen? Schließlich handelt es sich um nationale Kulturgüter, zumindest in vielen Fällen. Da werden komplette Altäre von den Tempelstätten in Indochina weggekarrt und dann in den Museen in London und Paris wieder aufgestellt. Grabbeigaben aus Ägypten, Schriftrollen, Schreibtafeln, Mumien und Knochen. Ja, *Knochen*. Damit Sie eine Idee davon gewinnen können. Und jetzt, am Ende der Kolonialzeit, geht der gewaltige Ansturm auf Kunstwerke aus fremden Ländern erst richtig los. Sie können sich gar nicht vorstellen, wie viel Geld im Spiel ist, ein Konkurrenzkampf bis hin zu Raub. Vor einigen Jahren bin ich mit dem Mann, von dem der Polizist gesprochen hat, durch die Kolonien gereist. Nathan Homewood. Sein Geschäft bestand darin, potenzielle Museumsexponate ausfindig zu machen und zu kaufen, und ich war ihm dabei behilflich. Bei einer Exkursion in den Norden von Alberta ist er unter furchtbaren Umständen gestorben, und ich war die einzige Person vor Ort.«

Er hob die Hand, damit sie nicht weitersprach. »Noch einmal, Sie müssen mir nichts darüber erzählen.«

»Ich weiß, aber es ist *mir* ein Bedürfnis. Es bedeutet mir etwas, was Sie und einige andere hier über mich denken. Also, hören Sie mir bitte zu. Ich weiß, dass ich nicht mehr ich selbst gewesen bin, als man uns fand. Das Foto, das Sie in der Polizeiakte gesehen haben, wurde nach meiner Entlassung aus der Anstalt aufgenommen. An *den* Ort kann ich mich sehr wohl erinnern. Nackt hinter Gitterstäben, kaltes Wasser aus einem Schlauch … Damit wollten sie meinen Wahnsinn kurieren, hieß es. Es ging überall durch die Presse, zumindest dahinten im Westen, und auch in Frankreich. Man beschuldigte mich der schwersten Straftat, die man jemandem vorwerfen kann, und die Gerichtsverhandlung dauerte zwei Wochen. Dann sagte der Richter, die Beweislage sei nicht ausreichend, um die Anklage aufrechtzuhalten, und ich wurde freigesprochen.«

Sie beobachtete ihn, seinen freimütigen Gesichtsausdruck und seinen jugendlichen Blick, wie er versuchte, alles zu ordnen und weder Erschrecken noch Ablehnung zu zeigen.

»William«, sagte sie. »Father William. Das sind die Fakten. Die Anklage lautete Mord. Ich kann jetzt darüber reden, und es Ihnen und mir gegenüber aussprechen, und das ist eine Erleichterung. Sie können das den Leuten sagen. Auch Mr. Chandler und Mildred. Ich habe nichts dagegen, nein, mir wäre sogar geholfen, wenn Sie es ihnen sagen. Über kurz oder lang spricht es sich ohnehin herum, und mir ist es lieber, Sie hören es von Ihnen als über Tratsch und Spekulation. Erzählen Sie es ihnen ruhig, dann muss ich beim nächsten Mal, wenn ich jemanden treffe, nichts sagen. Aber dann weiß ich, dass das, was er weiß, von Ihnen kommt.«

Zwölf

Später berichtete Claire, wie sie nach New York gereist war und von dort im Zug nach Portland und dann mit der Fähre über den Golf von Maine nach Yarmouth. David Chandler hatte am Kai gestanden, aber da sie in Winterkleidung steckte und die elektrische Beleuchtung spärlich war, erkannte er sie nicht auf Anhieb. Doch sie war die einzige allein reisende junge Frau, sie trug Mantel und Hut und hielt erschöpft Ausschau, also ging er auf sie zu, zeigte ihr die Fotografie in dem Etui und stellte sich vor.

Er trug den Koffer zu dem Austin und verstaute ihn im Kofferraum, und dann fuhr er mit ihr die Küstenstraße nach Norden nach Saint Homais. Sie sprachen miteinander, aber nicht viel. Sie erklärte, dass sie sehr müde sei. *Eine weite Reise ist das von London*, Mr. Chandler, sagte sie. Streckenweise hatte es auf der dunklen Straße geschneit, und als das Schneetreiben dichter wurde und die Flocken fast waagerecht im Scheinwerferlicht fielen, hatte er in den ersten Gang hinuntergeschaltet.

Während sie auf sie wartete, stand sie immer wieder vom Stuhl auf und ging zum Fenster. Einige Male öffnete sie es und sog die kalte frische Luft ein und lehnte sich hinaus, um die Hauptstraße hinter der Kirche zu sehen. Die Straße war menschenleer und still. Keine Autos, keine Pferde, keine Menschen, nichts. Dicke Schneeflocken wie Nebelschwaden in den Lichtkreisen der Straßenlaternen.

Sie ging in die Küche zurück, wo sie eine Fischsuppe von Mildred warmhielt, falls Claire Hunger hätte. Sie gab Wasser hinzu, rührte um und setzte den Deckel auf den Topf und ging wieder zum Fenster zurück. Gegen zehn Uhr legte sie sich auf das Sofa, um für einen Moment zu dösen, und eine knappe Stunde später wachte sie von den Geräuschen auf der Straße wieder auf. Sie konnte den Wagen vom Fenster aus sehen und Claire, wie sie durch die halb offene Tür mit jemandem redete und diese dann schloss. Hélène lief schnell die Treppe hinunter, ihrer Tochter entgegen.

»Claire, Liebling, du bist bestimmt todmüde. Ich bin so froh, dass du da bist. Ich habe etwas zu essen für dich warmgehalten, wenn du magst.«

Claire betrachtete die steile Treppe, die nach oben führte. »Mum«, sagte sie. »Über den Hunger bin ich schon hinweg, und ich bin so müde, dass ich keinen vernünftigen Satz mehr hervorbringe. Ich wollte nur schnell hereinkommen und dich umarmen. Mr. Chandler wartet im Auto.«

»Natürlich. Verstehe. Ich habe dir ein Zimmer im Hotel reserviert, wie besprochen. Aber ich möchte, dass du ab übermorgen hier übernachtest. Dann nimmst du das Bett, und ich schlafe auf dem Sofa.«

»Gern. Oder umgekehrt. Ich komme morgen Vormittag zu dir. Ich bin auch froh, dass ich hier bin, Mum.«

Hélène lag noch nach zwei Uhr morgens wach, dann stand sie auf und erwärmte etwas Milch. Sie umklammerte mit beiden Händen den Becher und ging wieder zum Fenster. Sie konnte das Hotel nicht sehen, es lag irgendwo dort hinten rechts. Draußen gab es nur Dunkelheit. Stille. Noch mehr Schnee.

~

Als Pierre starb, war der Betrieb in der Fabrik schon eingestellt worden. In der Packhalle standen die Klaviere zum Versand bereit, doch für alles, was nicht kriegsnotwendig war, standen keine Transportmöglichkeiten mehr zur Verfügung. Die Hälfte der Belegschaft hatte man einberufen, und sie hatte das gesamte Firmenvermögen und auch ihr eigenes Geld von der Bank abgehoben, um sie großzügig auszubezahlen. Sie versuchte, die übrigen Männer zu halten, doch schließlich zahlte sie auch diese aus und gab ihnen noch eine Gratifikation und schickte sie nach Hause. Monsieur Bendix Raoul erhielt ein zusätzliches Jahresgehalt. Am Tag des Abschieds erkannte sie ihn zunächst nicht. Er trug einen alten schwarzen Anzug mit einem weißen Hemd, und er stand in der großen Fabrikhalle herum, mit untätigen Händen und einem Pappdeckelkoffer zu Füßen. Er sah sich um und nahm sich dafür Zeit, und er nickte bedächtig, als wäre alles so, wie es sein sollte. Er drehte sich zu ihr um und sagte: »Madame ...« Aber dann versagte ihm die Stimme, und sie ging zu ihm und ergriff seine Hand. Einige Minuten später war er fort. Das Tor zur Halle stand offen und ließ draußen den klaren Herbsttag erkennen, und auf dem gesamten Fabrikgelände herrschte Ruhe.

Den Rest des Jahres 1914 und auch 1915 besetzten die Franzosen das Gelände mit Artillerieposten und mit Versorgungs- und Lazaretteinrichtungen. Später kamen dann die Briten, und der Krieg zog sich hin. Im Januar 1916 gelang den Deutschen der Vormarsch, sie drangen immer weiter vor, es gab heftige Gefechte, bis sie wieder zurückgeschlagen werden konnten. Zu dieser Zeit erlitt die Fabrik heftige Schäden. In der Nähe schlugen Granaten ein, und eine Mauer und Teile des Dachs waren nur noch Trümmer. Andauernd suchten Soldaten von der einen oder von der anderen Armee Zuflucht oder wurden offiziell einquartiert. Sie machten in den Abfalleimern Feuer, um Licht zu haben und um sich zu wärmen, und das getrocknete Holz für die Klaviere und die Latten zum Verpacken dienten ihnen als Brennmaterial. Als diese Vorräte erschöpft waren, nahmen sie auch Holz, das für den Bau der Klaviergehäuse parat lag.

Sie hatte mit einigen der Ersten Offiziere darüber geredet, und diese versprachen, mit ihren Männern zu sprechen, aber selbst wenn sie es taten, es machte keinen Unterschied. Oft konnte sie aus den Fabrikfenstern Rauch aufsteigen sehen. Sie ging nicht mehr hinunter.

Zum Glück war das beste und teuerste Holz oben auf dem Scheunenboden gelagert, unter Stroh versteckt, und irgendwie überlebte es: seltene Wintereiche und englisches Nussholz, zudem kostbare skandinavische Weißfichte für Resonanzböden und auch noch die übrig gebliebenen Rollen Furnier von den Obstbäumen aus der Pflanzung auf der anderen Seite des Flusses.

Im Wohnhaus nahmen nacheinander diverse Offiziere Quartier, die ihr und Claire im Obergeschoss zwei Räume ließen. Juliette kam nur noch selten zu ihnen. Der Gutshof lag in der Nähe der Kirche, und sie hatte beim Pfarrer als Köchin angefangen und nahm ihre Mahlzeiten im Pfarrhaus ein.

Im Salon im Wohnhaus stand ein Flügel, und als Gegenleistung für den Schutz und für die Mahlzeiten aus der Feldküche spielte Hélène für die Offiziere. Meistens bestand das Essen aus einer Art Eintopfgericht, oft Pferdefleisch gekocht mit Wurzelgemüse. Manchmal Kartoffeln oder Rote-Bete-Pfannkuchen. Oder irgendwelche Nudelgerichte. Am Anfang hatte sie noch aus dem Fluss bei der Mühle die eine oder andere Forelle angeln können. Doch dann töteten die Soldaten den gesamten Bestand mit Granaten und fischten alles mit Netzen ab, und das war dann das Ende.

Die Offiziere, ganz gleich ob Franzosen oder Briten, waren meistens kultivierte junge Männer. Zum Abendessen wuschen sie sich eigens und trugen Zivilkleidung, und dann taten sie, als führten sie ein normales Leben, wenn sie auf dem blauen Sofa oder einem Polsterstuhl saßen und ihrem Klavierspiel zuhörten.

Es gab einen jungen Mann, Captain Francis Huxtable aus Kent, der weinte, als sie einmal ein Stück aus Brahms' Spätwerk spielte. Sie ertappte ihn dabei, dass er seine Augen tupfte. Zwei Tage später war er tot und wurde sogleich durch einen anderen jungen Captain ersetzt, der binnen einer Woche starb. Es war, als gäbe es endlos Nachschub an jungen Männern, die für das Gemetzel und den Tod auf dem Schlachtfeld Schlange standen, damit der nächste bereitwillig seinen Kopf über den Leichen erheben konnte.

An einem Tag im Herbst 1916, als die Briten das Gelände besetzt hatten, stand Nathan Homewood in der Tür. Er kam in einem Morris-Geländewagen und trug Uniform. Er sagte, er habe erst vor einem Monat gehört, dass Pierre so früh im Krieg gefallen war. Hätte er eher davon erfahren, wäre er früher gekommen.

Er erzählte ihr, dass er wegen seines Alters zuerst nicht für den aktiven Dienst einberufen worden war, doch dann hatte das kanadische Versorgungs-Corps ihn aufgrund seiner Erfahrung als Nachschuboffizier eingezogen.

»Wie kann ich helfen?«, sagte er. »Bitte, Helen. Was kann ich tun?«

Er packte Brot und Käse und Konserven und zwei Flaschen

Wein und sogar Schokolade aus. Sie holten Juliette vom Gutshof ab, und dann feierten sie ein Fest bei Kerzenlicht, da der Strom so oft ausfiel. Sie saßen auf dem Bett in dem Zimmer im Obergeschoss und aßen von der Bettdecke, wie bei einem Picknick.

Sie freute sich, ihn zu sehen und seine Energie und den Hoffnungsschimmer zu spüren, den er ausstrahlte. An dem Abend überließ sie ihm ihr Zimmer, und als sie ihm eine gute Nacht wünschte, warf er ihr einen fragenden Blick zu; doch sie tat so, als hätte sie es nicht bemerkt und schloss die Tür.

Am Morgen inspizierte er die Fabrik, und als er wieder oben bei ihnen war, schüttelte er nur den Kopf. »Mein Gott«, sagte er. »Ich verstehe, warum du nicht mehr hinuntergehst. Es würde dir das Herz brechen. Nach allem, was ich gesehen habe, hast du keinen Grund, hier bis zum Ende des Krieges auszuharren. Es gibt nichts mehr, worauf du noch aufpassen musst, und in England oder in Kanada wärest du in Sicherheit. Hast du noch Geld?«

»Nicht mehr viel.«

»Verstehe. Helen, du brauchst Geld. Gibt es irgendetwas, was du verkaufen kannst?«

»Verkaufen? Wo?«

»Natürlich nicht hier. In England, oder in Amerika. Ich bin einmal im Monat dort.«

»Hm. Ich habe noch die Pläne meiner Mutter für die verschiedenen Klaviermodelle. Detailgenaue Skizzen, wie Architektenzeichnungen. Du weißt ja, wie pingelig sie war. Mir nützen sie jetzt nichts mehr, aber vielleicht haben sie für eine andere Pianofabrik einen Wert. Und es gibt noch Holz.«

»Was für Holz?«

Am Abend führte sie ihn in die Scheune und zeigte ihm, wo die Leiter versteckt war und wie man auf den Heuboden kam.

Sie hielt die Taschenlampe, während er das Stroh zur Seite schob und mit der Hand über die edlen Hölzer strich.

»Großartig«, sagte er. »Wie viel bringt das ein?«

»Eine ganze Menge. Vielleicht hunderttausend Francs, vielleicht auch mehr. Was ist das in Dollar? Zehn- oder zwanzigtausend Dollar? Für einen Instrumentenbauer ist das pures Gold. Keine Astlöcher, keine Risse, nichts ist verzogen. Wenn wir es verkaufen könnten, würde das Claire und mir viele Jahre Sicherheit bringen. Hier in der Scheune wird es irgendein Idiot finden und zu Feuerholz machen, wie die Soldaten in der Fabrik.«

»Genau. Ich glaube, ich weiß, wo es dafür einen Markt geben könnte. Wie viel Festmeter hast du hier gelagert? Oder kannst du mir sagen, wie viel das alles wiegt?«

Sie wusste es nicht. Sie guckte durch die Luke, um sicherzugehen, dass ihnen niemand gefolgt war, und dann verbrachten sie die nächsten zehn Minuten damit, die Stapel mit einem improvisierten Zollstock und mit langen Schritten zu vermessen.

»Das sind bestimmt an die fünfundzwanzig Festmeter«, sagte er. »Das ist ja fantastisch. Dafür brauchen wir mehr als einen Lastwagen.«

Er kletterte als Erster wieder hinunter und hielt die Leiter für sie fest.

Sie könnten eine Vereinbarung treffen, sagte sie. Vielleicht ein Drittel für ihn, ob das fair wäre? Oder sogar die Hälfte, wenn er einen guten Preis dafür erzielte.

»Wir werden sehen. Helen ...« Er hielt inne und betrachtete sie. Plötzlich wirkte er verlegen, er öffnete den Mund, um weiterzusprechen, doch dann drehte er sich einfach um. Am nächsten Tag reiste er ab.

Im Januar 1917 spielte sie für einen Militärarzt aus Metz, einen Oberstabsarzt Ende dreißig. Er wollte mit ihr vierhändig Czerny spielen, und er war ein guter Pianist mit einem beherzten Anschlag. Sie lehrte ihn, mit den Händen noch weiter zu greifen und zudem ein wenig langsamer zu spielen und sich beim Üben auf jeden Ton zu konzentrieren, denn nur darum ging es, um jeden einzelnen Ton.

Wenn er nicht am Flügel saß, ließ er sich auf dem blauen Sofa nieder und rauchte Balkan-Sobranie-Zigaretten und nippte am Calvados. Sie beobachtete ihn, wie er die Zigaretten über dem Lampenkolben anzündete, und dabei sah er sehr hohlwangig und hohläugig aus, fast schon wie eine Totenmaske. Er hielt keine fünf Wochen durch und starb an einer Blutvergiftung; ein Patient hatte sich während einer Amputation gewehrt, ein Instrument war weggerutscht und hatte ihm die Hand aufgerissen.

Unter französischer Besatzung diente die Fabrik die ganze Zeit als Feldlazarett. Schnell war es überbelegt, und schon bald füllten die Krankentragen den Fabrikhof. Als der Erdboden gefror, schaffte man die Leichen in einem Karren fort, aber aus ihrem Schlafzimmerfenster konnte sie sie noch sehen. Sie wurden wie Klafterholz unter den Weiden gestapelt, eine Schicht auf die andere, zerschlissene Uniformen voller Blutflecken oder weiße Tücher, die im Wind flatterten. Krähen zogen in großen Schwärmen heran, wie ein schimmernder Teppich, und sie kreischten und zerhackten die Leichen. Nachts kamen die Hunde und fletschten die Zähne und machten sich über die Reste her.

Im Frühjahr 1917 taute die Erde auf, und auch die Toten unter den Weiden. Ein Panzer riss mit einer Pflugschar den Boden auf, und dann schleppte ein Dutzend Soldaten die Leichen zu der Grube, eine nach der anderen, und stieß sie hinein.

Sie wurden mit Kalk bestreut, und es stoben weiße Wolken auf, und dann schaufelte der Panzer wieder Erdreich über die Toten. Ein französischer Kaplan in Uniform mit einer purpurfarbenen Stola um die Schultern stand im Gegenwind und wartete alles ab, und nachdem das geschehen war, zeichnete er das Kreuzzeichen in die Luft.

Im Sommer zogen die Kanadier durch den Sektor, und in der Zeit beherbergte sie einen jungen Batteriechef aus Montreal, einen blonden Hauptmann mit welligem Haar namens Xavier Boucher. Von all den Offizieren war er der Erste, den sie als Mann anziehend fand. Zudem gefiel ihr der Eindruck, den er auf Claire machte. Claire war neun Jahre alt, und nach dem Tod ihres Vaters war aus dem draufgängerischen Wildfang, der munter Räder schlug, ein trauriges Mädchen geworden, dem das Lächeln und Spielen vergangen war. Xavier jedoch legte einen jugendlichen Charme und Humor an den Tag, und es gelang ihm, trotz all der Schrecken, sie und Claire zum Lachen zu bringen. Er spielte mit Claire im Salon Ball, weil sie nicht in den Hof hinuntergehen konnten. In dem Lichtschein, den die Petroleumlampe gegen die Wand warf, zeigte er ihr, wie man mit den Händen Tiergestalten darstellte: einen Hasen, eine Kuh, eine Ziege, ein Huhn; ein Bauernhof voller Tiere, dazu noch ein bellender Hund, der alle bewachte.

Auch für ihn setzte sich Hélène an den Abenden an den Flügel. An einem Abend spielte sie die *Mondscheinsonate* und *Für Elise* und später, als Claire im Obergeschoss schon längst im Bett lag, gewährte sie ihm die ersten Intimitäten. Am nächsten Abend ließ sie sich von ihm lieben. Sie sehnte sich nach Geborgenheit und Süße, genauso wie er.

Sie lagen im Dunkeln auf dem blauen Sofa ihrer Mutter, und die Explosionen in der Ferne zeichneten das Fensterkreuz an die Zimmerdecke. Als er in dem flackernden Licht einschlief, wachte sie bei ihm und betrachtete sein Gesicht. Er war erschöpft und bestimmt etwas jünger als sie und doch schon der Befehlshaber einer Kompanie von Männern, die im sinnlosen Schrecken der Schlacht auf der Suche nach Mut und Führungsstärke zu ihm aufsahen.

Keine vier Wochen später erklärte er ihr, dass seine Einheit aufgelöst und verlegt wurde. Er wusste nicht, wohin. Er sprach beim Abendessen davon, und als sie das hörte, legte Claire ihre Gabel beiseite und sah ihn mit großen Augen an.

Er verließ das Haus am frühen Morgen und zog die Tür hinter sich zu, sein Offiziersbursche kam und holte seinen großen Militärsack ab. Später hörten sie draußen die Befehle, und vom Fenster aus beobachteten sie und Claire, wie sich die Männer in Reih und Glied aufstellten und wie die Artilleriegeschütze transportfertig gemacht wurden, und sie sahen, wie er auf seinem Braunen die Kolonne anführte, ganz weit weg, schon im freien Gelände. Er hob den Arm und spornte sein Pferd an.

Schon am selben Tag zog eine andere kanadische Einheit Gräben für eine Feldgeschützstellung, keine hundert Meter hinter dem Wohnhaus, und manchmal standen sie und Claire abends in der Dämmerung am Fenster und beobachteten die Granaten, die über ihnen dröhnten und die Welt in Flammen setzten.

Feindliche Granaten schlugen immer näher ein, und die miteinander verzahnten Frontlinien wurden andauernd verschoben – mal lagen sie sieben Kilometer von der Fabrik entfernt, dann zehn, dann zwanzig und dann wieder zehn. Leuchtraketen explodierten mit weißem Glanz hoch oben in der Luft und schwebten mit kleinen Seidenfallschirmen zum Erdboden. Sie trieben wie schimmernde Sterne vor dem Wind, und manche gelangten sogar bis zum Mühlenteich und verpufften darin mit Rauchwolken.

Einen Monat später kam Nathan mit drei Lastwagen zurück, und binnen Stunden lag das Holz vom Scheunenboden auf den Ladeflächen unter den Planen.

Er berichtete, dass er inzwischen über hervorragende Kontakte nach Großbritannien und Kanada verfüge, und dass es ihm so gelungen war, den Holztransport nach Kanada zu organisieren.

»Umsonst, Helen. Als Ballast in einem leeren Truppentransporter auf der Heimfahrt. Ziegel und unser Holz. Es ist für eine Firma in Ontario, die Klaviere und Orgeln baut. Das Schiff wird in Halifax anlegen, und dann wird das Holz per Eisenbahn weitertransportiert. Noch etwas, Helen. Ich kann dich und Claire nach England bringen. Nur, wir müssen morgen Früh los.«

»*Morgen* früh?«

»Ja.«

Sie sagte, sie müsse darüber nachdenken.

»Darüber nachdenken? Du klingst schon wie deine Mutter. Was gibt es da noch zu überlegen? Ich biete dir gerade an, euch das Leben zu retten. Über kurz oder lang wird dies hier zur Front, und ich habe gesehen, was mit Städten in der Frontlinie geschieht. Sie werden zu Schutt und Asche. Es gibt nur noch Trümmer und Leichen und Ratten.«

»Wie viel bekommen wir für das Holz, Nathan? Ich zahle dir eine Kommission, wie gesagt.«

»Denk jetzt nicht darüber nach. Ich freue mich, dass ich helfen kann.« Er sah sie an und lächelte breit und reichte ihr die Hand. »Wir sind Freunde, Helen. Beim letzten Mal hatte ich noch Hoffnungen, aber jetzt habe ich es aufgegeben, warum auch immer. Du kannst weiter deinen toten Pierre lieben, und du und ich, wir beide sind von nun an nur noch Freunde. In Ordnung?«

Glücklich drückte sie seine Hand. »Wie viel werden sie uns zahlen, Nathan?«

»Einige Tausend kanadische Dollar. Sie müssen es erst sehen, dann können sie den genauen Betrag sagen.«

»Wie viel ist das in Francs, mehr oder weniger?«

»Das ist schwer zu sagen, wer weiß schon, wie viel der Franc dann gerade wert ist. Sie wollen auch die Pläne sehen. Vergiss sie nicht.«

»Einverstanden. Hör zu, Nathan, ich frage mich, ob du dich für uns etwas umhören könntest. Vor einiger Zeit war hier bei uns ein französisch-kanadischer Hauptmann einquartiert. Seine Einheit wurde verlegt, aber wir würden gern mit ihm in Verbindung bleiben.«

»In Verbindung bleiben? Wozu das?«

»Wegen Claire. Er war sehr nett zu ihr.«

»Ein Hauptmann. Wie heißt er?«

»Xavier Boucher. Er hat die Batterie befehligt.«

»In Ordnung. Ich sehe, was ich tun kann.«

Am Abend brachte sie ein Lastwagen am Armeelager vorbei zum Gutshof. Vor einem Zelt sahen sie Nathan sitzen, der mit kanadischen Soldaten Karten spielte. Er blickte auf und winkte.

Im Gutshof saßen sie mit Juliette in deren Wohnung beisammen: Juliette auf dem Bett, Hélène auf dem einzigen Stuhl und Claire auf dem Fußboden. Von einem der beiden Fenster war die Scheibe zerbrochen, Pappkarton ersetzte das fehlende Glas. Die Möblierung bestand nur aus dem Bett und dem Stuhl und einem Vorleger von Juliettes Mutter, einem kleinen Tisch mit zwei Kerzenleuchtern, einem Toilettentisch mit einem mehrteiligen Spiegelaufsatz, einem Kleiderschrank sowie einigen Bildern an den Wänden.

Juliette fiel auf, dass sie sich umschaute, und sie lächelte und sagte: »Nur das Allernotwendigste, Hélène. Es ist interessant, wie wenig man tatsächlich braucht und wie einem alles andere wie eine Last vorkommen kann.«

»Juliette«, sagte sie. »Nathan hat eine Möglichkeit gefunden, unser Holz für uns zu verkaufen. Er möchte, dass wir mit ihm abreisen, schon morgen früh. Ich bin noch unschlüssig. Die Lastwagen fahren an die Küste, und dann kann uns ein Schiff nach England bringen. Du könntest mitkommen.«

Juliette saß da, die hageren Schultern nach hinten gezogen, die Hände auf dem Schoß. Ihre Fingernägel waren sorgfältig manikürt, und ihr Haar schimmerte in dem Purpurton, für den der Drogist seit Jahren das sprudelnde Pulver herstellte, das er für einen Centime je Päckchen verkaufte.

Sie lächelte und schüttelte den Kopf. »Nein, meine Liebe. Danke, wirklich nicht. Hélène, du bist noch jung, und unsere Claire hier steht erst am Anfang. Allein wenn es nur um sie ginge, solltet ihr beide weggehen, und wenn Nathan dir die Chance bietet, zu fliehen und dann noch das Holz zu Geld zu machen, dann ergreife sie.«

»Was ist mit dir?«

»Ich bleibe, natürlich. In meinem Alter bin ich besser hier aufgehoben und nicht als Flüchtling in irgendeiner englischen Stadt, in der ich niemals heimisch werde. Ich kann das Ende sehen, Hélène. Es war manchmal interessant, aber es hat lang genug gedauert, wirklich, und es soll wohl so sein. Ich glaube, du weißt, was ich meine.«

»Nathan sagt, die Front rückt immer näher. Die Granaten werden demnächst die Stadt treffen.«

»Vielleicht.«

Sie saßen noch einige Zeit beisammen. Das sommerliche

Licht flackerte durch das Laub der Bäume vor dem Fenster. Explosionen in der Ferne.

»Was hast du für Pläne?«

»Pläne? Ich bleibe als Köchin beim Pfarrer. Noch bringen ihm die Bauern Lebensmittel. Er ist ein bescheidener Mann, der vielleicht sogar glaubt, was er predigt. Aber er stellt diesbezüglich an mich keine Erwartungen. Also kommen wir ganz gut zurecht. Und, ich schreibe wieder. Gerade sitze ich an einem Gedicht über das Licht, wie es sich verändert und alles anders aussehen lässt. Das ist eine meiner Erkenntnisse, und ich komme immer wieder darauf zurück. Ich werde nirgends anders hingehen, aber das ist schon in Ordnung. Es wird mir gut gehen, Hélène. Ich mache mir überhaupt keine Sorgen.«

Sie blieben schweigend sitzen und ließen die Endgültigkeit in sich einsickern.

Nach einiger Zeit sagte Juliette mit sanfter Stimme: »Ihr solltet gehen, Hélène. Bevor es dunkel wird. Claire, mein Schatz, bring deine Mutter nach Hause. Ihr müsst packen.«

In der Nacht streifte eine Granate die Scheune, und über Stunden loderte das Feuer, die Balken und die Mauern stürzten ein, und die Flammen und Funken tanzten in die Höhe. Sie und Claire saßen auf dem Bett, das sie wieder miteinander teilten, und betrachteten das Inferno. Claire, die sich all die Zeit meistens so verständig und mutig verhalten hatte, weinte und sagte, alles sei so schrecklich und fände niemals ein Ende.

»Eines Tages wird es zu Ende sein, Liebling«, sagte sie und drückte sie an sich. »Das wird es. Es wird es fast gewiss. Ich verspreche es dir.«

Am Morgen saßen sie in dem zweiten der drei Lastwagen, die aus dem Fabrikhof fuhren, Nathan am Steuer und Claire zwischen ihnen. Er pfiff leise vor sich hin, keine richtigen Töne, nur sein Atem, der ohne Melodie über seine Lippen strich.

Irgendwann hielt Hélène es nicht mehr aus, und sie schnauzte ihn an und fragte ihn, was das Gepfeife soll. Er hörte auf.

»Aber du und Claire, ihr beide seid jetzt in Sicherheit«, sagte er. »Für euch ist der Krieg nun zu Ende. Darüber kann man sich doch freuen, oder?«

In Boulogne-sur-Mer stellten sie sich in der Schlange vor der kanadischen Feldküche an und setzten sich dann in einem Zelt in der Nähe der Hafenmauer auf Bänke, die man aus Munitionskisten improvisiert hatte. Sie aßen mit Klapplöffeln von Kantinengeschirr Fischkuchen und Reis, inmitten von Hunderten Soldaten, die kamen und gingen. Truppentransporter lagen vor Anker, und Landungsboote fuhren stetig hin und her.

Wieder im Lastwagen übergab sie Nathan die Zeichnungen ihrer Mutter für die verschiedenen Klaviermodelle. Er strich eine Rolle glatt, betrachtete sie und schüttelte den Kopf. »So detailgetreu«, sagte er.

Ganz in der Nähe heulten Motoren, Pfeifen schrillten, und Soldaten stellten sich in Reihen auf.

»Nathan«, rief sie, um den Lärm zu übertönen. »Das Holz ist allerbeste Instrumentenqualität. Es ist sehr kostbar. Das Holz und diese Entwürfe, das ist alles, was Claire und ich besitzen. Bitte erkläre mir noch einmal, was genau damit passiert.«

»Es geht als Ballast in einem unbeladenen Schiff nach Halifax und von dort per Bahn nach Ontario. Sie werden es begutachten und uns einen fairen Preis machen. Das Gleiche gilt für die Zeichnungen.«

»Verstehe. Nathan, ich hoffe, du verstehst das nicht falsch. Aber könnte ich bitte etwas Schriftliches über dieses Geschäft haben? Ich weiß dein Angebot durchaus zu schätzen, aber ich werde dir auf jeden Fall ein Viertel vom Erlös geben. Bitte nimm das an, es ist besser so. Ich schreibe noch die Einzelheiten der Transaktion auf, und ich hätte gern, dass du das unterschreibst.«

»Ich kann nicht, wegen des Kriegsmaterialgesetzes. Warum traust du mir nicht einfach?«

»Ich vertraue dir. Gott bewahre, aber was ist, wenn dir irgendetwas zustößt?«

»Du hörst mir nicht zu. Mit so einem Stück Papier belaste ich mich selbst und dich dazu. Transport von privaten Handelsgütern. Dein Holz geht als nicht gelisteter Ballast mit, jetzt freu dich einfach und hab Vertrauen. Einverstanden?«

»Nicht richtig. Ich habe bei diesem Geschäft nichts, was ich vorweisen kann. Könnte mir der Schiffskapitän nicht eine Empfangsbestätigung ausstellen?«

»Der Schiffskapitän. Natürlich nicht. Nimm doch Vernunft an, Helen. Ach, übrigens, über diesen Batteriechef und seine französisch-kanadische Einheit habe ich nichts herausfinden können.«

»Gar nichts? Niemand weiß irgendetwas?«

»Nein. Und wenn doch, dann haben sie nichts gesagt. Es ist Krieg, Helen. Und jetzt holst du besser mit Claire eure Taschen vom Lastwagen. Wir gehen bald an Bord.«

Dreizehn

Am Morgen bedeckte frischer Schnee die Straßen und Dächer. Aus allen Schornsteinen kam Rauch. Auch von dem Dach des Hauses, das sie jetzt als David Chandlers Lederwerkstatt kannte, stieg Rauch aus einem Blechrohr auf und verwehte im Wind.

Um neun Uhr kam Claire mit einem Tablett mit Frühstück für zwei Personen hinauf. Sie schleuderte ihre Stiefel in die Ecke und zog den Mantel aus, und dann saßen sie in der Küche und tranken Kaffee und aßen weich gekochte Eier und Toast mit Erdbeermarmelade.

Claire sagte: »Ich habe die Prüfung abgelegt, und jetzt habe ich etwa drei Wochen frei. Ich habe mich für eine bezahlte Stelle im Krankenhaus beworben. Wenn ich noch irgendeinen Bericht nachreichen muss, rufen sie mich an. In dem Fall müsste ich zurückreisen. Die Fahrkarten habe ich von dem Sonderkonto bezahlt, wie du gesagt hast. Außerdem habe ich noch hundert Dollar abgehoben und für weitere Ausgaben mitgebracht. Einverstanden?«

»Natürlich.«

»Gibt es hier einen Anwalt?«

»Ich weiß nicht. Ich habe noch niemanden gefragt.«

»Lass mich ein paar Anrufe tätigen.«

»Das Kirchenbüro ist eiskalt, vielleicht gehst du besser zum Fernmeldeamt. Es liegt direkt hinter der Dominion Bank, und dann kannst du gleich dort vorbeischauen und einen Scheck einlösen, den ich dir mitgebe. Dann kann ich meine Rechnungen bezahlen. Die Leute sind alle sehr hilfsbereit. Der Pfarrer lässt mich hier kostenlos wohnen, als Gegenleistung kümmere ich mich um die Kirchenmusik. Ich lebe jetzt von den Ersparnissen, aber ich werde schon einen Weg finden, wieder Geld zu verdienen.«

»Das wirst du bestimmt. Jetzt erzähle mir noch einmal, was der Polizist gesagt hat.«

»Nur dass es einen neuen Beweis gibt und dass der Fall wiederaufgenommen wird. Das ist alles.«

»Dürfen sie das, wenn die Klage einmal abgewiesen wurde?«

»Anscheinend. Ein Anwalt kennt sich damit gewiss aus.«

Claire ging, und schon eine Stunde später war sie wieder zurück. Sie legte einen Umschlag von der Bank auf den Küchentisch, zog den Mantel aus und warf einen Blick auf ihre Notizen.

»Ein Anwalt in Annapolis Royal, mit dem ich gesprochen habe, sagt, dass er sich an den Fall erinnern kann und dass es ihn interessiert. Er sagt, es handelt sich um den sogenannten Strafklageverbrauch, um *autrefois acquit*. Er sagt, ein Wiederaufnahmeverfahren wegen Mordes wird nur in wenigen Ausnahmen zugelassen. Entweder wegen Rechtsfehlern oder wegen einer neuen Beweislage.«

»Hat er schon einmal in einem solchen Fall die Verteidigung übernommen?«

»Das habe ich ihn auch gefragt, und er hat Nein gesagt. Er meint, wegen der strengen Ausnahmeregelungen kommt es nur selten dazu. Aber verfahrensrechtlich ist das genauso wie jeder andere Mordprozess.«

»Gut. Kann er herausfinden, worin die neue Beweislage besteht?«

»Sobald er den Fall übernimmt, kann er in der Position als

dein Anwalt in deinem Auftrag tätig werden. Er geht davon aus, dass die Verhandlung sehr bald stattfinden wird. In wenigen Wochen, vielleicht sogar noch vor Weihnachten, wenn das Provinzgericht, das bestellt wurde, sich eingearbeitet hat.«

Später saß sie am Flügel in der Kirche und übte, wie jeden Nachmittag. Sie spielte Gabriel Fauré, und einige Leute, deren Gesichter sie inzwischen kannte, saßen in den Kirchenbänken und hörten zu, und es kamen immer mehr und nahmen Platz. Die Angestellte aus der Gießerei kam, und dann David Chandler. Er hatte eine braune Papiertüte dabei und ließ sich in einer Bank nieder und hielt die Tüte auf den Knien. Sie spielte weiter. Es war ungewöhnlich ruhig in der Kirche, und der Flügel klang an seinem neuen Standort wunderschön. Zudem hatte sie durch den geöffneten Deckel eine bessere Sicht nach vorn in die Kirche und rechter Hand auf die versammelte Gemeinde.

Kurz vor Ende des Stücks kam Claire herein und setzte sich neben David Chandler.

Sie spielte noch *In the Bleak Midwinter*, und in der Kirche war kein Mucks zu vernehmen, nicht ein Hüsteln, nicht eine Bewegung. Als sie die Melodie einmal durchgespielt hatte, begann sie von Neuem, und, von dem schönen Gedicht angeregt, improvisierte sie das Kirchenlied zu einer runden Ballade.

In the bleak midwinter, frosty wind made moan,
Earth stood hard as iron, water like a stone.
Snow had fallen, snow on snow,
In the bleak midwinter, long ago …

Seitdem sie mit dem Lastwagen aus dem Fabrikhof gefahren waren, waren sie und Claire heimatlos. Flüchtlinge. Emigranten war die harmlosere Bezeichnung, sie suggerierte eine Entscheidungsfreiheit. Sie reisten auf einem britischen Schiff nach Portsmouth, das Verwundete in die Heimat zurückbrachte und noch mehr Soldaten für das Gemetzel abholte. Den größten Teil der Überfahrt hielten sie sich an Deck auf, um dem allgegenwärtigen Grauen unter Deck zu entgehen.

Als sie die Isle of Wight klar erkennen konnten, stand sie neben Claire an der Reling.

In Portsmouth wimmelte es vor Soldaten in braunen Uniformen und mit flachen Helmen. Sie waren in unruhigen Gruppen unterwegs, sie grinsten und ulkten miteinander, wie aufgeregte kleine Jungen auf einem Schulausflug. Plötzlich erstarb das Treiben, und die Soldaten starrten auf die Verwundeten, die von Bord getragen wurden, und auf die Männer, die mit Feuerwehrschläuchen die Decks und die Frachträume abspritzten. Dann wurden Pumpen herbeigeschafft, und das Wasser, das vor Blut und Erbrochenem schäumte, ergoss sich von den Seiten des Schiffes in den Hafen.

In London mieteten sie eine Wohnung in East Kensington, mit verkratzten Möbeln und nackten Fußböden, bis sie mit dem Geld, das sie mit Klavierunterricht am Konservatorium verdiente, auch ein paar Vorleger kaufen konnte. Claire ging zur Schule und freundete sich mit anderen Kindern aus Frankreich und Belgien an. Sie hatte zuvor in Frankreich schon etwas Englisch von Nathan und den Offizieren aufgeschnappt, und das erwies sich als hilfreich. Manchmal brachte sie eine ihrer neuen Schulfreundinnen mit nach Hause. Claire wirkte glücklicher, und in der Schule kam sie gut mit.

Sie warteten auf das Geld aus Kanada und waren stets knapp bei Kasse. Nathan bekamen sie nicht oft zu sehen, und die beiden Male hatte er eine weibliche Begleitung, eine hübsche junge brünette Frau aus Belgien.

Als sie einander vorgestellt wurden, spürte sie, dass Nathan auf ihre Reaktion wartete, und sie zwinkerte ihm zustimmend zu.

Irgendwie fühlte sie sich erleichtert, und sie freute sich für Nathan und für die junge Frau.

Als er sie einmal allein besuchte, sagte sie: »Warum zum Teufel dauert das mit dem Geld so lange? Das ist jetzt fünf Monate her. Hat das Schiff überhaupt abgelegt? Ist das Holz je dort angekommen? Schau uns an, Nathan, wir leben von der Hand in den Mund. Wir brauchen das Geld.«

»Ich verstehe das, Helen. Aber gedulde dich noch ein bisschen. Bestimmt wissen wir bald mehr.«

»Kann ich mich ein wenig umhören? Nicht, dass ich dir nicht vertraue, aber vielleicht ist irgendetwas schiefgegangen.«

Er sagte, seines Wissens sei nichts schiefgegangen, es herrsche eben Krieg. »Krieg, Helen. Das gilt auch für Schiffe.«

»Das sagst du schon die ganze Zeit.«

»Weil es stimmt.« Er stand auf. »Ich muss gehen. Ich bin jetzt für einige Zeit in Ägypten und dann in New York.«

Es verstrichen weitere Wochen und Monate, aber erst nach Kriegsende sollte sie schließlich erfahren, dass das Schiff mit all ihrem Vermögen in Instrumentenholz und Konstruktionszeichnungen niemals in Kanada angekommen war. Das war im Dezember 1918, sie war mit Nathan und der Belgierin in einem Tearoom in der Nähe des Oxford Circle verabredet, und als die junge Frau zur Toilette ging, lehnte er sich vor und sagte, leider habe er schlechte Nachrichten für sie. Das Schiff sei auf eine Mine gelaufen und untergegangen.

»Untergegangen?«

»Ja.«

»Nathan! Und jetzt? Mein Gott!«

»Pst. Nicht so laut. Es tut mir leid, Helen. Ich habe es erst kürzlich erfahren.«

»Aber wie? Wann?«

»Vor einem Jahr. Kurz nach dem Ablegen, in der Nähe von Ramsgate, hat man mir gesagt.«

Er schenkte Tee nach.

»Nathan, sieh mich an. Es ist weg? All mein Geld? Ist es das, was du mir sagen willst? Einfach so?«

»Ja, Helen. Das Schiff ist untergegangen. Braucht ihr Geld?«

»Ob wir Geld brauchen? Natürlich brauchen wir Geld, Nathan. Wir kommen kaum über die Runden mit dem, was ich verdiene. Aber das war unsere Sicherheitsreserve, der Grundstock für unsere Zukunft. Das weißt du doch.«

»Wenn du Geld brauchst, kann ich dir welches leihen. Es würde mich freuen. Warum hast du nie etwas gesagt?«

»Weil wir irgendwie hingekommen sind. Wir haben uns arrangiert und abgewartet. Wir haben immer damit gerechnet, dass das Geld für das Holz eines Tages kommt.«

»Hm, verstehe.«

»Ist das alles? Es ist alles vorbei? Alles weg?«

»Ja, leider. Tut mir leid.«

»Warum hast du das nicht eher herausgefunden? Schon vor einem Jahr, mein Gott! Ich habe immer gedacht, du hast gute Beziehungen. Was ist mit der Pianofabrik in Kanada, ich dachte, du stehst mit ihnen in Kontakt?«

»Helen, was ändert das jetzt?«

»Hm, ich bin nur so schockiert. Ich versuche, es zu verstehen.«

»Ich habe es nicht eher herausgefunden, denn das Schiff hatte beim Untergang ja offiziell keine Ladung. Es befand sich kein Truppen- und Kriegsmaterial an Bord. Unter der Besatzung gab es Tote, also hatten sie andere Sorgen, als sich um den Ballast zu kümmern. Dein Holz war nirgendwo registriert. Das konnte es auch nicht, das habe ich dir damals in Frankreich gesagt.«

Er saß da und beobachtete sie, und sie hätte am liebsten vor Enttäuschung geweint oder ihn vor Ärger geschlagen, aber sie war wie erstarrt.

Die junge Belgierin kam zurück und setzte sich. Sie hatte ihren Lippenstift nachgezogen. Ihre Hände mit den lackierten Fingernägeln waren schmal und bleich, vermutlich berührte ein Mann sie gern, doch für Klaviertasten waren sie nicht zu gebrauchen. Am Ringfinger funkelte ein Ring, der beim letzten Mal dort noch nicht gesteckt hatte.

Hélène stand auf und griff zum Portemonnaie. Ihre Hände bebten. Sie hielt sich am Tisch fest.

»Warte«, sagte er. »Bitte setz dich. Ich mache dir einen Vorschlag.«

»Nicht jetzt, Nathan. Ich bin so … Ich will nichts mehr hören.«

»Bitte, setz dich. Du machst hier eine Szene. Ich möchte dir etwas vorschlagen, um schnell viel Geld zu verdienen. Versuch dich zu beruhigen.«

Sie zögerte, dann setzte sie sich wieder. Die junge Belgierin sah von Nathan zu Hélène, sagte aber nichts.

»In ein paar Tagen unternehme ich eine Geschäftsreise nach Marseille. Komm mit, und ich bezahle dich sehr gut. Es ist nur für ein paar Tage. Dein Französisch wäre mir nützlich, und du verdienst in ein paar Tagen sehr viel mehr als in vielen Jahren, in denen du an Klavieren herumbastelst.«

»Ich bastele nicht an Klavieren herum, Nathan. Du hast keine Ahnung, wie Claire und ich durchkommen, oder?«

»Vermutlich. Dann erzähle es mir. Wie kommt ihr durch?«

»Was ist hier eigentlich los?«, fragte die junge Belgierin. »Du nimmst *sie* mit nach Marseille. Ich spreche Französisch.«

»Ich weiß, aber nicht so gut wie sie«, sagte Nathan. »Ihr Französisch ist das richtige. Deins klingt eher wie Wallonisch oder sonst etwas.«

»Fais attention à toi«, sagte sie zu der jungen Frau. »Er hat mein ganzes Geld verloren. Alles.«

»Wie bitte? Wie das? Stimmt das?«

»Oui. Fais attention.«

Die junge Frau sagte irgendetwas zu Nathan, was sie schon nicht mehr interessierte. Nach dieser bitteren Enttäuschung musste sie plötzlich über so vieles nachdenken. Sie fühlte sich leer und schwach und mutlos. Sie musste gehen und allein sein, um über die Sache nachzudenken. Sie setzte sich noch einmal hin, das Portemonnaie in der Hand, die Handtasche auf dem Schoß, dann legte sie Münzen auf den Tisch, stand auf und ging.

Nathan schrieb zweimal und schlug ihr ein Treffen vor, aber sie antwortete nicht. Sie schrieb an Juliette, erhielt jedoch keine Antwort. Sie erteilte zwar noch Unterricht am Konservatorium, doch immer weniger. Sie spielte in zwei Kirchen Orgel und erhielt als Gegenleistung einen Anteil an der Kollekte, was niemals viel war, denn die Spanische Grippe grassierte, und grausige Plakate ermahnten die Bevölkerung, zu Hause zu bleiben oder Abstand zu wahren und Handschuhe zu tragen.

Im Sommer 1919 nahmen sie und Claire die Fähre über den Kanal und dann die Eisenbahn von der französischen Küste. So etwas wie die Landschaft draußen hatten sie noch nie gesehen. Häuser, Gehöfte und sogar die Kirchen lagen in Trümmern:

Große Schwärme schwarzer Vögel stoben in die Höhe und stürzten sich auf den Erdboden, sie schlugen mit den Flügeln, pickten einen Bissen auf, flogen wieder hoch, und die Beute wippte in ihren Schnäbeln.

In Montmagny waren die Fabrik und das Wohnhaus verschwunden. Es standen nur noch Mauerreste mit riesigen Löchern, und überall lagen Trümmerberge, von Unkraut überwuchert. Es gab Spuren von heftigen Feuersbrünsten: geschmolzene Fenstergläser, Dachstühle und Deckenbalken, die völlig verkohlt waren. Grotesk verformte und ausgeglühte Maschinen. Die Nacht verbrachten sie im Hotel, das man wiederaufgebaut hatte, und am frühen Morgen statteten sie bei Tageslicht ihrem Wohnhaus und der Fabrik einen zweiten Besuch ab. Sie saßen auf der Steinmauer beim Mühlkanal und ließen die Hände durch das kalte Wasser gleiten. Im Mühlteich schwammen wieder Enten. Claire pflückte Gänseblümchen und auch andere Blumen, die im Garten den Trümmern getrotzt hatten, und dann gingen sie zum Gutshof. Dort gab es noch mehr geborstene Fensterscheiben und geflickte Löcher in der Mauer, und die Bäume ringsum waren verschwunden.

Allein dieser Anblick setzte ihr zu, alle Bäume waren weg, wirklich alle. Nur noch zersplitterte Stümpfe, überall. Noch ein Grund, warum alles anders aussah.

In Juliettes Wohnung lebte nun ein alter Mann in deren Möbeln. Er war weißhaarig und knochendürr. Sie konnte sich an ihn erinnern. Er war zugleich Küster und Glöckner und hatte stets die Kollekte eingesammelt, mit einem Samtbeutel an einem langen Stab.

Sie fragte ihn nach Juliette und erzählte ihm, wer sie waren.

Madame war gestorben, sagte er. Im März 1918. Er hatte ihr das Grab ausgehoben. Beim Begräbnis waren nur er und der Pfarrer zugegen gewesen, da es keine weiteren Familienangehörigen gab. Die Rückseite des Pfarrhauses, in dem er gelebt hatte, war zerstört, und der Pfarrer hatte ihm gestattet, nun hier zu wohnen.

Das Zimmer sah fast so aus wie beim letzten Mal, als wäre Juliette nur für einen Moment hinausgegangen.

In der Kirche zählte der Pfarrer gerade die geweihten Hostien aus einer geöffneten Dose in einen Kelch. Es war immer noch Père Dubert, der allerdings zerbrechlicher wirkte als früher. Als er sie erkannte, lächelte er und nickte, dann verschloss er die Dose und stellte sie auf die Seite, kniete nieder und bekreuzigte sich.

Er stützte sich mit einer Hand ab, richtete sich mühsam auf und drehte sich zu ihnen um. »Madame Hélène«, sagte er. Er schien aufrichtig erfreut. »Und Mademoiselle Claire. Sieh einer an, *ma chère* Claire, wie du gewachsen bist. Du bist ja eine junge Dame.«

Er berichtete ihnen, dass Juliette eine von Dr. Menasses letzten Patienten gewesen war, ehe ihm die französische Armee einen militärischen Rang verliehen und ihn an die Front beordert hatte. Er war nicht wiedergekommen. Eine Lungenentzündung, so lautete die Diagnose des Mediziners für Juliette. Ein sanfter Tod, wenn man nicht gegen ihn aufbegehrte.

Was ist mit ihren Sachen, fragte sie. Die Kleidung und die persönlichen Dinge? Gab es irgendwelche Papiere?

»Ja«, sagte Père Dubert. »Ihre Kleider hat man weggegeben, aber da war noch etwas.«

Im Kirchenbüro zog er eine Schublade auf und holte einen Umschlag hervor, den er ihr überreichte.

»Keine Notizbücher oder andere Papiere?«

Er schüttelte den Kopf.

»Nur das hier.«

Auf den Umschlag hatte sie geschrieben: *Pour Hélène, avec*

amour éternel, Juliette. Darin steckten acht alte Ein-Franc-Münzen, die nun kaum mehr etwas wert waren.

Père Dubert betrachtete die Münzen, er schüttelte den Kopf und lächelte.

Von der Kirche spazierten sie zum Friedhof und legten Blumen auf das Grab ihrer Mutter. Sie und Claire saßen auf einer umgekippten Schubkarre, und sie wischte sich die Augen und blinzelte in die Sonne, die tief über der baumlosen Landschaft stand, sie blinzelte zum Namen ihrer Mutter auf dem Holzkreuz. Die Tischler der Firma hatten es aus getrockneter Libanon-Zeder gefertigt, damit es hundert Jahre überdauerte, und in die Mitte hatten sie einen Violinschlüssel geschnitzt.

Nach einiger Weile stand Claire auf. »Mum«, sagte sie. »Lass uns gehen.«

Ihre letzte Handlung in Montmagny war ihr Weg zum Rathaus, wo sie die Formulare ausfüllte und unterzeichnete, in denen festgehalten wurde, dass sie und ihre Tochter den Krieg überlebt hatten und dass sie Ansprüche auf ihren vom Krieg beschädigten Besitz erhoben, die Fabrik sowie das Wohnhaus, so wie man die Immobilien 1809 vermessen und ins Kataster eingetragen hatte. In der Registratur war der Mörtel der Ziegelwand noch feucht.

~

Nach dem Üben wollte sie die fertigen Schuhe anprobieren, die David Chandler mitgebracht hatte. Sie führte ihn in die Sakristei und sah ihm zu, wie er sie aus der Papiertüte nahm und auf den Fußboden stellte: ein knöchelhohes Paar Straßenschuhe für den Alltag und ein flacheres Paar für offizielle Anlässe.

»Französisches Handschuhleder«, sagte er stolz. »Fühlen Sie selbst, wie weich es ist, Mrs. Giroux. Der Zehenraum ist aus Segeltuch zweiter Wahl. Von einem Weber in Lunenburg.«

Sie zog sie an, und sie passten perfekt. Sie streifte sie ab und griff in den rechten Schuh, um zu fühlen, was er angestellt hatte, um eine so stabile Passform zu erreichen.

Er saß da und beobachtete sie. »In meiner Branche nennen wir das einen Keil, Mrs. Giroux. Damit hat der Fuß einen festeren Stand. Trifft das zu?«

»Ja, absolut, Mr. Chandler. Und das bei Schuhen, die so weich sind. Danke.«

Sie bat ihn, die ausstehenden Beträge aufzulisten, und erinnerte ihn daran, das Bücherregal nicht zu vergessen. Und er sagte, ja, ja, keine Sorge. Und später käme noch ein ganz spezielles Paar, das mit dem niedrigen Absatz. Er sagte, er verwende ein italienisches Muster, er habe es gerade in Arbeit.

»Den Absatz mache ich mit einem interessanten Bogen«, sagte er. »Im Renaissance-Stil.« Er zeichnete mit dem Finger etwas auf den Tisch der Sakristei und sah zu ihr auf.

Ein erschöpfter, ernster Gesichtsausdruck, vollkommen ruhig. Sie fragte sich, ob Father William es ihm erzählt hatte und was er insgeheim über all das denken mochte.

»Mr. Chandler«, sagte sie plötzlich bestimmt. »Es war eine *Erfrierung.*« Sie sprach das Wort sehr deutlich aus.

»Eine Erfrierung?«

»Ja. Sie haben mich nie gefragt, und dafür bin ich Ihnen dankbar. Ich bin froh, dass ich jetzt darüber sprechen kann. Bald kommt ohnehin alles heraus, und ich begreife allmählich, welch große Erleichterung das ist. Ich hätte nie gedacht, dass ich das einmal sagen würde. Die Leute fragen mich, wie ich damit so gut klarkomme, die Sänger vom Chor und Father William. Ich sage ihnen dann, weil das seit drei Jahren über mir dräut. Wie das berühmte Schwert. Ja, es ist in der Tat eine Erleichterung.«

»Sie meinen, sich damit wieder auseinanderzusetzen, Mrs. Giroux? Es offen auszusprechen?«

»Ja. Ich bin in den letzten drei Jahren sieben Mal umgezogen. Die Leute haben herausgefunden, wer ich bin, und die Fotografen von der Presse haben mich mit ihren Kameras belagert. Ich glaube, Father William hat Ihnen von meiner Gerichtsverhandlung erzählt und von der Anklage wegen Mordes. Ich habe ihn darum gebeten. Ich wurde freigesprochen, aber jetzt ist es wieder da.«

»Ja, er hat es mir erzählt.«

»Tag um Tag in der Eishöhle. Ich weiß immer noch nicht, wie viele Tage. Fünfzehn, zwanzig. Die Pedale am Klavier, die waren nie mein Problem, aber ich habe lange gebraucht, bis ich wieder normal gehen konnte. Wenn ich aufgeregt bin, muss ich immer noch hinken. Ein bisschen. Herzlichen Dank für diese guten Schuhe, Mr. Chandler.«

Vierzehn

Im Frühsommer 1920 erhielt sie einen Brief vom Kanada-Haus in London. Darin hieß es, das kanadische Hochkommissariat richte anlässlich eines Ministerbesuchs einen Empfang aus, und man bitte sie zu einem Vorspiel für das Konzert an dem Abend. Datum und Uhrzeit standen im Brief.

Sie nahm ein Taxi dorthin und bezahlte es mit dem Bon, der auch in dem Umschlag gesteckt hatte. Nathan hatte sie seit über einem Jahr nicht mehr gesehen, seit ihrer Verabredung in dem Tearoom, und sie war überrascht, als sie ihn im Wartezimmer antraf. Er legte seine Zeitung beiseite, stand auf und lächelte sie breit an.

»Helen. Schön dich wiederzusehen. Ich habe ihnen deinen Namen genannt, ich hoffe, du hast nichts dagegen. Ich kenne den Kommissar, und als ich von dem Konzert erfuhr, war mir klar, dass das etwas für dich ist. Diese Regierungssachen werden gut bezahlt. Ich stelle dich nur kurz vor, und dann bin ich wieder weg. Wie geht es dir?«

»Gut, im Großen und Ganzen. Ich komme zurecht, danke.«

Es entstand eine Verlegenheitspause. Sie waren die einzigen Personen in dem Raum. Sonst nur leere Holzstühle auf dem bloßen Parkett, ein Gemälde von König Georg an der Wand und ein geschlossenes Fenster zum Trafalgar Square hin. Durch die Verbindungstür drangen entfernte Stimmen.

»Ich hoffe, du hast mir inzwischen vergeben«, sagte er. »Dass ich der Überbringer von so schlechten Nachrichten war. Es muss ein ziemlicher Schock gewesen sein.«

»Das war es.«

»Natürlich. Wie geht es Claire?«

»Gut. Sie gewöhnt sich besser ein als ich. Und du?«

»Mir geht's gut, ich komme gerade aus Kairo. In Marseille ist alles gut gegangen, aber mit dir wäre es noch besser gegangen. Du hättest einen Haufen Geld verdient.«

»Marseille. Ach ja.«

»Willst du wissen, wie viel?«

»Eigentlich nicht.«

»Ganze zweihundert Pfund, Helen.«

Sie starrte ihn an. »Was hätte ich dafür machen müssen?«

»Nicht viel. Als meine Geschäftspartnerin dabei sein. Lächeln und dein allerbestes Französisch sprechen.«

»Und was sagen?«

»Nichts Besonderes. Einfach für eine lockere Stimmung sorgen und ihnen das Gefühl vermitteln, dass du mir vertraust.«

»Ich dir vertrauen? Bei was?«

Er schüttelte den Kopf. »Denk jetzt nicht darüber nach. Es ist sowieso zu spät. Aber in Zukunft, Helen. Wenn ich dir jemals helfen kann, denk daran.«

Später überkam sie mitunter das Gefühl, dass dieses Gespräch irgendwie merkwürdig verlaufen war, vielleicht, weil von so viel Geld die Rede war oder weil etwas unausgesprochen geblieben war, vielleicht lag es auch nur an der Atmosphäre. Aber damals war ihr das nicht aufgefallen. Damals war sie eher damit beschäftigt, sich für das Vorspiel ihre innere Ruhe zu bewahren und ihre Hände warm zu halten.

Wenige Minuten später spielte sie vor dem stellvertretenden Kommissar und dem Kulturattaché, und die Diplomaten unterbrachen sie mitten in einem Stück von Cécile Chaminade und engagierten sie.

Sie beschloss, Claire mitzunehmen, damit sie die Noten umblätterte, und am nächsten Tag kaufte sie für sich selbst und für Claire in einem Secondhandladen, den Emigranten aus Polen und Russland frequentierten, ihre Abendgarderobe und passende Schuhe. Der Laden hieß *Verushka's Closet*. Sie gab dort fast vier Pfund aus, aber sie wusste schon, dass sie als Gage für den Abend stattliche achtzehn Pfund plus Taxispesen erhalten würde.

Der Auftritt gelang gut, und danach kamen der Minister und der Kommissar zu ihnen hoch auf die Bühne, wo sie mit Nathan und dessen neuer Freundin herumstanden, eine Engländerin, ebenso jung wie ansehnlich, mit blonden Locken, einem hübschen Gesicht und einer guten Figur. Nathan machte sie miteinander bekannt. Der Minister wiederholte Hélènes Namen und fragte, ob sie und Claire Französisch sprachen. Am nächsten Morgen kam ein Bote zu ihrer Wohnung und bat sie zu einem Treffen ins Hochkommissariat, und eine Woche später saßen sie und Claire mit dem Minister und seiner Entourage in einem Sonderzug auf den Weg in die europäischen Hauptstädte, um für Kanada zu werben und Siedler für die Prärie-Gebiete zu rekrutieren.

Der Minister hieß Émile de Fougère. Er sagte, er sei aus Montreal, was er französisch aussprach, *Mon-réal*. Er hatte üppige weiße Haare und ein gutmütiges Gesicht. Er lächelte Claire zu und redete sie mit *Mademoiselle* an. Wenn er sprach, klang er wie Xavier, und beide, sie und Claire, mochten ihn deswegen umso mehr. Im Zug verließ er seine Mitarbeiter und die Leute von der Presse und besuchte sie und Claire in ihrem eigenen Abteil; sein Stellvertreter klopfte dann zuerst an und fragte, ob es genehm sei, und dann kam der Minister in ihr Abteil und setzte sich auf den Eckplatz am Fenster, in Anzug mit Weste und Querbinder und perlgrauen Gamaschen.

In seiner Brusttasche steckte ein altmodisches Monokel, er zückte es und betrachtete die verwüstete Landschaft und schüttelte den Kopf. Hélène erzählte ihm, dass ihr Ehemann, Claires Vater, schon in den ersten Wochen gefallen war. Claire erzählte ihm von der Pianofabrik und was davon noch übrig war.

»Mein herzliches Beileid, Mademoiselle«, sagte er zu Claire, »Ich habe meinen ältesten Sohn im Krieg verloren, in Flandern. Mit achtundzwanzig. Er war Hauptmann, er befehligte eine Kompanie. Er wäre gewiss eines Tages Major geworden.«

»Ein Hauptmann«, sagte Claire. »Wir haben einen französisch-kanadischen Hauptmann kennengelernt. Er hat bei uns gewohnt. Er war sehr nett. Er zeigte mir, wie man mit den Händen Tiere darstellen kann. Aber dafür brauche ich Licht.« Sie hielt beide Hände hoch und formte mit einer Hand einen Hundekopf und mit der anderen ein Huhn.

»Ein Schattenspiel«, sagte Monsieur de Fougère. Er lächelte. »Bei uns heißt es *Tous mes animaux*. Meine Kinder haben das auch gelernt. Wie hieß euer Hauptmann? Bei welcher Einheit war er?«

»Wir wissen die Einheit nicht«, sagte Hélène. »Er hieß Xavier Boucher, und er befehligte dort eine Batterie. Im Gelände neben der Fabrik.«

»Er war auch aus Montreal«, sagte Claire.

Der Minister wandte sich ihr zu. »Hättest du gern, dass ich versuche, ihn ausfindig zu machen, Mademoiselle? Offiziere findet man wieder. Bei demobilisierten Soldaten ist das schwieriger, aber das Leben von Offizieren ist meistens überschaubarer. Ich sehe, was ich tun kann.«

Bei einem anderen Besuch in ihrem Abteil, eine knappe Stunde vor der Ankunft in Brüssel, sagte er zu Hélène: »Ich weiß nicht, ob Ihnen das bewusst ist, Madame, aber der Krieg war auch für mein Land verheerend. Wir haben nicht nur sechzigtausend Tote und einige Hunderttausend Verletzte, es ist zudem zu einem großen Streit zwischen Quebec und dem restlichen Dominion gekommen.«

»Worum geht es bei dem Streit? Sie haben Frankreich doch unterstützt.«

»Schon, aber das haben die Franko-Kanadier anders gesehen. Es war nicht eben ihr größter Wunsch, ihre Männer und ihre Pferde für das Britische Empire zu opfern, und jetzt können sie uns nicht verzeihen, dass wir die Gesetze verabschiedet haben, die sie dazu gezwungen haben. Aber sobald wir wieder Vollbeschäftigung haben, wird sich die Lage beruhigen.«

In Brüssel hatte man auf einem Sportplatz ein großes Zirkuszelt errichtet, in dem sich die verschiedenen Provinzen präsentierten. Es gab riesige Leinwände mit Szenen aus der Prärie und Ansichten von den Rocky Mountains. In einem Saloon konnten die Besucher Räucherlachs und luftgetrocknetes Wildbret probieren, und ein Mann in einem Lederhemd klimperte auf einem blechern tönenden Klavier.

Der größte Erfolg war der Bereich, der der Natur gewidmet war. Dort konnten die Besucher einen jungen Elch streicheln und sich als Indianer und Trapper verkleidet fotografieren lassen. Als der Minister bemerkte, welcher Beliebtheit sich der Elch erfreute, ließ er den Stand, an dem sich neue Siedler in Listen eintrugen, mit dem Naturbereich zusammenlegen. Von da an stakste der viel bewunderte Elch auf seinen langen Beinen zwischen den Besuchern herum und knabberte an ihrer Kleidung, während auf einem Podium ein Regierungsbeamter 150-Acres-Grundstücke auf Übersichtskarten zuteilte, für weniger Geld, als sie für ihre Kleidung aus zweiter Hand ausgegeben hatten. Rechts und links des Podiums bestaunten Landwirte Getreidegarben, deren Ähren größer und goldener waren als alles, was sie bislang gesehen hatten.

Am Ende des Tages fand in der britischen Botschaft ein Empfang statt. Sie und Claire gaben ein Konzert in ihrer eleganten Aufmachung, und die Gäste, in Dinner Jackets und bodenlangen Abendroben, saßen auf zierlichen Stühlen und nippten am Champagner.

Die Reise ging weiter, Stadt um Stadt sammelten sie Einwanderer ein, die meisten von ihnen hatten durch den Krieg und durch das Ende des Habsburgerreiches alles verloren.

Auf dem Rückweg zur Küste wurde der Elch als Geschenk Seiner Majestät König Georg V. an den Zoo von Amsterdam übergeben.

»Eine erfolgreiche Reise«, sagte der Minister zu ihr im Zug. »Wir machen das nun schon einige Zeit, wir bringen ganze Schiffsladungen an Siedlern mit. Viele verlieren wir im ersten Jahr, verstehen Sie? Das Land ist weit und leer. Von Küste zu Küste sind es Tausende Meilen. Dann die Provinzen in der Prärie, Madame. Nichts als Gras und Wind. Nach dem ersten Winter verschwinden manche Siedler einfach, oder sie sterben uns weg. Zumindest die Schwachen. Die Starken überleben und zahlen die Schwachen mit ein paar Cents aus.«

»Ich bewundere Ihre Beziehung zu Ihrer Tochter«, sagte der Minister ein paar Tage später, wieder in London. »Besser gesagt, ich *beneide* Sie. Mit meinen Kindern ist mir das nicht so gut gelungen. Mein jüngster Sohn aus meiner zweiten Ehe spricht nicht mit mir, und mein Ältester ist, wie gesagt, in Flandern gestorben.«

Das war beim Abschiedsempfang, wieder im Kanada-Haus. Es war ein später Septembertag, ein lauer Abend, vor dem Fenster Akazien und Ahornbäume und stattliche alte Häuser, die im Licht golden schimmerten. Claire hatte ihr Primarexamen abgelegt und mit dem Gymnasium begonnen. Obwohl sie Monsieur de Fougère mochte, beschloss sie, an dem Abend nicht mitzukommen, sondern ihre Hausaufgaben zu erledigen.

»Madame«, sagte der Minister. »Sie haben unserer Kampagne einen großen Dienst erwiesen. Sie und Ihre Tochter haben uns geholfen, auch kulturelle und gesellschaftliche Aspekte von Französisch-Kanada zu präsentieren, was wir in der Vergangenheit nicht bieten konnten. Ich weiß, dass Sie nicht von dort sind ... Aber Sie verstehen, was ich sagen will. Ich habe über etwas nachgedacht. Sind Sie jemals in Montreal gewesen?«

Sie schüttelte den Kopf. Nein, das war sie nicht, aber irgendwann würde sie die Stadt gern kennenlernen.

»Eine schöne Stadt«, sagte er. »Wenn man bedenkt, wie jung sie ist. Mit Abstand die kultivierteste und zivilisierteste Stadt im Dominion. Kommen Sie doch einmal auf einen Besuch. Ich könnte für Sie eine Konzerttournee arrangieren und Sie und Ihre Tochter zu franko-kanadischen Ehrenbürgern machen. Post factum, sozusagen. Ich kümmere mich darum und schicke dem Hochkommissariat hier ein Telegramm. Außerdem sende ich ein Schreiben an die zuständigen Stellen, um Ihren Hauptmann zu finden. Wäre das in Ihrem Interesse, Madame?«

Sechs Wochen später, wiederum im Kanada-Haus, winkte der stellvertretende Kommissar sie in sein Büro. Er sagte, es gebe ein Communiqué aus dem Büro von Minister de Fougère in

Ottawa. Der Minister sei erkrankt, aber er habe ihren Namen an das Amt für Erziehung und Kultur weitergeleitet, und für das Amt sei es ein Freude, für sie eine Konzerttournee zu organisieren.

»Sie müssen sie aufmuntern«, sagte der Diplomat. »Schließlich kommt mit Ihnen jemand aus ihrem Vaterland zu ihnen. Allerdings grassierte die Grippeepidemie in Kanada sogar noch schlimmer. Ich meine, noch schlimmer als hier. Und sie ist noch nicht vorüber. Sie werden bestimmt noch ein wenig abwarten wollen. Wir lassen es Sie wissen, wenn man wieder sicher reisen kann.«

Er saß da und runzelte nachdenklich die Stirn. »Hm«, sagte er. »Da ist noch etwas. Eine Nachricht, die Monsieur de Fougère weitergeleitet hat.«

Er suchte in seinen Dokumenten und im Schreibtisch und überreichte ihr schließlich die Notiz. Er beobachtete sie, während sie sie las.

»Das mit dem Hauptmann tut mir leid«, sagte er dann. »Das Militär hat in Montreal für solche Fälle ein komplettes Krankenhaus übernommen. Ich glaube, es heißt Sainte Mère de Dieu. Oder so ähnlich. Manche von ihnen erholen sich wieder.«

Fünfzehn

»Man wird sie hängen«, sagte Lady Ashley allen, die es hören wollten. »Am besten man hat nichts mit ihr zu tun. Sie hat einen Mann getötet, man stelle sich das einmal vor! In einer *Höhle* hat sie mit ihm gelebt und ihn dann eines Tages einfach ermordet. Ihr alle solltet euch lieber von ihr fernhalten.«

Mildred erzählte ihr das. Mildreds Freundschaft erwies sich als unerschütterlich, seit Hélène im Trauergottesdienst für die Fischer die *Navy Hymn* so improvisiert hatte, dass alle Gänsehaut bekommen hatten und einige von ihnen in Tränen ausgebrochen waren. Es stellte sich heraus, dass auch Mildred ihren Vater und ihren Bruder auf allzu vertraute Weise verloren hatte; ihr Schiff war in einen Sturm geraten und innerhalb von Minuten auseinandergebrochen.

Sie fragte Mildred, ob sie einen Kuchen backen könne, da sie einige Gäste zum Tee einladen wollte, und am nächsten Tag brachte Mildred einen noch warmen Gugelhupf in einer Backform. Sie hatte auch eine Kuchenplatte dabei und stellte sie auf den Küchentisch, stürzte die Form und klopfte mit einem Messergriff rundherum.

Das Kuchen war perfekt: safrangelb und dunkelbraun, durchzogen von der schimmernden Marmorierung des Kakaoteiges.

»Der ist nur für dich und Claire, zum Probieren«, sagte Mildred. »Echter Kakao. Madame Breton, das ist die Frau vom Geschäftsführer der Bank, du hast sie bei den Proben gesehen, hat mir fast ein halbes Pfund davon gegeben. Wenn er euch schmeckt, backe ich rechtzeitig für deine Einladung einen frischen. Wer kommt denn? Wenn ich das fragen darf.«

»Ein paar Leute, hoffe ich. Du eingeschlossen.«

»Oh, schön. Kommt David auch? Macht er für dich ein Paar Schuhe?«

»Ja. Dies hier ist schon fertig.« Sie stellte einen Fuß vor und bewegte ihn stolz nach allen Seiten.

»Sehr hübsch. Ein guter Kerl, dieser David. Er war mal verheiratet, mit einer Einheimischen. Sie starb an der Grippe, in der gleichen Woche wie mein Mann. Keine Kinder, aber er hat eine Schwester in Kalifornien.«

»Ja, das hat er mir erzählt. Wie alt ist er wohl?«

»Schwer zu sagen. Ende fünfzig, aber er ist noch gut bei Kräften. Er wohnt in einem Haus, das zu dem englischen Fort gehörte. Es ist im Besitz der Provinzregierung. Sie haben ihm einem langfristigen Mietvertrag gegeben, weil er es instand hält. Außerdem ist es besser, ein Haus wird bewohnt und steht nicht leer.«

»Ja, das denke ich auch. Was hat Lady Ashley noch gesagt?«

»Ach. Kümmere dich nicht um sie. Sie ist nur eifersüchtig und verärgert. Jemand in der Stadt hat für sie die alten Zeitungen durchforscht.«

Doch bei der nächsten Chorprobe fehlten vier Frauen und drei Männer. Sie bat Mildred, die Chormitglieder an die Probe zu erinnern, und als diese auch beim nächsten Mal fernblieben, schrieb sie einen Aushang, dass sie Männer und Frauen zum Vorsingen einlud, und heftete ihn an die Anschlagtafel. Es kamen so viele von der ganzen Côte Acadienne, dass sie eine Auswahl treffen musste. Sie suchte einige als Verstärkung aus, aber sie entdeckte auch einige gute Stimmen. Die Sopranistin, die sie als Ersatz für Lady Ashley auswählte, war die junge

Frau mit der entstellten Wange aus dem Büro der Gießerei. Sie benötigte noch etwas Anleitung, aber ihre Stimme klang vielversprechend. Am Sonntag war der Chor wieder vollständig, und da inzwischen auch die Noten für *Morning Has Broken* eingetroffen waren, war dies das erste Stück, das sie einstudierten. Eine Woche später hatte sie auch eine Solostimme arrangiert und die Noten der jungen Frau aus der Gießerei mitgegeben. Sie hieß Mona.

»Von einem Pferd gebissen, mitten ins Gesicht, als sie noch ein Kleinkind war«, sagte Mildred. »Es ist ein Jammer.«

Dass Mona einen so tiefen Eindruck hinterließ, lag daran, dass sie so selbstsicher aufstand und sang. Mit einer klaren jugendlichen Stimme, die sich in dieser steinernen Kirche verlor.

Sie lud Mildred und Mr. Chandler und Claire und Father William zum Tee ein. Father William war der Einzige, der nicht kam. Er klopfte an ihre Tür und erklärte ihr, dies gehöre zu den Dingen, die er nicht tun konnte, ihrer Einladung zum Tee zu folgen. Nicht unter diesen Umständen. Er sagte, es tue ihm leid, und er hoffe, dass sie Verständnis dafür habe.

Es war dennoch ein schöner Nachmittag. Sie saßen um den Couchtisch, und sie schnitt Stücke von dem frischen Kuchen ab, den Mildred mitgebracht hatte, und legte sie auf kleine Glasteller aus dem Geschirrschrank. David Chandler hatte sich für die Gelegenheit fein gemacht, er trug ein weißes Hemd mit Krawatte und eine Weste und darüber ein graues Sakko. Alles sah funkelnagelneu aus, aber irgendwie passte es nicht so recht, vielleicht lag es auch nur daran, dass er es einfach nicht gewohnt war, solche Kleidung zu tragen. Er erzählte von dem Haus, in dem er wohnte.

»Aus dem Fort wurde niemals ein Schuss abgegeben«, sagte er. »Jetzt ist nicht mehr viel davon übrig, man hat die Erdwälle eingeebnet und einige Mauern abgetragen. Sie sind sehr dick, manche bestehen aus sechs Reihen Ziegeln und Steinen, mit starken Balken, die alles zusammenhalten.«

»Ich kann es mir vorstellen«, sagte sie. »Unsere Heimatstadt in Frankreich war auch ganz aus Stein, es gab überall Bruchsteinmauern aus dem frühen Mittelalter. Die Straßen der Stadt bildeten einen Stern. Forscher kamen von den Universitäten, um den Hauptplatz und das strahlenförmige Raster der Straßen zu vermessen.«

»Hat der Krieg großen Schaden angerichtet?«, fragte Mr. Chandler.

»Ja, sehr großen. Claire und ich waren 1919 dort, erinnerst du dich, Claire?«

»Seither nicht mehr?«

»Nein. Aber ich habe gelesen, dass die französische Regierung einige historische Städte wiederaufbauen lässt.«

Mildred fragte, ob der Kuchen schmecke. Sie sagte, beim nächsten Mal werde sie mehr gemahlene Haselnüsse zum Mehl geben. Sie nahmen alle einen Bissen und kauten bedächtig und stimmten überein, dass der Kuchen tatsächlich sehr gelungen war.

Claire schenkte ihnen Tee nach und bot Milch und Zucker an. Es war warm und gemütlich in dem Zimmer und nicht zu hell. Der Himmel färbte sich purpurrot, und die Möwen sahen aus wie orangefarbene Flecken. Hélène schaltete die Lampe ein. Es entstand eine Schweigepause, und sie spürte mit Gewissheit, dass jeder begriff, wie wichtig dieses Ereignis für sie war, vielleicht das Ende von etwas, oder ein Anfang, auf jeden Fall ein Ereignis, zu dem es so niemals wieder kommen würde.

Am nächsten Morgen, kurz bevor sie mit dem Üben fertig war, kam Father William zu ihr. Sie hörte auf zu spielen.

»Kann ich Sie in der Sakristei sprechen, Mrs. Giroux?«

»Jetzt?«

»Ja, bitte.«

Sie stand auf, drehte sich zu den Kirchenbänken um und sagte zu dem Dutzend Zuhörer, vermutlich sei für diesen Morgen das Üben beendet.

In der Sakristei warteten Sergeant Elliott und eine Frau mit einem Wollhut und einem grauen Mantel, der bis zum Kinn zugeknöpft war. Sobald die Tür geschlossen war, sagte der Polizist: »Mrs. Giroux, das ist unsere Aufseherin, Mrs. Doren. Ich wurde von meinen Vorgesetzten unterrichtet, dass in Ihrer Situation Hausarrest keine Option darstellt. Wir haben für Sie im Untersuchungsgefängnis eine Zelle freigemacht, Ma'am. Von nun an kümmert sich die Aufseherin um Sie.«

»Auf einmal soll das keine Option mehr sein, Sergeant? Warum das?«

»Ich weiß es nicht. Sie können eine kleine Tasche mit Dingen für den täglichen Bedarf mitnehmen, aber ich muss Sie darüber unterrichten, dass die Aufseherin alles begutachten und einiges womöglich nicht durchgehen lassen wird. Alles, was scharf oder zerbrechlich ist, oder Dinge wie Gürtel oder Schnüre oder Nadeln. Das ist unsere Pflicht, Ma'am. Alles, was man dazu verwenden kann, um sich Schaden zuzufügen.«

Sie brachten sie in einer schwarzen Kutsche hin, die nur ein einziges, vergittertes Fenster in der Tür hatte. Durch das Fenster konnte sie die Leute sehen, die aus ihren Türen kamen, um ihnen hinterherzuschauen. Die Aufseherin saß ihr in der Kutsche gegenüber.

»Wir haben nur zwei Zellen«, sagte die Aufseherin. »Sie sind durch Decken getrennt. Ich habe sie heute aufgehängt, damit die Männer nicht hineingucken oder nach Ihnen grabschen können. Aber die werden versuchen, auf sich aufmerksam zu machen. Bleiben Sie an der Wandseite und beachten Sie sie nicht weiter.«

Die Aufseherin saß nach vorne gebeugt, die Ellbogen auf die Knie gestützt. Sie sagte: »Das hat er nicht gewollt, der Sergeant, Sie in Haft nehmen. Die Dienstanweisung kam direkt vom Gericht in der Stadt. Vielleicht hat sich jemand von hier beschwert, vielleicht auch, weil es um ein Kapitalverbrechen geht. Keine Ahnung.«

Eine Zeit lang fuhren sie schweigend weiter, dann sagte die Aufseherin: »Wir sind gleich da.«

In der Polizeiwache führte man sie an der Zelle vorbei, in der drei Männer auf Pritschen saßen. Sie drehten sich nach ihr um, und einer begann, Kussgeräusche zu machen. Die Aufseherin warf ihr einen kurzen Blick zu und schüttelte den Kopf, dann sperrte sie die zweite Zelle auf. An einer Wäscheleine hingen Decken, und an der Wand standen eine Pritsche, ein Stuhl und ein Tisch.

»Ihre Tasche«, sagte die Aufseherin. »Ich muss sie durchsuchen.«

Die Aufseherin leerte den Tascheninhalt auf den Tisch und begutachtete die einzelnen Gegenstände. Sie hielt einen Kamm hoch. »Den muss ich einbehalten. Ach, und Ihre Schnürsenkel. Hätte ich fast vergessen. Sie tragen kein Korsett oder irgendetwas mit langen Gürtelschnüren, oder?«

»Sehen Sie mich an«, sagte sie. »Was soll ich denn bei mir einschnüren?«

Einige Zeit gelang es ihr, das Pfeifen und die Anzüglichkeiten der Männer zu überhören. Die Tür schepperte, und die Aufseherin brachte einen Emailkrug mit Wasser und einen Becher. Sie stand an Hélènes Pritsche und hielt etwas in der ausgestreckten Hand. Mit der anderen deutete sie auf ihr Ohr.

Es war eine Scheibe Weißbrot. Hélène nahm etwas, knetete es und steckte es sich in die Ohren.

Die Aufseherin hatte den Mantel ausgezogen, sie trug einen langen grauen Wollrock und einen Pullover mit einem Flechtgürtel, an dem ein lederner Schlagstock hing.

Im Verlauf des Nachmittags erhielt sie Besuch von Claire sowie von Mildred und von Mr. Chandler und von Father William. Jedes Mal, wenn jemand kam, holte die Aufseherin Hélène aus der Zelle und gestand ihr und ihrem Besuch fünfzehn Minuten in der Wachstube zu. Der Raum wurde durch einen kleinen eisernen Ofen beheizt und war mit einem Tisch und Stühlen möbliert. Oben in der Tür war ein Guckloch.

Der Rechtsanwalt, Mr. Quormby, war an dem Tag der letzte Besucher. Er traf in der Abenddämmerung ein. Er sagte, er habe auf die Akten aus Edmonton warten müssen, und zudem habe die Anfahrt mehr Zeit in Anspruch genommen als erwartet, weil die Strecke an einigen Stellen vereist war. Die Nacht würde er im Hotel verbringen.

Mr. Quormby trug einen schwarzen Mantel und Hut, ein weißes Hemd mit Fliege sowie einen grauen Seidenschal. Sein Gesichtsausdruck war irgendwie freundlich, aber auch verschlossen und undurchdringlich.

Er legte Mantel und Hut ab und strich sich über das Haar, und dann stand er einen Moment lang an der Tür und sah in die andere Zelle, wo ihn einer der Männer mit gefletschten Zähnen anblickte.

»Sind Sie hier gut aufgehoben?«, sagte er. »Ich sehe, was ich tun kann, damit Sie wieder zurück in den Hausarrest kommen. Vielleicht mit mehr Auflagen.«

Er beobachtete sie, er nahm sich Zeit dafür. »Wollen wir uns nicht setzen?«, schlug er schließlich vor. »Die schlechte Nachricht ist, die Anklage lautet auf Mord mit Vorsatz, und das schließt die weniger schwerwiegenden Anklagepunkte Mord mit bedingtem Vorsatz sowie Totschlag ein. Der Staatsanwalt wird Ihnen die Planung und den Vorsatz nachweisen müssen, aber Mord mit Vorsatz ist eine Straftat, auf die die Todesstrafe steht, Mrs. Giroux. Mord mit bedingtem Vorsatz ist immer noch ein vorsätzliches Tötungsdelikt und würde lebenslange Haft bedeuten, aber da gibt es für den Richter und für die Jury gewisse Spielräume. Für Totschlag gibt es keine feststehende Mindeststrafe. Ich bin von Rechts wegen verpflichtet, Sie auf diese Dinge hinzuweisen, aber ich sage sie nur einmal. Haben Sie noch Fragen?«

»Ja. Worin besteht die neue Beweislage?«

»Ich weiß es noch nicht. Aber irgendwann muss die Staatsanwaltschaft das bekannt geben, Mrs. Giroux. Ich kann mich an den Fall grob erinnern. Er hat mich damals interessiert, und er interessiert mich noch immer. Heute Abend, nach dem Essen, werde ich mir die Akte genauer ansehen. Für den Augenblick möchte ich es bei ein paar Fragen belassen.«

Sechzehn

Damals im Hôpital Sainte Mère de Dieu in Montreal hatte man ihre Tasche auch gefilzt. Keine Aufseherin oder Ordensschwester, sondern ein alter Pförtner hatte den Tascheninhalt auf den Tisch gekippt und mit nikotinverfärbten Fingern durchwühlt.

»Nichts darin, was scharf oder spitz ist?«, fragte er. »Bei der erstbesten Gelegenheit verletzen sie sich immer selbst. Kürzlich hat so ein Kerl von seiner Mutter einfach eine Haarnadel behalten und in der Nacht dafür benutzt. Denken Sie daran, Ma'am.«

»Das werde ich.«

»Was ist mit der jungen Dame?«

»Sie ist meine Tochter.«

»Seine auch?«

»Was, seine?«

»Ich will wissen, ob sie die Tochter von dem Hauptmann ist.«

»Nein, das ist sie nicht. Aber er war in schweren Zeiten sehr nett zu ihr. Sie mag ihn wirklich.«

»Wenn sie nicht seine Tochter ist, kann sie nicht hinein. Sie muss draußen warten. Wenn sie nicht seine Tochter ist und auch noch keine sechzehn, dann hat sie hier nichts verloren, Ma'am.«

»Dann sagen wir eben, sie *ist* es.«

»Ma'am. Für so was habe ich keine Zeit. Es gibt hinten in der Eingangshalle einen Raum, oder sie kann draußen in den Park gehen und warten. Übrigens, Sie müssen auch warten, bis Sie jemand abholt.«

Sie saß mit Claire auf einer der Holzbänke im Wartezimmer. Der Raum war von Sonnenlicht durchflutet, und sie waren die Einzigen. An der Wand über der Tür hing ein riesiges Gemälde mit der Muttergottes mit erhobenen Händen. Von irgendwoher konnten sie Schreie hören. Plätschern von Wasser. Schreie von einem Mann.

»Wenn ich weg bin, warte einfach hier«, flüsterte sie Claire zu. »Geh nicht hinaus. Ich bin gleich zurück.«

»Was ist das für ein Lärm?«

»Ich weiß es nicht. Vielleicht aus den Bädern. Vielleicht verwenden sie bei Verbrennungen immer noch Salzwasser.«

»Nach all der Zeit?«

»Ich weiß es nicht, Claire. Vielleicht kommen auch Verletzte von Verkehrsunfällen her.«

»Ist er blind *und* leidet unter Verbrennungen?«

»Ich weiß es nicht. Warte einfach hier auf mich. Bitte.«

Letztendlich bekam auch sie ihn an dem Tag nicht zu Gesicht. Plötzlich läutete eine Glocke, und aus der Eingangshalle hörten sie schnelle polternde Schritte und Geräusche von Türen, die aufgestoßen und zugeknallt wurden. Ein halbe Stunde später kam der Pförtner zu ihnen und schickte sie nach Hause.

»Ist alles in Ordnung mit ihm?«, sagte Hélène. »Was ist passiert?«

»Einige hier haben es wirklich schwer.«

»Würden Sie ihm bitte wenigstens ausrichten, dass wir hier waren?«

»Für ihn würde es keinen Unterschied machen, Ma'am.«

»Woher wollen Sie das wissen? Sagen Sie es ihm einfach, meine Güte! Hélène und Claire, aus Montmagny in Frankreich.«

Sie gingen noch einige Male zum Sainte Mère, durften ihn aber nie besuchen. Eines Tages saß dort ein anderer Pförtner, der seinen Finger anleckte und die Seiten im Aufnahmebuch umblätterte. Er sah auf und sagte, Hauptmann Boucher sei vor fünf Tagen verschieden.

»Vor fünf Tagen? Aber ich war doch erst letzten Mittwoch hier!«

»Ja, Ma'am. Wir haben so viel Verluste, dass wir mit der Registrierung nicht mehr nachkommen.«

In dem kleinen Park in der Nähe des Krankenhauses setzten sie sich auf eine Bank. Sie hörten die Klingel der Straßenbahn, und ganz in der Nähe kauften Frauen an einem Stand Blumen und trugen sie die Treppen hinauf ins Krankenhaus, vorbei an den steinernen Löwen.

»Er war liebenswürdig«, sagte sie zu Claire. »Liebenswürdigkeit wird sehr oft unterschätzt. Ich weiß, du hast ihn auch sehr gern gemocht. So wie ich.«

»Denkst du, ich wüsste das nicht?«

Aus den Augenwinkeln warf sie einen Blick zu dem Mädchen. »Was meinst du?«

»Ich kann mich noch daran erinnern, wie du für ihn gespielt hast. Es hat ganz anders geklungen als sonst. Ich habe mich dann immer einsam gefühlt. Und ich war wütend auf dich.«

»Wirklich, Claire? Das hast du mir nie erzählt.«

»Vielleicht habe ich es nicht gewusst. Oder nicht gewusst, wie ich es ausdrücken soll. Aber jetzt kann ich es dir sagen.«

»Warum wütend?«

»Was glaubst du? Ich war eifersüchtig.«

»Ja«, sagte sie. »Das verstehe ich.« Sie ahnte, dass da noch mehr war, was sie Claire erzählen sollte, aber sie wusste nicht, was.

Sie hatte den jungen Mann geliebt. Vielleicht auch, weil er als Einziger Hoffnung und Güte verkörperte, wonach sie sich so sehnte. Damals, an dem furchtbaren Ort. Diese Liebe war anders als zu Claires Vater gewesen, aber vielleicht ebenso groß; das war die verwirrende Wahrheit. Vielleicht lag es am Krieg. Sie beide, ganz allein auf dem blauen Sofa, wie auf einer sicheren Insel inmitten des Wahnsinns.

Später hatte sie sich oft gefragt, ob sie ihn zu Friedenszeiten genauso geliebt hätte, doch das würde sie nun nie mehr erfahren. Vielleicht wäre es gut gegangen. Die Vorstellung gefiel ihr.

In Montreal wohnten sie und Claire in einem Stadthaus in Westmount. Claire bekam ein eigenes Zimmer mit einem weißen Tisch, den sie selbst in der Innenstadt im Warenhaus Eaton's ausgesucht hatte, sowie dazu passend einen Kleiderschrank, ein Regal und ein Bett. Die Fenster waren bleiverglast, im englischen Stil, und in den Wintermonaten waren sie dick mit Eiskristallen überzogen, und man musste Tücher auf die Fensterbänke legen, um das Wasser aufzufangen.

Die Jahre vergingen. Anfangs war Geld kein Problem, denn die Tour durch die Provinz Quebec war erfolgreich gewesen. Vier Semester hatte sie am Konservatorium unterrichtet, doch dann schlossen die ausschließlich männlichen, ausschließlich englischen Mitglieder der Fakultät die Reihen gegen sie, und ihr Vertrag wurde nicht verlängert. Geld wurde knapp. Die Hälfte ihres Einkommens erzielte sie durch den Unterricht am Théatre Français Métropolis in der Rue Sainte-Catherine Est und die andere Hälfte durch ihre Tätigkeit als Klavierstimmerin für Musique Gauthier, die größte Musikalienhandlung in Montreal. Madame Gauthier stellte sie ein, da ihr Geschäft vor dem Krieg Molnar-Klaviere importiert und mit ihnen gute Erfahrungen gemacht hatte. Doch nun herrschte eine hohe Arbeitslosigkeit, und Klaviere waren nur noch schwer zu verkaufen.

Sie schrieb an einen Rechtsanwalt in Montmagny und beauftragte ihn, einen Käufer für das Grundstück zu finden, auf dem das Wohnhaus und die Pianofabrik gestanden hatten. Er antwortete, er würde es versuchen, doch zur Zeit gebe es keinen Markt für vom Krieg zerstörte Immobilien.

Seit ihrer Abreise aus London hatte sie nichts mehr von Nathan gehört; nun dachte sie des Öfteren an sein lukratives Angebot und war versucht, mit ihm in Verbindung zu treten.

Sie rief Monsieur de Fougère an und fragte ihn, ob es schwer sei, eine Person ausfindig zu machen, die für die britische Regierung in Ägypten gearbeitet hatte.

»Überhaupt nicht«, sagte Monsieur de Fougère. »Der Kolonialdienst verwaltet seine Akten sehr korrekt. Soll ich für Sie eine Suchanfrage beantragen?«

»Noch nicht«, sagte sie. »Danke. Ich lasse es Sie wissen, wenn es so weit ist.«

Nach Xaviers Tod hatte sie sich manchmal gefragt, warum Nathan, wenn er wieder in Frankreich war, nie die Gelegenheit genutzt hatte, ihn ausfindig zu machen. Bestimmt hätte der eine oder andere der kanadischen Soldaten, die noch stationiert waren, etwas über einen befehlshabenden Offizier gewusst, den man gerade entlassen hatte. Nathan hatte schließlich mit ihnen Karten gespielt. Hatte er es tatsächlich versucht? Hatte Xavier den anderen Kanadiern gegenüber eine Bemerkung fallen lassen, und Nathan hatte davon erfahren? War er eifersüchtig gewesen? Hatte er sie belogen?

Das war das erste Mal, dass sie ihn einer Lüge für fähig hielt, doch sie war dem nicht weiter nachgegangen. Nun tat sie es, und mit Hilfe von Madame Gauthier stellte sie eine Liste von

Unternehmen zusammen, die in Kanada Holzinstrumente herstellten.

Sie spürte immerhin elf Firmen auf, die meisten mit Zentralen in England oder in den USA, und dann rief sie eine nach der anderen an. Für die Telefonate begab sie sich ins Fernmeldeamt in Sherbrooke, und sie achtete dabei auf die verschiedenen Zeitzonen in ganz Kanada. Bei einigen Firmen musste sie drei- oder viermal anrufen, bis sie den Zuständigen am Apparat hatte.

»Im Spätherbst 1917«, sagte sie dann. »Oder vielleicht auch im Winter. Auf einem Schiff von England nach Halifax und dann weiter per Bahn.«

Sie hörte zu und sagte: »Ja, etwa fünfundzwanzig Festmeter fein gemasertes Instrumentenholz. Wintereiche, Obstbaumfurnier. Und nordische Fichte. Außerdem eine Rolle mit detaillierten Zeichnungen für Gussrahmen und Resonanzböden und Fräsevorlagen für die Gehäuse.«

Mit ihrem methodischen Vorgehen, Telefonat um Telefonat, fand sie heraus, dass ihr Holz tatsächlich im Dezember 1917 auf dem Gleisanschluss der Firma Cobourg Piano and Organ Company angekommen war. Und dass diese Firma eine Zahlung in Höhe von zweitausendsiebenhundertundfünfzig kanadischen Dollar auf ein Bankkonto in Toronto geleistet hatte.

»Wie hieß der Kontoinhaber?«, fragte sie den Geschäftsführer.

»Ich glaube, ich bin nicht befugt, Ihnen den Namen zu sagen, Ma'am. Im Großen und Ganzen war das eine sehr gut organisierte Transaktion, alles verlief nach Plan. Wirklich, eine Meisterleistung, wenn man die Zeiten berücksichtigt. Ich meine, den Krieg und all das.«

Am Abend berichtete sie Claire, was sie herausgefunden hatte.

»Er hat es gestohlen!«, rief Claire. Und dann, voller Wut: »Er hat dich angelogen. Mein Gott! So etwas Gemeines. Wir konnte er nur?«

»Ich weiß es nicht. Das werde ich ihn noch fragen. Ich werde ihn finden, und wir werden unser Geld bekommen.«

Das Büro von Monsieur de Fougère hatte Nathan in wenigen Tagen aufgespürt, und sie schrieb ihm, sie würde gern mit ihm zusammenarbeiten, falls sich je wieder eine Chance wie Marseille ergeben würde.

Nur fünf Wochen später klingelte es eines Abends nach dem Essen an der Tür. Sie war in der Küche und machte den Abwasch, sie wusste, dass Claire in ihrem Zimmer lernte, also legte sie die Schürze ab und ging selbst zur Tür. Sie schaltete das Licht draußen ein und öffnete, und da stand er in seinem Mantel, den Kragen gegen den Schnee hochgeschlagen. Er lächelte breit und zog den Hut.

»Ganz schön lang her, Helen«, sagte er und drehte sich um und schickte mit einer Handbewegung das wartende Taxi fort. Der Fahrer legte den Gang ein und fuhr weg.

Siebzehn

Nachdem sie seinen Mantel aufgehängt hatte, führte sie ihn in die Küche, schloss die Tür hinter ihm und forderte ihn auf, Platz zu nehmen. Irgendetwas an ihm war anders, aber in dem Moment hatte sie kein Interesse, herauszufinden, was es war. Sie holte tief Luft.

»Nathan«, sagte sie. »Du schuldet uns viertausendsechshundert Dollar. Zweitausendsiebenhundertfünfzig plus Inflation. Das habe ich mithilfe meiner Bank herausgefunden.«

Er starrte sie an. »Was?«

»Du hast richtig gehört.«

»Schön, dich zu sehen, Helen.«

»Ja. Das Schiff ist niemals untergegangen. Es war die HMS *Labrador*, sie ist im Winter 1917 sicher im Hafen von Halifax eingetroffen.«

»Wovon redest du, zum Teufel?« Sein Gesicht war rot geworden. »Ist das der Grund für deinen Brief?«

»Hör mir einfach zu, Nathan. Die Cobourg Piano and Organ Company. Mr. John Morland, so heißt der Geschäftsführer. Ich habe mit ihm gesprochen.«

»Helen …«

»Du hast uns bestohlen, Nathan. Du hast uns angelogen. Dabei hast du genau gewusst, wie ich in all diesen Jahren das Geld für mich und Claire zusammenkratzen musste. *Freunde*, hast du damals gesagt, als du mit den Lastwagen gekommen bist und das Holz aufgeladen hast. Schäm dich, Nathan. Ich will jetzt das Geld haben, und zwar alles, sonst erstatte ich

Anzeige. Monsieur de Fougère ist *wirklich* ein Freund für uns geworden. Er hat in Regierungskreisen gute Beziehungen, er hilft mir bestimmt, mit den richtigen Leuten zu sprechen.«

Sie beobachtete, wie sich sein Gesicht veränderte, er wurde blass, und sein Blick begann zu flattern. Ein Eingeständnis, dachte sie. Sie sah, wie er mit den Händen über die Stirn strich. Sein Haar war inzwischen grauer, doch den größten Unterschied zu früher entdeckte sie in seinem Gesicht und in seiner Haltung, wie er den Kopf und seine Schultern hielt. Schuld? Anzeichen für ein Versagen? Sollte das möglich sein? Sollte der draufgängerische Nathan Homewood so plötzlich all sein Selbstbewusstsein eingebüßt haben?

»Sagst du noch etwas dazu, Nathan? Wie wäre es mit einer Erklärung? Mit einer Begründung? Nicht, dass das etwas ändern würde.«

»Nein, ich bin nur ...«

»Ja? Nur was?«

»Nichts. Du hast recht, Helen. Ich wollte es dir heute Abend erzählen.«

»Ach, wie reizend. Natürlich wolltest du das. Weißt du, wie schwach das klingt? Wolltest du mir sagen, dass es dir leid tut und dass du keine Ahnung hast, was über dich gekommen ist? Geht es darum?«

»Ja. So ähnlich. Ich war wütend, Helen. Als ich hörte, dass Pierre tot ist, hatte ich Hoffnungen. Das klingt jetzt so banal.«

»Hoffnungen worauf?«

»Auf dich natürlich. Auf uns. Er war immerhin schon drei Jahre tot, meine Güte. Ich war wütend und enttäuscht und ... Nein, sag jetzt nichts. So *war* das, und das ist die einzige Entschuldigung, die ich habe. Von dem franko-kanadischen Artilleriehauptmann ganz zu schweigen. Was war das eigentlich für eine Geschichte? Unter den Männern gab es da so Gerüchte.«

»Gerüchte«, sagte sie. »Die gab es da plötzlich. Nathan, kannst du dich noch an den Tag am Fluss erinnern, als ich dir von Pierre erzählte? Da habe ich dir auch gesagt, was ich für dich empfinde. Also, daran hat sich nie etwas geändert, und in Frankreich haben wir eine Vereinbarung getroffen. Wir haben das mit Handschlag besiegelt. Freunde, haben wir gesagt.«

»Ja, das haben wir.«

»Dein Verhalten ist schlicht schändlich.«

»Schon gut, schon gut. Es reicht. Hör auf.« Er sah zum Spülbecken. »Bitte, könnte ich wohl ein Glas Wasser haben?«

Sie machte keine Anstalten aufzustehen. Ihr kam ein Wort für seinen Zustand in den Sinn, *gedemütigt*, und sie bedrängte ihn weiter.

»Ich will das Geld in einer Woche auf meinem Konto haben, Nathan.«

»Das geht nicht. Ich habe zurzeit nicht so viel. Ich kann dir jetzt ein paar Hundert geben und den Rest über die Zeit verteilt.«

»Über wie viel Zeit?«

»Ich weiß es nicht. Ein oder zwei Jahre.«

»Nein. Das reicht nicht. Du wirst eine Lösung finden müssen.«

»*Eine Lösung finden müssen*. Es ist nicht mehr so einfach. Die Geldquellen versiegen, die Leute gehen pleite. Ich habe Projekte in Aussicht, aber es gibt Probleme.«

»Deine Probleme sind mir egal. Wir brauchen unser Geld, und ich will es jetzt haben.«

»Oder was?« Er stand auf und griff in seine Hosentaschen und drehte diese nach außen.

»Oh, hör mit dem Theater auf. Noch habe ich niemandem davon erzählt, aber wenn, dann wird mir Monsieur de Fougère helfen, mit den richtigen Leuten zu sprechen. Wenn du das

Geld nicht hast, dann leih es dir doch, zum Teufel. Oder verkauf etwas.«

Er stopfte die Hosentaschen in die Hose zurück und setzte sich wieder. »Hör mir zu, Helen, bitte, hör mir zu …«

»Ich höre dir ja zu«, zischte sie. »Ich weiß zwar nicht warum, aber rede weiter.«

»In Ordnung. Ich will dir erklären, wie ich es wiedergutmachen will. Was ist mit deinem Vietnamesisch? Du hast mal erzählt, dass du in Haiphong Stunden genommen hast.«

»Es ist recht passabel. Ich habe hier zwei vietnamesische Klavierschüler. Nur die Schüler aus dem Ausland haben noch Geld. Warum fragst du?«

»Es gibt da gewisse Tempelkunst in Can Tho, ich habe versucht, sie zu kaufen. Hilf mir, und dann kriegst du wahrscheinlich zweitausend auf einen Schlag.«

»Zweitausend Dollar?«

»Ja.«

»Sühnegeld, Nathan? Waren die zweihundert Pfund für Marseille auch Sühnegeld? Hat es sich deswegen so merkwürdig angehört?«

»Ich weiß nicht, wovon du sprichst.«

Sie stand auf, füllte am Spülbecken ein Glas mit Wasser und stellte es vor ihn. »Dir helfen?«, fragte sie. »Wie?«

»Hilf mir, mit ihnen zu reden.«

»Ich weiß, wo Can Tho liegt. Nicht weit weg von Saigon. Aber *Tempelkunst*, wem steht es denn zu, Tempelkunst zu verkaufen?«

»Dem Provinzchef und einem Franzosen von der Kolonialverwaltung, den beiden. Der fragliche Tempel liegt eine Tagesreise weit im Dschungel. Großartige Goldschnitzereien von Buddha und seinen Schülern. Eine Gruppe von neun oder zehn Figuren, so hoch. Alles für nur eintausend Dollar. Es ist eine

Wahnsinnsgelegenheit. Ich kann das Ganze für fünfmal so viel weiterverkaufen. Sie haben schon eine kleine Anzahlung von mir, aber die ganze Lage ist heikel, und plötzlich hat sich eine kleine Änderung ergeben. Aber es lässt sich richten.«

Er versuchte, ein Lächeln aufzusetzen, doch es gelang ihm nicht.

»Komm, lass uns zusammenarbeiten, Helen. Wie du in deinem Brief schreibst. Hast du das ernst gemeint, oder war das nur eine Finte, um mich herzulocken?«

»Beides. Ich sehe ja, dass auch du zwei Gründe hast. Du willst dein Gewissen beruhigen, und du willst meine Mitarbeit haben. Erzähle mir von deinem Plan.«

»Ich kann dir ein paar Hundert in bar geben, nicht jetzt sofort, aber in ein oder zwei Tagen, und bis der ganze Betrag bezahlt ist, bezahle ich deine Ausgaben und teile meinen Nettogewinn mit dir. Fifty-fifty. Später zahle ich dir ein Viertel, und die Ausgaben betrachten wir von Fall zu Fall.«

Sie saß ruhig da und dachte über diese neue Seite an ihm nach. »Was ist los, Nathan? Was ist schiefgegangen?«

Er machte eine wegwerfende Handbewegung. »Nichts. Wie gesagt, Geld wird knapp. Das muss dir klar sein. Ich habe Glück, ich habe noch gute Beziehungen zu einigen Kuratoren an den großen Museen. Einen habe ich eben erst in New York getroffen. Ich weiß, wonach sie suchen, und ich kenne die Leute in der Branche. Du und ich zusammen, das wäre ein gutes Team. Dann noch alles, was ich beim EAS gelernt habe.«

»Beim EAS?«

»Die ägyptische Antikenverwaltung. Ich habe mich um ihre Transporte gekümmert. Abends haben wir bei den Pyramiden zusammen in den Versammlungszelten gesessen, die Füße hochgelegt, Gin-Tonic getrunken und unsere Zigaretten in dem goldenen Grabgeschirr ausgedrückt, das für die Nabelschnüre von Neugeborenen gedacht war. Ich habe sieben Jahre mit ihnen zusammengearbeitet, und jetzt weiß ich alles über Grabungshelfer und den Transport der Funde und alle anderen Sachen. Vor allem weiß ich, was die Sachen auf dem Markt wert sind.«

Sein Gesicht hatte Farbe angenommen, der alte Nathan kam wieder zum Vorschein. »Wie viel Geld man mit Antiquitäten machen kann, Helen. *So viel Geld!* Denk gar nicht erst über zweitausend nach. Was hältst du von *fünftausend* Dollar bei einem einzigen Deal? Zusammen schaffen wir das. Deine Sprachkenntnisse, dein Auftreten. Dein gutes, gepflegtes Französisch, das öffnet alle Türen. Die Leute vertrauen einem Mann, wenn er von einer Frau wie dir begleitet wird. Sie vertrauen ihr, und das kommt gut an, und sie denken, das ist bestimmt ein ordentlicher Kerl, wenn sie mit ihm zusammenarbeitet. Soll ich dir noch ein paar Beispiele von da draußen erzählen? Can Tho, zum Beispiel ...«

»Zu weit weg. Ich kann da jetzt nicht einfach so hinreisen. Claire braucht mich hier noch. Ich könnte mich nur für ein paar Tage freimachen.«

»Claire ... Wie geht es meiner kleinen Claire?«

»So klein ist Claire jetzt nicht mehr. Sie ist siebzehn, und es geht ihr sehr gut. Ich habe ihr erzählt, was du getan hast, und sie ist sauer auf dich. Sie ist eine hübsche junge Frau, und sie ist sehr streng mit mir. Ich denke, um mich vor mir selbst zu schützen. Sie ist an der St. Gabrielle-Schule, es ist ihr letztes Jahr.«

»Und dann?«

»Vielleicht lernt sie Krankenschwester. Aber sie hat sich noch nicht entschieden. Oder es mir noch nicht gesagt.«

»In Ordnung. Wenn du dich nur für ein paar Tage freimachen kannst, könnten wir für den Anfang etwas machen, was zwar weniger einbringt, aber in der Nähe liegt. Ein Wochenendausflug. Ich habe von einer Sache in Quebec gehört. Ein Mittelsmann der Indianer, sehr frankophil. Er traut den Engländern genauso wenig über den Weg wie sie ihm, das ist ja hier in Kanada gang und gäbe. Du verstehst also mein Problem. Die perfekte Gelegenheit für dich, Helen.«

Er beobachtete sie, und sie tat nichts, um ihr Interesse zu verbergen. Also eine Kurzreise für den Anfang. Ihn testen und gucken, wie es ihr damit ging. Und dann allmählich mehr. *Fünftausend Dollar bei einem einzigen Geschäftsabschluss.* Damit könnte sie in Montreal ein Backsteinhaus mit drei Schlafzimmern kaufen. Damit könnte sie die ganze Ausbildung von Claire finanzieren.

»Aber wie soll ich dir jemals wieder vertrauen können, Nathan?«

»Mir vertrauen? Bei was genau? Du riskierst nichts. Ich komme sogar für deine Auslagen auf. Es dreht sich alles um meine Beziehungen, um meine Informationen, um meinen Deal. Was gibt es da zu vertrauen?«

»Mag sein. Und alles ist legal?«

»Absolut. Und ich treffe die Vorbereitungen.«

»Wie viel bekomme ich für den Quebec-Deal?«

»Von meinem Kontaktmann im Museum bekomme ich den Gegenwert von dreizehnhundert Dollar, und ich zahle nur dreihundert.«

»Den *Gegenwert*. In welcher Währung?«

»In Pfund, Helen. Dein Anteil, wenn du mir hilfst, das Geschäft abzuschließen, beträgt fünfhundert Dollar.«

»Fünfhundert«, sagte sie. Es fiel ihr schwer, nicht zu lächeln. »Was ist das für ein Museum? Was kaufen wir?«

»Eine Zeremonialmaske, und das Museum befindet sich in England. Wenn es dir nichts ausmacht, lass mich erst einmal sehen, wie gut du in so einer Situation zurechtkommst. Fädele das Geschäft für uns ein, und dann sage ich dir mehr. Ist das fair?«

»Einverstanden. Was muss ich dafür machen?«

»Nichts, was sich nicht von selbst ergibt. Sei einfach du selbst. Du bist meine Geschäftspartnerin in der Agentur, mein Gewissen. Du musst ihn blenden. Ihm zu verstehen geben, dass du mir vertraust, dann wird er das auch tun.«

Dies war ein Schlüsselmoment, und das war ihr vollends bewusst. Ja oder nein? Er hatte recht: Was hatte sie zu verlieren? Sie saß da in ihrer Küche in Westmount, am späten Abend, mit der tickenden Uhr am Herd, das übrige Haus ganz ruhig; all seine Andeutungen zu unerhört hohen Geldbeträgen und die Sorglosigkeit, die diese mit sich bringen würden ... Plötzlich war sie bereit, Nathan Homewood und seinen grandiosen Ideen eine neue Chance zu geben.

Er muss ihren Stimmungswandel gespürt haben, denn auf einmal war sein altes selbstbewusstes Lächeln wieder da, und er sagte: »Meinst du, ich könnte einen Kaffee bekommen und vielleicht noch ein belegtes Brot? Seit New York habe ich nur einen lächerlichen Hot Dog im Zug gegessen.«

»Noch einen Moment. Du hast vorhin gesagt, du könntest mir jetzt ein paar Hundert Dollar geben.«

»Du bist gnadenlos, liebe Helen. Ja, das kann ich. Du kriegst dreihundertfünfzig von mir, wenn wir uns am Bahnhof treffen. Und das Geld gehört nicht zu dem Quebec-Deal.«

»Dreihundertfünfzig in bar?«

»Ja, in bar. Immer und jedes Mal. Noch etwas, Helen.«

»Was?«

»Danke.«

Sie war von der Förmlichkeit überrascht, sogar merkwürdig berührt.

»Würdest du ein Stück Papier mit dem, worüber wir gesprochen haben, unterzeichnen, Nathan? Deine Schulden anerkennen und darlegen, wie du sie abbezahlen wirst? Ein juristisches Schriftstück aufsetzen?«

Er öffnete seine Hände. »Ja, das würde ich.«

Achtzehn

Beim Frühstück erstattete sie Claire Bericht, und Claire reagierte entsetzt. »*Mutter! Was* willst du mit dem Mann unternehmen? Nach allem, was er uns angetan hat. Hast du denn keinen Stolz? Keine Selbstachtung?«

»Ich habe beides, Claire. Das weißt du sehr wohl, und zwar mehr als andere und nicht weniger als du. Aber ich verfüge auch über einen gesunden Menschenverstand, und ich bin realistisch. Anscheinend bekommen wir unser Geld am schnellsten zurück, wenn ich ihm helfe, Geld zu verdienen.«

»Er hat uns bestohlen. Er hat gelogen.«

»Ja, das hat er. Er gibt auch alles zu.«

»Und? Hat er eine Begründung?«

»Tut das etwas zur Sache? Er sagt, er war wütend auf mich. Er hat sich nach dem Tod deines Vaters Hoffnungen gemacht. Er hat das mit Xavier herausgefunden und war eifersüchtig.«

»Lächerlich.«

»Ist es das? Warum, Claire?«

»Ich weiß nicht. Ich habe keine ... Ach, lass es.«

»Er will es wiedergutmachen. Warum sollte ich das ablehnen? Sei nicht so zynisch.«

»Was er getan hat, Mum, das war schrecklich!«

»Ja. Das wissen wir. Er gibt auch zu, dass es schrecklich war.«

»Ach ja?«

»Was meinst du? Hast du einen besseren Vorschlag, wie es weitergehen soll? Jetzt sei doch mal realistisch.«

Claire griff zum Frühstücksmesser und strich Butter auf eine Toastscheibe.

Schon zwei Tage später, am Samstag, reisten sie nach Quebec. Nathan hatte in einem Hotel übernachtet und diverse Anrufe erledigt, und sie traf ihn am frühen Morgen am Bahnhof. Er überreichte ihr einen Briefumschlag, und sie zog die Lasche auf und sah hinein.

Sie zählte sieben Fünfzig-Dollar-Scheine. Sehr viel mehr Geld, als sie seit Langem gesehen hatte.

Sie fuhren mit dem Zug, und während sie im Speisewagen saßen und die kleinen Ortschaften und Kirchtürme in der tief verschneiten Provinz am Fenster vorüberzogen, erklärte er ihr beim Frühstück das Geschäft. Es ging um eine indianische Transformationsmaske. Er hatte sie schon gesehen. Ein großartiges Artefakt der Mi'kmaq, aus Leder, Knochen, Federn und mineralischen Farben, für Zeremonien.

Das Konzept der Transformation sei in vielen Religionen und Kulturen präsent, sagte er. In Ägypten hatten sie Geistermasken von fantastischen Wesen und von Adlern und Löwen gefunden. Die Vorstellung, sich zu verwandeln, aus diesem mühsamen Leben in einen Zustand der Seligkeit zu gleiten, existiere auch im Christentum mit der Auffassung von Erlösung und Auferstehung und im Buddhismus mit der Erleuchtung. Es gebe noch mehr Beispiele, sagte er. Jedenfalls bot dieser Mittelsmann der Indianer mit Namen Jacques Damien diese Maske zum Verkauf an.

»Darf er das?«, unterbrach sie ihn. »Gehört sie ihm?«

»Helen, das fragst du nicht jedes Mal, ja? Sie befindet sich in seinem Besitz, und sie wurde ihm von einem Stammesältesten überlassen, damit er sie zu Gunsten des Stammes verkauft. Mit dem Geld können sie ihre Rechnungen bei der Hudson's Bay Company bezahlen. Schließlich können sie neue Masken herstellen, aber keine Gewehre. Zufälligerweise weiß ich, dass ein bedeutendes Museum gerade die weltweit beste ethnologische Sammlung aufbaut, und der Kurator ist ein Bekannter von mir. Ich habe ihm diese Maske beschrieben, ohne ihm zu verraten, wo sie sich befindet, und er war hingerissen. Man weiß sehr wenig über die Mi'kmaq. Über die anderen Indianerstämme in Kanada ist mehr bekannt, über die Cree und über die Huronen, aber bei den Mi'kmaq ist das anders. Die Maske ist ziemlich alt, und außerdem gibt es dazu einen siebenseitigen Bericht von einem Jesuitenmissionar, der die Transformationszeremonie beschreibt. Für ein Museum ist das ein absoluter Coup, und für jeden, der an dem Geschäft beteiligt ist, ist es ein guter Deal.«

~

Monsieur Damien erwies sich als ein perfekter französischer Kavalier. Sie waren in Quebec im Speisesaal des Château Frontenac verabredet, und beim Mittagessen konnte er kaum die Augen von ihr lassen, wie sie da so kerzengerade und interessiert dasaß, geschickt den Blickkontakt suchte und sich als Vollblutfranzösin präsentierte, wie damals ihre Mutter, als der wichtige Einkäufer aus Boston kam. Die Ähnlichkeit der beiden Situationen entging ihr nicht, jedes Mal war Nathan involviert, und jedes Mal ging es um die heilsame Macht des Geldes.

Die Konversation kreiste um Musik und um Frankreich und die Zerstörung, die der Krieg dort angerichtet hatte. Monsieur Damien hatte Montmagny nie gesehen, aber Molnar-Klaviere waren ihm ein Begriff, und er schüttelte den Kopf, als sie das Ende der Firma beschrieb.

»Aber wir haben gewonnen, Madame«, sagte er. »Wir haben unsere Ehre wiederbekommen, und wir haben zu Ehren von Marschall Foch eine Gedenkstätte errichtet, damit alle sie sehen und niemals vergessen.«

Nach dem Mittagessen führte er sie ohne weitere Umschweife zu einem Regierungsgebäude einen Häuserblock weiter, und dort lag die Maske auf einem Regalbrett in einem Keller. Ein dunkles düsteres Ding aus Fell und Leder und anderen Materialien, durch die einzige Glühbirne an der Decke nur schwach beleuchtet. Auf dem Fußboden wuselten Mäuse herum, und sie konnte sich nur mit Mühe konzentrieren.

»So eine habe ich kein zweites Mal gesehen«, sagte Monsieur Damien. »Mit dem Bericht des Missionars sollte sie die Hauptattraktion jeder Ausstellung sein.«

Nathan entnahm seiner Brieftasche drei Hundert-Dollar-Scheine und überreichte sie ihm, und Monsieur Damien bedankte sich, faltete die Geldscheine und schob sie in seine Jackentasche.

»Hier ist ein Segeltuchsack«, sagte er. »Sehen Sie dort auf dem Boden, hinter Ihnen, Madame. War's das?«

Sie reisten mit dem Nachtzug zurück, der Sack mit der Maske belegte den Platz neben Nathan. Sie saßen allein in dem Abteil, und nur ein Licht brannte, die Beleuchtung über der Abteiltür. Draußen vor dem Zugfenster war die Nacht dunkelblau, das Mondlicht schien auf verschneite Flächen, die meisten Häuser lagen in Dunkelheit.

»Schickst du mir das Geld, Nathan?«

»Natürlich. Sobald mich das Museum bezahlt hat. Oder, warte, in dem Fall kann ich das wahrscheinlich früher erledigen. Ich rufe meine Bank an und bitte sie, es telegraphisch zu überweisen. Gib mir den Namen und die Filiale von deiner Bank und deine Kontonummer.«

Sie saßen einige Zeit da und schwiegen. Sie dösten vor sich hin, und gelegentlich wurden sie wach. Es waren nur das Rattern der Räder und das Pfeifen des Zuges an den Bahnübergängen zu hören.

»Helen«, sagte er auf einmal im Dunkel. »Bist du wach?«

»Ja.«

»Das hast du gut gemacht. Du hast ihm gefallen. Er hat dir vertraut, und das hat den Ausschlag gegeben. Aber in Zukunft können sich Situationen ergeben, in denen du mehr machen musst, mir beim Erklären oder beim Verhandeln helfen.«

»Erklären?«

»Ja. Den Weg ebnen. Aber wir werden unsere Strategie jeweils im Voraus besprechen.«

»Einverstanden.«

Als sie in Montreal in den Bahnhof einfuhren, war es fast fünf Uhr morgens. Sie gingen zum Taxistand und gaben sich die Hand. Kein Licht am Himmel, klamme Kälte, nur vereinzelt Morgenverkehr. Sie nahmen zwei Taxis. Sie hielt den Sack mit der Maske, während er einstieg, und dann reichte sie ihm den Sack und schlug die Wagentür zu. Hinter dem Seitenfenster sah sie sein Gesicht und eine Hand. Sie winkte zurück.

Zwei Tage später war das Geld auf ihrem Konto. Fünfhundert Dollar für einen Tag Arbeit.

Neunzehn

Nachdem sie drei Nächte in Haft verbrachte hatte, gelang es dem Rechtsanwalt, sie wieder in den Hausarrest zurückzuführen. Die Aufseherin, Mrs. Doren, schloss die Zelle auf und begleitete sie zur Toilette und stand neben ihr, als Hélène sich das Gesicht wusch. Sie legte etwas Lippenstift auf und ordnete ihr Haar.

»Ein guter Mann«, sagte die Aufseherin, »dieser Mr. Quormby. Die Leute hier haben Respekt vor ihm. Er lächelt nie, ist Ihnen das aufgefallen? Und wenn, dann sieht es eher aus, als würde er zubeißen. Ganz schön guter Anwalt, der Mann.«

Die schwarze Gerichtskutsche mit dem Gitterfenster war nach einer Beschwerde von Mr. Quormby abgelehnt worden, also saßen sie im Polizeiwagen, die Aufseherin neben ihr auf der Rückbank, der Anwalt vorn auf dem Beifahrersitz und der Sergeant am Steuer. Sie fuhren durch die Stadt, am Sitz der Genossenschaft vorbei, am Hotel und dann zum Kirchenanbau.

Aus irgendeinem Grund hatte sie in der Haft schöne Träume gehabt. Eines Nachts hatte sie sogar ihren Vater gesehen: Er hatte sie angelächelt und sich vorgebeugt und seinen Arm ganz lang ausgestreckt, um ihr etwas zu geben. Sie hatte nicht erfahren, was, aber sie hatte es mit einer Hand umfasst und sicher in die Tasche ihres Sommerkleides mit dem blassgrünen Muster gesteckt.

Als der Polizeiwagen anhielt, ging die Tür vom Kirchenanbau auf, und Father William stand wartend in der Türöffnung. Er trug einen Mantel über seiner Soutane und einen Hut mit flacher Krempe. Claire, mit bleichem Gesicht, stand im dunklen Eingang hinter ihm.

»Wir sind da«, sagte Mr. Quormby. Er drehte sich nach hinten um. »Sie kennen die neuen Regeln, Mrs. Giroux. Sie dürfen nicht mehr als einen Besucher gleichzeitig empfangen, und Father William obliegt es, diesen zuzulassen oder abzulehnen. Zudem wird er dessen Namen in einer Liste festhalten, ebenso wie Uhrzeit und Dauer des Besuchs.«

»Ja, ich weiß.«

»Gut. Bitte steigen Sie jetzt aus, und gehen Sie direkt zur Tür. Ich werde mit Ihnen über Ihre Tochter Kontakt halten, oder ich komme vorbei und suche Sie persönlich auf. Müssen Sie sie begleiten, Mrs. Doren?«

»Nein, geht in Ordnung, Mr. Quormby. Solange ich sehe, dass sie reingeht und jemand die Tür zumacht.«

Sie drehte sich zu Mrs. Doren um und bedankte sich bei ihr, und dem Polizisten warf sie über den Rückspiegel einen dankbaren Blick zu. Dann drückte sie die Wagentür auf, stieg in den Schnee hinaus und eilte zu Father William und Claire.

~

An einem Tag hatten Claire und sie in Montreal an ihrem Lieblingsaussichtspunkt auf den Sankt-Lorenz-Strom gesessen, mit dem Licht der Nachmittagssonne über den schönen alten Häusern und all den Kähnen und Schiffen, die vorbeifuhren. Eines war ein Kreuzfahrtschiff, es schimmerte mit seinem weißen Anstrich und den Glasfenstern, und es hatte beide Flaggen gesetzt, den Union Jack und die französische Lilie. Auf dem Hauptdeck standen Männer und Frauen dicht gedrängt, und auf einem kleineren Deck saßen Passagiere an Tischen und tranken Kaffee und Sekt. Sie konnten von ihrer Bank aus alles erkennen, die langen Sektflöten, die im Licht funkelten, und die zierlichen Mokkatassen in den Händen der Passagiere.

»Vielleicht solltest du noch einmal darüber nachdenken«, sagte sie zu Claire. »Du hast ein gutes Abschlusszeugnis, du könntest jedes Fach studieren. Medizin, zum Beispiel.«

»Wie sollen wir das bezahlen?«

»Lass das meine Sorge sein. Die Fahrt mit Nathan nach Quebec vor ein paar Monaten hat mir die Augen geöffnet. Er wartet nur darauf, dass ich weiter mit ihm zusammenarbeite.«

»Zweifellos.«

»Jetzt hör endlich auf, Claire. Ich verdiene wieder Geld, und das in Zeiten, in denen das immer schwieriger wird. Ziemlich viel Geld, mit meinen Sprachkenntnissen, meinem Geschäftssinn und mit meinem Auftreten. Was dich angeht, ein Beruf wie Ärztin würde die beste Sicherheit bieten. Einen Beruf kann man mitnehmen.«

»Krankenschwester *ist* ein Beruf, Mum. Und zwar ein sehr guter. Ich weiß genau, was ich will, und das schon seit einiger Zeit.«

»Liebes, hat das etwas mit dem Krieg zu tun? Mit den vielen Verwundeten in der Fabrik? Oder mit Xavier?«

»Nein. Vielleicht. Würde das etwas ändern?«

»Nein, Claire.«

»Dieses College ist nicht so teuer wie eine Spitzenuniversität, aber es ist auch nicht gerade billig. Es ist eine der besten Ausbildungsstätten in Kanada, und es gibt eine Kooperation mit einer berühmten Forschungsklinik in England.«

»In England?«

»Ja. Es hat mir dort gut gefallen. Ich habe sogar schon überlegt, dort mein praktisches Jahr zu absolvieren. Vielleicht muss ich noch eine weitere Prüfung ablegen. Ich erkundige mich noch.«

»Ist das dieses Jesuiten-College? Das ist ein strenger Orden, und sie haben kaum Verwendung für Frauen. Ich glaube, die haben nicht einmal eine einzige weibliche Heilige.«

»Woher willst du das wissen? Selbst wenn das stimmt, es ist nicht wichtig. Die Jesuiten haben es gegründet, deswegen heißt es Loyola College, aber inzwischen ist es staatlich. Es ist schwer, dort angenommen zu werden, aber mein Notendurchschnitt reicht aus. Ich habe schon mit dem Vorsitzenden der Aufnahmekommission gesprochen.«

»Was hast du? Claire! Du verblüffst mich.«

»Gut, es gibt nur ein Problem. Es ist ein Wohnheim.«

»Das heißt?«

»Das heißt, dass ich dort wohnen muss. Bis auf einen Sonntag im Monat. Dann könnte ich nach Hause kommen.«

Claire zögerte. »Mum? Sag etwas. Bist du damit einverstanden? Ich will das machen. Dann könntest du mit ihm auf längere Reisen gehen. Zum Beispiel nach Saigon. Oder nach Can Tho. Ich weiß, dass du diese Reisen unternehmen willst. Dir hat es doch in Indochina gut gefallen. Eigentlich uns allen. Komm, sag schon ja.«

Im Herbst, nachdem Claire in das Wohnheim gezogen war, begannen ihre Reisen mit Nathan, und schon ein Jahr später waren seine Schulden beglichen. Es war erstaunlich, wie das Geld hereinkam. So viel Geld für einen so geringen Aufwand. Eine Sekretärin hätte, sofern sie überhaupt eine Stelle hätte, zwei oder drei Jahre arbeiten müssen, um so viel zu verdienen wie Hélène mit einer einzigen Reise.

Die buddhistische Tempelkunst aus Can Tho erbrachte viertausendachthundert Dollar nach Abzug aller Kosten, und die Hälfte davon gehörte ihr. Ein kleines Vermögen, und das Einzige, was sie dafür tun musste, war, dorthin reisen und lernen, auf einem Elefanten zu reiten, ohne dass ihr übel wurde oder sie hinunterfiel. Dafür benötigte sie zwei Tage in der Elefantenstation. Sie erklärte dem Elefantenausbilder, dass sie nicht in der üblichen Weise auf dem Tier sitzen konnte, weder breitbeinig hinter den Elefantenohren, noch auf einem hohen Thron, der hin und her schaukelte. Schließlich einigten sie sich auf einen Kompromiss, einen sehr viel niedrigeren Sitz und ein Lederseil, an dem sie sich festhalten konnte, wie ein Zügel, der um den Hals und die Oberschenkel des Elefanten geschlungen war. Am nächsten Tag setzte sich der Elefantenzug in den Dschungel in Bewegung. Ihr wurde immer noch schwindelig, und sie musste einmal absteigen und sich übergeben, aber dann ging auch dieser Zustand vorüber.

In dem Dorf waren sie mit dem Provinzchef und dem Franzosen von der Kolonialverwaltung verabredet, und sie unterhielt sich ausgesucht höflich und formell mit den beiden Männern; mit dem einen auf Vietnamesisch, mit dem anderen in ihrem vorzüglichsten Französisch. Bei der aufwendigen Mahlzeit auf einer Schilfmatte in seinem Haus sagte der Provinzchef, wie glücklich und wie beeindruckt er davon sei, sie seine Sprache sprechen zu hören. Seine Freude sei deshalb umso größer, die Kultur und die Kunst seines Volkes in die Welt hinauszuschicken, damit alle sie kennenlernten. Während die Teller in dem Kreis von einem Dutzend Leuten herumgereicht wurden, gab er seiner Hoffnung Ausdruck, dass damit auch Buddhas Weisheit unter den Ausländern, die ihnen bislang nur ihre Gesetze aufgedrückt hatten, von Mensch zu Mensch weitergegeben würde. Er sagte, es handele sich um eine wichtige kulturelle Aufgabe.

Er verbeugte sich vor ihr und wartete ab, bis sie für Nathan übersetzt hatte.

Als Zeichen seiner Würde trug der Provinzchef einen roten Seidenrock, der mit Drachen, Sonnen und Wolken bestickt war. Ihm wurde das Essen eigens von zwei jungen Frauen angereicht, die links und rechts von ihm knieten.

Die Nacht verbrachte sie in einem Zimmer für sich allein, in einem Haus aus Lehmziegeln und Bambus. Sie lag unter dem Moskitonetz, das Fenster stand offen, doch der Gazestoff war sehr stramm, und sie lauschte den Geräuschen, dem fernen Rascheln im Dschungel, den Rufen der Tiere. Sie lag da und sog den Duft der Nacht ein, und sie erinnerte sich an ihre Familie in dem kleinen Haus auf dem Tonkin-Hügel, an Pierres Gesichtsausdruck, als er auf den Planken der Barkasse auf die Knie ging und Claire umarmte.

Sie schlief eine Weile, und als sie mitten in der Nacht aufwachte, war ihr Kissen feucht. Sie wendete es und wischte sich die Augen. Sie drehte sich auf den Rücken und legte sich ihre Hände auf den Bauch, und schließlich schlief sie wieder ein.

Am Morgen lagen die Statuen aufgereiht im Gras, und ein Mönch in einem gelben Gewand berührte sie mit einem gekrümmten Stab. Dann wurden sie in Palmblätter gewickelt und in Sackleinen verschnürt und auf einen Elefanten verladen. Eine Stunde später setzte sich der Elefantenzug für den Rückweg nach Can Tho in Bewegung.

»Wunderschön, oder?«, sagte Nathan bei einer Rast zu ihr. »Es geht jedes Mal sehr zeremoniell und bedeutungsvoll zu, es ist ganz offensichtlich legal und steht im Einklang mit ihren Gesetzen, und das sind die einzigen Regeln, die hier zählen. Verstehst du jetzt, Helen? Du und ich, wir haben einfach nur das Glück, mit den richtigen Beziehungen am richtigen Ort zu sein, um ihnen die Gelegenheit zu bieten, ihren Besitz mit der ganzen Welt zu teilen.«

Die Statuen aus Can Tho gelangten schließlich in ein berühmtes Museum in New York. Sie sah eine Fotografie von dem Ensemble in einem Prospekt, den das Museum an Nathan schickte. Die Statuen standen auf einem Steinpodest, allein in einem dunklen, höhlenartigen Raum, und wurden wie auf einer Bühne von kleinen Scheinwerfern von oben und von den Seiten angestrahlt: eine Gruppe von neun Figuren in ihrer Verehrung für Buddha. Die Figuren waren mehr als eine Handbreit hoch und aus purem Gold gearbeitet, besonders großartig war die detailfreudige Gestaltung der Augen, der Lippen, der Hände und der Tracht. Das Museum verlautbarte, die Versicherungssumme für dieses Ensemble – ein frühes Beispiel der religiösen Ma-Xe-Kunst – betrage eine Million Dollar.

»Eine Million Dollar«, sagte sie damals zu Nathan. »Wie viel haben wir am Ende von ihnen bekommen?«

»Sie haben uns siebentausend bezahlt, das weißt du doch. Jetzt rechne noch ab, was wir für die Statuen bezahlt haben, und unsere Ausgaben, dann sind wir bei viertausend und ... und achthundert, oder? Eine Million Dollar als Versicherungssumme, das ist nur Werbung.«

Es folgten weitere Reisen.

Immer wenn sie in London an Bord eines Dampfers gingen, wurde Nathan von einer jungen Frau verabschiedet. In den dreieinhalb Jahren ihrer gemeinsamen Reisen lernte sie vier von ihnen kennen, alle waren vollbusige Frauen mit ansehnlichen Beinen und Lippenstift, aber die Abschiede wurden stets mit angespanntem Lächeln und unausgesprochenen Vorwürfen begleitet. Erst wenn das Schiff abgelegt hatte und Nathan nicht mehr winken musste und sich endlich umdrehen konnte, entspannte er sich und wurde wieder zu dem Mann, den sie kannte.

Sie erkundigte sich nur einmal nach seinen Frauen, ganz am Anfang. »Was ist eigentlich aus der Belgierin geworden«, fragte sie damals. »Die in dem Tearoom. Seid ihr verlobt gewesen? Sie schien sehr nett zu sein. Und die andere, die Blonde auf dem Konzert im Kanada-Haus?«

»Die Belgierin. Marielle. Du hast sie verscheucht, erinnerst du dich noch? Mit den anderen ist es nach einiger Zeit immer das Gleiche. Lauter Streitereien und Meinungsverschiedenheiten. Die wollten immer nur heiraten und Kinder kriegen.«

»Wundert dich das?«

Er zuckte die Achseln und schwieg. Das war das erste und letzte Mal, dass sie nachfragte, insbesondere weil jedwedes Interesse an dieser Facette seines Lebens die Komplexität und den Verhaltenskodex ihrer Beziehung hätte beeinträchtigen können. Also verschwendete sie daran keinen Gedanken mehr.

In den Jahren bereisten sie viele Kolonialgebiete, nicht alle Abenteuer waren so spektakulär wie die Reise zu den Buddha-Statuen, aber alle waren auf ihre Weise einzigartig und spannend, und alle erwiesen sich als erstaunlich gewinnbringend.

In einem Fall erfuhr Nathan von einem hölzernen Tempelportal und einem Altar in Peru, die er in London weiterverkaufen konnte; mal erstanden sie die Mumie einer Aztekin mit einem winzigen Kind auf dem Arm für Stockholm, mal waren es in Nordafrika römische Kunstgegenstände für Wien.

Ein Projekt war ihr besonders im Gedächtnis geblieben. Da ging es um die vollständig erhaltenen Mumien eines Kriegers aus Kāschān mit seinem Pferd, die aus einem persischen Sumpfgebiet in ein Museum nach Madrid gebracht werden sollten. Als die angeheuerten Hilfskräfte im persischen Sumpfgebiet den Fund mit einem Flaschenzug auf einen Wagen hieven wollten, griffen vier Reiter ihre Gruppe an. Das war das erste Mal, dass sie sah, wie Nathan das Gewehr nahm, anlegte und schoss. Das konnte sie niemals vergessen. Er beobachtete die Angreifer einen Moment, griff zur Waffe und feuerte ganz gelassen zwei Warnschüsse ab. Er wartete ab und schoss noch zwei Mal, als die Männer bereits ihre Pferde herumrissen und wegritten. Seine Ruhe beeindruckte sie tief, und sie sagte ihm das.

Am Ende erreichte die Ladung sicher das Museum, und einen Monat später war das Geld ihrem Konto gutgeschrieben. Zu dem Zeitpunkt waren Nathans Schulden längst abbezahlt, und ihr Anteil betrug nur noch ein Viertel. Dennoch, jede Reise erwies sich als ein durchaus lukratives Abenteuer, und da war noch etwas: Unterwegs, wenn sie sich aufeinander verlassen mussten, herrschte zwischen ihnen ein stabiler Frieden, und schließlich waren sie nicht nur gute Geschäftspartner, sondern auch gute Freunde geworden. Die Grenze zu Intimitäten zu überschreiten war schon seit Langem undenkbar geworden, und sie wusste, dass er das verstand und respektierte. Es hätte das, was sie besaßen, zerstört, und deshalb wäre es auch nur von kurzer Dauer gewesen.

Zwanzig

Oben im Anbau saß Claire ihr am Küchentisch gegenüber, während sie gemeinsam zu Mittag aßen. Hühnchen mit wildem Reis und Steckrübenpüree.

Sie sagte: »Wann haben sie angerufen?«

»Heute, ganz in der Früh. Ich habe mir die Reiseverbindungen schon angesehen. Mir ist bei dem Gedanken ganz elend, wegen der bevorstehenden Verhandlung. Bist du sicher, dass es dir recht ist?«

»Hm, natürlich hätte ich dich lieber bei mir, aber wenn du zurückfahren musst, dann geht das vor.«

»Du hast jetzt Mr. Quormby, und der wirkt ziemlich kompetent. Wenn es nötig ist, versuche ich möglichst bald wiederzukommen.«

»Claire, Liebes. Bitte, mach dir um mich keine Sorgen. Ich freue mich so für dich. Geht es um ein gutes Angebot?«

»Es ist ein großartiges Angebot, und nach einer gewissen Zeit könnte daraus eine Dauerstelle werden. Mrs. Seeley hat gesagt, meine Prüfung sei gut gewesen. Ich musste einen menschlichen Fuß im Detail zeichnen, fast wie auf einer Röntgenaufnahme. Knochen, Muskeln und Bindegewebe. Wir haben mehr Knochen und Muskeln in unseren Händen und Füßen als in unserem übrigen Körper, Mum.«

»Hm. Wirklich? Das wusste ich nicht, Claire.«

Sie stand auf und nahm das Geschirr und brachte alles zum Spülbecken.

Claire sagte: »Meine letzte Nacht möchte ich auf dem Sofa

schlafen. Einverstanden? Ich ziehe aus dem Hotel aus, dann sind meine Taschen schon hier, wenn Mr. Chandler mich abholt.«

»Du kannst das Bett haben. Es tut mir leid, dass du bei dem ganzen Durcheinander nie richtig bei mir gewesen bist.«

»Beim nächsten Mal. Heute Abend will ich auf dem Sofa schlafen, wie zu Besuch. Magst du ihn, Mum? Mr. Chandler?«

»Er ist ein sehr solider Mann, innerlich vollkommen gefestigt. Und ein guter Handwerker. Altmodisch und höflich und rücksichtsvoll.«

»Ja, ja. Genau das. Aber *magst* du ihn?«

»Ja.«

»Mum! Wie süß. Du wirst ja rot.«

»Tue ich das? Nein.«

»Doch, du bist ganz rot geworden. Vielleicht ist es an der Zeit, Dads Foto im Regal nach hinten zu schieben oder es in eine Schublade zu legen. Oder ich nehme es mit. Komm, denk darüber nach ... Doch, das mache ich jetzt. Wenn du nichts dagegen hast.«

In der Nacht ging sie zur Toilette und danach ins Wohnzimmer, um nach Claire zu sehen. Die Wolken spiegelten das Phosphoreszieren des Ozeans, und in diesem matten Licht lag Claire auf der Seite und schlief, völlig entspannt. Die Decke war halb auf den Fußboden geglitten, und sie hob sie auf und deckte das Mädchen damit vorsichtig zu.

Sie trat etwas zurück und setzte sich für einige Minuten in dem dunklen Zimmer auf einen Stuhl. Dann stand sie auf und ging wieder ins Bett.

In den Tagen vor der Verhandlung besuchte Mr. Quormby sie einige Male, und Father William gestattete ihr, weiter zu üben, und sie nahm ihren Platz am Flügel in der Kirche wieder ein. Doch beim nächsten Gottesdienst standen Lady Ashley und noch einige Kirchenbesucher auf und gingen hinaus, und Father William zitierte mit kräftiger jugendlicher Stimme die Bibelstelle, in der es darum geht, »den ersten Stein zu werfen«. Er sagte, solange es in der Gemeinde eine Person gebe, die eines Verbrechens angeklagt sei, gebiete es das christliche Moralgesetz, immerhin die Richtschnur menschlichen Verhaltens für große Teile der westlichen Welt, niemanden zu verurteilen, bevor nicht alle Fakten bekannt seien. Er erinnerte seine Gemeinde daran, dass das englische Zivilrecht, das seit Jahrhunderten Bestand hatte, besagte, man müsse jede Person als unschuldig betrachten, bis ihre Schuld bewiesen sei.

»Durch ein ordentliches Gericht«, sagte er. »Mit Richter und Geschworenen.«

Es herrschte in der Kirche absolute Stille, als er dies erklärte, doch dann standen fünf weitere Kirchenbesucher auf und verließen mit viel Gepolter und Getrampel die Kirchenbänke, und die schwere Kirchentür knallte hinter ihnen zu.

Doch am nächsten Sonntag waren aus den anderen Orten an der Côte Acadienne viele Besucher in die Kirche gekommen, und am Sonntag danach waren alle Kirchenbänke bis auf den letzten Platz besetzt, und auch hinten standen die Leute dicht gedrängt.

Father William hieß sie alle willkommen.

»*Oremus*«, sagte er. »Lasset uns beten.« Und er faltete seine Hände und drehte sich zum Tabernakel um.

An dem Freitag vor der Ankunft des Provinzgerichtes war auch das Publikum, das ihr beim Üben zuhörte, von etwa einem guten Dutzend auf zweiundsechzig Personen angewachsen. An dem Tag studierte sie mit dem vollständigen Chor die Bach-Kantate für den nächsten Sonntag ein, den ersten

Adventssonntag. Die Kantate war *Nun komm, der Heiden Heiland*.

»So viele wollen dich sehen und hören«, sagte Mildred zu ihr nach der Probe. »Eine Reihe nach der anderen hat sich gefüllt, Helen! Wie bei einem Konzert. Ich habe sie alle gezählt. Es ist unglaublich. Einige von ihnen müssen sich sogar freigenommen haben, wie Monsieur Breville, er ist der Leiter der Genossenschaft und nebenbei auch noch unser Bürgermeister. Madame Breton war auch wieder da, das ist die, von der wir den Kakao haben. Und, was sagt dir das?«

An dem Sonntag war die Kirche beim Hochamt so voll, dass man die Türen nicht mehr schließen konnte. Die Leute waren von überallher gekommen, und sie drängten sich in ihren Wintermänteln im Kirchenschiff und an den Seiten. Sie standen in Trauben in der Straße vor dem Haupteingang und vor dem Seiteneingang. Wer Glück hatte, konnte einen Blick auf sie am Flügel erhaschen, als sie die *Heiland*-Kantate darboten, mit dem Chor in der Vierung. Hinten in der Kirche und beim Westportal, überall tuschelten sie miteinander, Fremde mit Fremden. *Ist sie das?*, fragten sie. *Die soll einen Mann getötet haben?*

Mildred erzählte ihr das alles dank ihrer mannigfachen Quellen.

Eine Frau mit Namen Hermance Beaulieu, die jedes Jahr beim Schmücken der Kirche behilflich war, hatte Kränze aus Kiefernzweigen und Stechpalmblättern gebunden und ein rotes Band darum gewunden. Hélène kaufte zwei Kränze und dazu acht Kerzen, und einen schenkte sie Mildred mit vier Kerzen, den anderen behielt sie für sich. Oben in der Wohnung zündete sie die erste Adventskerze an.

Später kam Mr. Quormby, um sie auf den Stand der Dinge zu bringen. Der Staatsanwalt käme am Donnerstag, der vorsitzende Richter des Provinzgerichts, Sir James F. Whitmore, treffe am Freitag ein. Dann erfolge die übliche Überprüfung und Besprechung der Jury mit Staatsanwaltschaft und Verteidigung, vielleicht noch am selben oder am nächsten Tag. Der erste Tag der Gerichtsverhandlung sei für Montag angesetzt.

»Gut«, sagte sie. »Endlich.«

Mr. Quormby hatte eine Flasche Sherry mitgebracht und auch einen Weihnachtskuchen. Als er ihn aus der Verpackung nahm, sagte er: »Wenn wir hier schon eine kleine Feier veranstalten, gibt es da vielleicht jemanden, den Sie noch gern einladen würden? Ich denke, heute Abend können wir eine Ausnahme machen.«

»Aber ja«, sagte sie. Und zählte die Namen an ihren Fingern ab.

Es war noch etwas Tageslicht am Himmel, als sie auf dem Sofa und den Stühlen im Wohnzimmer beisammen saßen: David Chandler und Mildred, Mr. Quormby und Mona, die junge Frau aus der Gießerei, und sogar Father William, schließlich hatte ja der Rechtsanwalt die Einladung ausgesprochen.

David Chandler hatte das dritte Paar Schuhe mitgebracht, das mit dem Renaissance-Absatz. Es war wundervoll. Alle sagten, wie schön es gearbeitet war. Und diese Kurve im Absatz, wie brachte man so etwas nur zustande?

Er habe innen englisches Sattelleder verwendet, erklärte David Chandler ihnen. Verschiedene Schichten übereinander und dann geleimt und gepresst und über dem Kugelschleifer geformt. Und über die Außenseite feines Glacéleder gezogen.

Sie schlüpfte in die Schuhe und spazierte damit auf und ab, während Mr. Quormby Sherry einschenkte.

Einundzwanzig

Nach dem Deal mit dem persischen Reiter hatten sie und Nathan eine Weile keinen Kontakt. Das Stadthaus in Westmount war verkauft, und sie zog in eine kleinere Wohnung in einem Vier-Parteien-Haus, nur ein paar Straßen weiter. Musique Gauthier war im Sommer 1928 in Konkurs gegangen, und nur wenige ihrer Schüler konnten sich noch Klavierunterricht leisten. Doch sie hatte nun Geld, genug, um sich einige Zeit lang keine Sorgen machen zu müssen. Bei der Dominion Bank hatte sie mehrere Konten eröffnet: eins für Notfälle, eins für ihren eigenen Bedarf und ein weiteres für Claires Ausbildung, Wohnheimkosten und Taschengeld. Sie erstand den funkelnagelneuen Austin, für den ihr der Autohändler einen Barzahlungsrabatt gewährte, und als sie vom Hof fuhr, winkten ihr der Geschäftsführer und die Sekretärin nach.

Sie strich die neue Wohnung und verbrachte einige Nachmittage mit langen Spaziergängen in den Parkanlagen und Waldgebieten rund um den Berg und am Sankt-Lorenz-Strom. Jeden Morgen fuhr sie mit der Straßenbahn bis Rue Sainte Catherine Est, zum Théatre Métropolis, wo sie nach wie vor einen Raum gemietet hatte. Sie schaltete den Heizstrahler ein und wärmte sich die Hände. Dann setzte sie sich und begann mit dem Üben.

Sie kannte inzwischen einige Leute, manchmal traf sie sich mit ihnen zum Tee oder nahm sie auf einen Spaziergang oder eine Autofahrt mit. Doch ihr fehlten tiefere, verlässliche Beziehungen. Claire fehlte ihr, Nathan fehlte ihr. Manchmal fühlte sie sich einsam, doch wenn man sie gefragt hätte, hätte sie das abgestritten. Womöglich hätte sie sich auf Juliette berufen, die die meiste Zeit ihres erfüllten Lebens allein gelebt und sehr genau zwischen Alleinsein und Einsamkeit unterschieden hatte.

Aber da gab es auch das tägliche Frühstück, das sie allein einnahm, ebenso wie das Abendessen, die ewigen aufgewärmten Reste, mit denen sie sich manchmal tagelang begnügte; Claires unbewohntes Zimmer mit den vertrauten Möbeln in der neuen Wohnung, die Schritte der Nachbarn über ihr und die Krallen ihrer Hunde, die über das Parkett kratzten. Sie überlegte, noch einmal umzuziehen, in ein eigenes Haus, aber schließlich entschied sie sich dagegen. Manchmal überlegte sie sogar, nach Frankreich zurückzukehren, nach Montmagny, und noch einmal ganz von vorn anzufangen. Sie rief den Anwalt dort an, der ihr erklärte, bislang habe sich niemand für ihren Immobilienbesitz interessiert.

»Dann nehmen Sie es wieder vom Markt«, sagte sie. Sie bat ihn um eine Einschätzung der Erfolgsaussichten einer neuen Pianofabrik, und er schwieg einen Moment und sagte dann, seiner Meinung nach bestünden derzeit nur geringe Chancen für solche Projekte.

Geld habe derzeit keinen Wert, sagte er. Die Inflation, die allgegenwärtigen Bettler. Ob sie nichts davon gehört habe? Ob es in Kanada so anders sei? In Frankreich koste ein Laib Brot mehr, als ein ausgebildeter Arbeiter vor dem Krieg an einem ganzen Tag verdient hatte.

Als sie eines Morgens am Théatre Métropolis ankam, übergab ihr die junge Frau am Empfang einen Umschlag. »Der wurde gestern hier abgegeben«, sagte die Angestellte. »Hat einen guten Anzug getragen, der Mann. Er hat gesagt, er sei bei Ihrer Wohnung gewesen, aber Sie seien umgezogen.«

Der Absender war Nathan.

Im Übungsraum zog sie den Mantel aus und las die Nachricht zwei Mal. Sie setzte sich auf den Klavierhocker, vor den glühenden Heizstrahler, und las die Nachricht noch einmal.

Nathan war nach Montreal gekommen, um sie zu treffen. Es hatte sich eine großartige Gelegenheit aufgetan. Ein seltenes und ungewöhnliches Geschäft mit einem sehr hohen Gewinn. Er brauchte sie.

Es gibt immer weniger Deals, schrieb er. *Die Regierungen erkennen allmählich den Wert ihrer Kunstschätze, aber dies ist wirklich ein gutes Geschäft. Ich muss dir unbedingt davon erzählen. Gib dem Mädchen am Empfang deine Adresse.*

Am nächsten Tag besuchte er sie zum Abendessen in ihrer Wohnung. Er brachte einen guten Burgunder mit und zwei Stück Kuchen von *Lennard's*. Er sagte, er habe gerade erst eine Woche in New York verbracht, und da Montreal so nahe lag, habe er den Zug gen Norden genommen und sie gesucht. Er wirkte selbstbewusst und entspannt, und er war so gediegen gekleidet wie üblich, mit einem gut geschnittenen Anzug und blank polierten Schuhen. Sein Haar war inzwischen stärker ergraut, nicht nur an den Schläfen, und irgendwie wirkte er allein dadurch noch interessanter. Das Altern bekam ihm gut, er büßte dabei weder Energie noch Biss ein.

»Es ist schön, wenn man ein wenig Geld hat, Helen. Oder? Ich hoffe, du sorgst dafür, dass dein Geld arbeitet. Dass du es investierst. Bei diesen Inflationsraten.«

»Investieren? In diesen Zeiten?«

»Nicht an der Börse. In etwas viel Klügeres.«

Er habe sich in Sachen Paläontologie schlau gemacht, sagte er. Der neue Deal sei ähnlich wie der mit dem persischen Reiter, aber etwas komplizierter. Und zehnmal so lukrativ. Er fragte, ob sie schon mal etwas von Dinosauriern gehört habe.

»Nur das, was ich damals in Biologie in der Schule durchgenommen habe«, sagte sie.

»Das ist nicht viel. Wir haben *Über die Entstehung der Arten* gelesen, von Charles Darwin. Ich kann mich noch erinnern, dass ihm die Dinosaurier für die Vergleiche von verschiedenen Perioden dienten. Ich glaube, er sagte, dass sie für mehr als hundert Millionen Jahre die dominante Art waren. Doch dann starben sie eines Tages aus. Sie waren einfach weg. Kürzlich stand etwas über Dinosaurier in der Zeitung. Irgendwo im äußersten Westen.«

»Wahrscheinlich in Alberta. Das ist gerade der wichtigste Ort dafür. Es hat etwas mit der Vegetation zu tun, mit dem Erdboden, dem Eispanzer und dem Abschmelzen der Gletscher, die die Erde dort wie vor einigen Millionen Jahren zurückgelassen haben. Nun, überlassen wir das dem Spezialisten, aber wir sollten wenigstens die Grundlagen kennen. Vielleicht ein wenig darüber lesen.«

»Was für ein Spezialist?«

Nathan erzählte ihr, er habe an einem Abend in der Hotelbar in New York einen Mann kennengelernt, der sich als Landkäufer für eine große Erdölfirma vorgestellt hatte. Als er erfuhr, womit Nathan seinen Lebensunterhalt verdiente, schlug er vor, draußen in der Lobby weiterzureden, nicht in der Bar, wo vielleicht jemand mithört.

»Das haben wir getan, Helen. Wir haben in den Ledersesseln gesessen, sonst war dort niemand. Der Mann hieß Brent, er hat mir aber weder seinen Familiennamen gesagt, noch wie seine Firma heißt. Er hat mir erzählt, dass ein Freund von ihm, ein Geologe, in Kanada gerade den vollständigen Schädel eines Dinosauriers entdeckt hat, an dem sogar noch einige Wirbel dran waren. Und nicht nur das, sogar Reste von Bindegewebe, Schuppen und Haut sind erhalten.«

»Ist das etwas Besonderes?«

»Hör mal! Achtzig Millionen Jahre altes Bindegewebe? Anscheinend ist das absolut ungewöhnlich, aber ich vermute, das hängt von den Mineralstoffen im Boden ab. Kannst du dich noch an die Haut von dem Pferd und dem Reiter erinnern? Straff wie Sattelleder. Er hat gesagt, so einen Fund habe es noch nie gegeben und er sei sehr wertvoll. Der Geologe will den Fundort gegen Bezahlung verraten und die Rechte an dem Fund verkaufen. Ich habe nach dem Preis gefragt, und Brent hat fünftausend Dollar genannt. So, und jetzt kommt es ...« Nathan hob die Hand. »Ich weiß, das klingt nach sehr viel Geld, das habe ich auch gedacht. Ich habe mit meinem Freund vom British Museum telefoniert, und der sagte zuerst, so einen Fund habe es noch nie gegeben. Er sei aus biologischer Sicht höchst unwahrscheinlich. Aber irgendwie habe ich gespürt, dass er neugierig geworden ist. Schließlich hat er gesagt, so ein Fund wäre für die Paläontologie eine absolute *Sensation*. Das sind seine Worte gewesen. Ich habe ihn gefragt, wie viel so ein Schädel mit Haut wert sei, und er hat gesagt, dass er das nicht wisse.«

Nathan hielt inne und lächelte sie breit an. »Helen, er hat mich noch am selben Tag zurückgerufen und gesagt, mehrere Tausend Pfund. Wie viele habe ich gefragt. Zwanzig? Dreißig? Er hat gesagt, wenigstens. Er vermutet, dass sich die großen Museen aus Prestigegründen und wegen der internationalen Bedeutung des Fundes auf ein Wettbieten einlassen würden. Er hat gesagt, es sei ein einzigartiges Exponat. Mithilfe von Gewebeproben könnten Wissenschaftler sehr viel über Dinosaurier und die Erde damals erfahren.«

»Erstaunlich«, sagte sie.

»Ja, absolut.«

»Hast du mit dem Geologen gesprochen, der den Fund verkaufen will?«

»Ja. Am Telefon. Ich habe mich sogar umdrehen müssen, als Brent die Nummer wählte.«

»Und?«

»Er ist Franzose. Ein eingefleischter Franzose. Und sehr vorsichtig. Misstrauisch. Deshalb brauche ich dich.«

»Ist er hier in Kanada?«

»Ich weiß es nicht. Er hat eine klare Vorstellung davon, was sein Fund wert ist. Er hat nur verraten, dass die Fundstelle im Norden von Alberta liegt. Ich habe mein Interesse daran bekundet. Er hat mir gesagt, ich solle Brent fünfhundert Dollar für die Herstellung des Kontaktes geben und dann noch einmal fünfhundert Dollar an eine Adresse in Alberta schicken. Er hat gesagt, wir könnten uns dort treffen. Wenn er uns dann vertraut und wir uns einigen, dann will er noch einmal tausend Dollar als Vorauszahlung. Dann bringt uns ein Führer in den Norden, und an der Fundstelle müssen wir ihm den Rest geben.«

»Hältst du die Sache für vertrauenswürdig?«

»Ja. Ich habe ein gutes Gefühl. Deshalb habe ich auch die ersten tausend Dollar schon bezahlt. Bei solchen Sachen habe ich mich nur selten geirrt. Verstehst du jetzt, warum ich dich brauche?«

»Weil er Franzose ist?«

»Ja. Und bis jetzt hast du dich in solchen Situationen immer bewährt. Der Mann klingt am Telefon haargenau wie dieser Beamte mit der indianischen Maske, du kommst mit dieser Sorte Mensch sehr viel besser zurecht als ich. Aber diesmal möchte ich, dass du die Hälfte beisteuerst und wir hinterher den Gewinn teilen.«

»Du willst, dass ich zweitausendfünfhundert Dollar dafür aufbringe?«

»Ja. Und dass du für deine Ausgaben selbst aufkommst. Du

bist diesmal als gleichwertige Geschäftspartnerin dabei. Es ist ja nicht so, dass du verarmt bist.«

Es trat eine lange Schweigepause ein, in der er auf ihre Antwort wartete. Er zog seinen Kuchenteller näher heran, zerdrückte die Krümel mit der Gabel und schob sie sich in den Mund. Er lächelte sie breit an.

»Was hältst du davon, Helen? Ich denke, *jeder* von uns beiden kann diesmal fünfzehn- oder sogar zwanzigtausend Dollar verdienen. Und obendrein erleben wir noch ein Abenteuer wie bei Jack London.«

Sie lieh sich aus der Bibliothek Darwins *Über die Entstehung der Arten* aus und zudem die aktuelle Studie eines amerikanischen Paläontologen und las sie in ein paar Sitzungen durch. Sie verbrachte ein letztes Wochenende mit Claire und berichtete ihr von ihren Plänen. Claire hörte ihr zu und sagte schließlich: »Bitte, denk daran, dieses Mal ist Vertrauen wirklich besonders wichtig. Du riskierst eine Menge Geld.«

»Ich weiß. Aber er hat bei all unseren Geschäften immer Wort gehalten, und wenn wir beide jetzt überhaupt wieder Geld haben, dann seinetwegen.«

»Aber vorher hat er dich betrogen. Sister Brejon, sie unterrichtet Psychologie, hat gesagt, Menschen verändern sich nicht. Wenn sie älter werden, lernen sie vielleicht, ihre Fehler nicht zu wiederholen, oder sie lernen, die Dinge klüger anzugehen, um Probleme zu vermeiden, aber ihr eigentlicher Charakter ist unveränderlich.«

»Ich werde darauf achtgeben, Claire. Ich habe auch schon etwas dazugelernt.«

Das Töten

Zweiundzwanzig

Das Provinzgericht traf in einem imposanten Ford ein: der ehrenwerte Richter Sir James F. Whitmore und seine Untergebenen, der Gerichtsdiener, der Schreiber und der Fahrer. Sobald er sich im Hotel eingerichtet hatte, berief der Richter eine Besprechung mit Staatsanwaltschaft und Verteidigung unter Ausschluss der Öffentlichkeit ein. Die Besprechung fand im Quartier des Richters statt, in Zimmer 101, im Parterre. Es war die Royal Suite, das beste Zimmer des Hotels.

Mildred bereitete für den Tee ein paar Köstlichkeiten zu, dann trug sie mit dem Hausmädchen die Tabletts zur Suite und klopfte an die Tür.

»Die drei saßen am Tisch«, berichtete sie später Hélène. »Die Luft war von den vielen Zigaretten zum Schneiden, und Sir James saß in Hemdsärmeln und ohne Kragen da, aber er trug eine große Perücke mit langen weißen Locken, die ihm bis zur Schulter reichten. Agatha Tancock, die Staatsanwältin, hat auch geraucht und mich mit pechschwarzen Augen angestarrt.«

Mildred sagte, der Richter habe die Rauchschwaden mit den Händen vertrieben, und sie hörte, dass er sagte: »Mord mit Vorsatz, Mrs. Tancock? Sie sehen sich in der Lage, Planung und Vorsatz beweisen zu können?«

Die Staatsanwältin runzelte die Stirn und sagte: »Ja, selbstverständlich, Euer Ehren.«

Mr. Quormby sei aufgestanden und habe die Tür zum Innenhof geöffnet, um einen Moment zu lüften, und dann habe er ihr geholfen, für die Teetabletts auf dem Tisch Platz zu machen, und die Papiere und das Gewehr zur Seite geschoben.

Mr. Quormby besuchte sie nach der Besprechung, das vorletzte Mal vor der Verhandlung, sagte er. Er müsse noch in die Stadt fahren und einige Dinge erledigen.

»Wie ich erwartet habe, gibt es Aufzeichnungen von der ersten Verhandlung. Der Richter hat uns gestattet, einen Blick hineinzuwerfen, aber jeder bekam nur zehn Minuten, damit es gerecht und ausgeglichen zuging. Dabei habe ich auch das Gewehr gesehen. Es war als Beweismittel markiert. Sie haben bisher nicht viel darüber gesagt.«

»Habe ich nicht?«

»Nein, das haben Sie nicht. Wir müssen uns damit auseinandersetzen, und ich sage Ihnen auch gleich, warum. Bei der Besprechung hat uns der Richter darüber in Kenntnis gesetzt, dass er für diese Verhandlung drei Tage angesetzt hat. Zuerst werden er und die Geschworenen sich mit der Sachlage vertraut machen. Sie werden dafür die Umstände schildern müssen, und dann wird die Staatsanwaltschaft die neuen Beweise präsentieren.«

»Hat man Ihnen schon gesagt, worum es sich handelt?«

»Ja. In groben Zügen. Es geht um das Gutachten eines Waffenexperten und um einen Arztbericht aus dem Krankenhaus. Jetzt erzählen Sie mir von dem Gewehr.«

»Nathan hat es von dem Händler, bei dem wir alles eingekauft haben. Das war in einer kleinen Siedlung, etwas mehr als eineinhalb Tagesreisen mit dem Zug nördlich von Edmonton. Nur ein paar Blockhäuser und Hundezwinger und eben dieser Händler. Ich vermute, das war früher einmal ein Handelsposten der Hudson's Bay Company. Wir haben dort die Hunde und die Schlitten geliehen und uns mit Vorräten eingedeckt. Und das Gewehr gekauft. Die Bahnstation hieß Deer Run. Ich glaube, ich habe Ihnen das alles schon erzählt.«

»Nein. Den Namen des Ortes erwähnen Sie jetzt zum ersten Mal. Mrs. Giroux, stellen Sie sich darauf ein, das alles mit dem Richter und der Anklage wieder und wieder durchzugehen. Ich hatte schon früher einmal mit Agatha Tancock zu tun. Achten Sie darauf, sich nicht in Widersprüche zu verwickeln. Sobald sie irgendeinen Widerspruch entdeckt, wird sie nicht locker lassen. Das ist ihr Trick, und der funktioniert bestens. Bitte, sprechen Sie weiter.«

»Wir sind dort am dritten Tag sehr spät angekommen. Wir haben die ersten beiden Nächte im Bahnhofshotel in Edmonton verbracht, weil wir ihn nicht erreichen konnten.«

»Ihn? Wen meinen sie? Achten Sie darauf, keine Pronomen zu verwenden. Sie nennen besser Namen und sprechen von konkreten Sachverhalten. Seien Sie sehr präzis. Niemals vage. Also, wen konnten Sie nicht erreichen?«

»Den Geologen. Wir hinterließen unter der Nummer, die er uns angegeben hatte, mehrere Nachrichten, und schließlich rief jemand zurück. Aber das war nicht er. Es war ein Mann namens Prosper. Er sagte, man habe ihn engagiert, um uns zu der Fundstelle zu bringen.«

»Prosper?«

»Ja, das ist ein alter französischer Name. Auf Französisch betont man die zweite Silbe, Pros-*per*. Er war ein sehr guter Führer.«

»Aber er war nicht der Mann, der den Schädel gefunden hat und ihn nun verkaufen wollte?«

»Nein, er hat für diesen Mann nur gearbeitet, dessen Namen wir nie erfahren haben. Prospers' Aufgabe bestand darin, uns dorthin zu führen und unser Geld entgegenzunehmen. Dann zog er weiter, und wir kehrten um.«

»Wo befand sich der Geologe die ganze Zeit?«

»Wir haben ihn nie gesehen und nie wieder etwas von ihm gehört. Prosper war derjenige, der uns zurückgerufen hat, um uns mitzuteilen, wo wir ihn treffen sollten. Am nächsten Tag haben wir ganz früh den Zug in den Norden genommen. Wir sind dann fünf Tage in Deer Run geblieben, denn ich musste erst einmal lernen, wie man mit den Hunden und dem Schlitten umgeht. Es gab zwei Hundegespanne. Unsere sechs Hunde und die drei von Prosper. Die Fahrt durch die Wildnis zur Fundstelle dauerte fünfeinhalb Tage. Wir haben in dem Zelt übernachtet, das wir gekauft hatten. Prosper hatte ein eigenes Zelt. Die Erde lag unter einer dicken Schneedecke, aber einige Plätze hatte der Wind frei geweht, und an diesen Stellen konnten wir unsere Zelte aufschlagen. Dort hatten zuvor schon Einheimische gezeltet. Prosper erkannte das daran, dass Steine in einem Kreis angeordnet waren. Tipi-Ringe nannte er sie, mit ihnen wurden die Zeltplanen am Boden gehalten.«

»Gut«, sagte Mr. Quormby. »Machen Sie das genau so, nennen Sie so viele Details wie nur möglich. War die Fundstelle auf einer Landkarte verzeichnet? Hatte sie einen Namen?«

»Nein. Es gab keine Karte. Prosper kannte die Stelle einfach. In einer Nacht, als wir um das Feuer saßen und das Abendessen vorbereiteten, erwähnte er ein Wort. Es klang so ähnlich wie *Atanaskewan*. Ich habe nachgefragt, und er sagte, es sei ein altes Wort der Cree, es habe irgendetwas mit Fluss zu tun. Aber das sei nicht wörtlich zu nehmen, denn es gebe weit und breit keinen Fluss.«

»Verstehe. Da ist noch etwas. Sie müssen sich überlegen, wie Sie die Art Ihrer Beziehung zu Nathan Homewood beschreiben. Sie wird darauf herumreiten, und … bitte verzeihen Sie mir, Sie müssen in diesem Punkt wirklich absolut offen sein. Sie beide haben im selben Zelt geschlafen, und dann noch diese vielen Nächte in den Zugabteilen. Sie wird auf gewisse Situationen anspielen und nach Gründen fragen, und sei es nur, um Sie in Verlegenheit zu bringen. Denken Sie darüber nach, und wir sprechen am Montag darüber. Sie müssen eine stichhaltige Version der Geschichte präsentieren. Am besten die Wahrheit, an die kann man sich am leichtesten erinnern. Einverstanden?«

Sie nickte.

»Dann erzählen Sie mir jetzt etwas über das Gewehr.«

»Nathan hat es in dem Handelsposten gekauft, außerdem noch einige Schachteln Munition. Wir sind in die Wälder gegangen, und er hat mir gezeigt, wie man damit umgeht. In Persien habe ich einmal miterlebt, wie er ein Gewehr benutzt hat. Das hat mich damals sehr beeindruckt. Ich habe ihm vertraut. Das Gewehr war ein Drilling, mit zwei Schrotläufen und einem Kugellauf darunter. Es war ein englisches Fabrikat. Nathan hat gesagt, es sei ein gutes, ein vielseitiges Jagdgewehr. Es hatte eine Schiebesicherung, und er zeigte mir, wie man es lädt und auf die Läufe umschaltet und wie man es sicher hält und damit schießt. Ich habe es nicht gern bedient, es hatte einen ausgesprochen harten Rückstoß.«

»Haben Sie tatsächlich gelernt, richtig damit umzugehen? Zu laden, zu sichern und zu entsichern? Damit zu schießen? Im Hinblick auf das, was passiert ist.«

»Mehr oder weniger.«

»Nein. *Haben Sie tatsächlich gelernt, sicher damit umzugehen?*«

»Ja, das habe ich.«

Er nickte und schrieb etwas auf ein Blatt Papier.

»Danke, Mrs. Giroux. Jetzt bitte ich Sie, sich so gut wie

möglich auszuruhen. Essen Sie anständig, und halten Sie viel Ruhe. Ich sehe Sie am Montag vor der Verhandlung.«

Am Samstag ging sie in die Kirche hinunter, um wie üblich zu üben. Sie bat Mona und Mildred, zu kommen, damit die beiden noch einmal ihre Solostimmen in der Kantate *Wache! Bete!* für das Hochamt proben konnten. Mildreds reifer Mezzosopran bildete einen wunderschönen Kontrast zu Monas jugendfrischer Stimme. Für diese Probe setzte sie auf eine altbewährte Methode der Repetitoren, sie ließ die beiden die Töne der Akkorde singen und spielte selbst die Melodie dazu, und dann tauschten sie, und die beiden sangen die Melodie, während sie die Sängerinnen mit Akkorden begleitete.

»Traut euch«, ermutigte sie sie. »Der Gesang muss aus eurem Herzen kommen, niemals aus eurem Kopf. Nur zum Klavier zu singen, das ist viel schwerer als zu einer Orgel. Eine Orgel kann alles übertönen, aber bei einem Klavier hört man euch heraus. Ihr macht das sehr gut.«

Nach der Probe begegnete sie Father William, und sie fragte ihn, ob er erlaube, dass sie einen Gast zum Tee einlud. Er stimmte sofort zu, und dann bat sie Morris, David Chandler eine Nachricht zu überbringen. Oben in der Wohnung zündete sie noch einmal die erste Adventskerze an, und dann zog sie sich für den Anlass um, einen feinen Wollrock mit Oberteil und die Schuhe mit dem Renaissance-Absatz.

Als er eintraf, war die Sonne fast untergegangen, und ein dunkler, orangenfarbener Lichtschein lag auf den Ziegel- und Strohdächern und den Schornsteinen. Sie machte ihn darauf aufmerksam, und einige Zeit standen sie nebeneinander am Fenster. Sie mochte diesen Blick, sagte sie. Mit der Veränderung der Lichtverhältnisse erlebte man eine andere Aussicht, eine andere Stimmung, fast schon eine andere Stadt. Die Bäume und die weißen Möwen, die präzisen Strukturen der Dachlandschaft und die Wellen des Ozeans, die sich in der Ferne mit dem Himmel trafen.

»Ja«, sagte er. »Es ist schön.«

Während sie Tee einschenkte, berichtete er, dass er gerade an den Messingscheiben für die Orgel arbeite. Er beschrieb sein Vorgehen genau, doch sie war mit ihren Gedanken woanders und hörte nicht zu.

»Mr. Chandler ...«, unterbrach sie ihn schließlich.

»Ja, bitte?«

»Man wird alle möglichen Dinge sagen. Bei der Verhandlung. Ich habe gehört, dass die Staatsanwältin eine sehr kompetente Frau ist, wenn es darum geht, einen Täter zu überführen. Ich möchte, dass Ihnen klar ist, dass ich keinerlei Kontrolle mehr über das haben werde, was ab Montag passiert. Wirklich keine, Mr. Chandler. Es ist durchaus möglich, dass ich kurz vor dem Ende meinen Verstand ein wenig eingebüßt habe, in der Eishöhle. Vorübergehender Selbstschutz, hat der Gerichtspsychiater gesagt. Er verwendete dafür einen medizinischen Fachbegriff, der ist mir aber entfallen. Ich möchte sichergehen, dass Sie das begreifen. Es ist möglich, dass man mich dazu bringt, Dinge zu sagen, die ich eigentlich nicht aussprechen möchte. Es kann sein, dass man mich zwingt, Fragen nur mit Ja oder Nein zu beantworten. Damit wird alles aus dem Zusammenhang gerissen, und sie können die Befragung nach Belieben verdrehen. Ich werde mich dagegen wehren, aber es ist trotzdem möglich, dass sie Dinge sagen, die einfach nicht wahr sind. Sie werden hören, dass man mich beschuldigt ... Ganz im Ernst, Mr. Chandler, ich will eigentlich nur sagen, vor Gericht kann alles passieren, und es kann den Tatsachen entsprechen, aber es mag nicht unbedingt die Wahrheit sein.«

Er hatte ihr zugehört und sie genau beobachtet, nun lehnte er sich vor und stellte seine Teetasse so vorsichtig auf dem Tisch ab, als hätte er Angst, sie zu zerbrechen, oder als ob er befürchtete, dass etwas anderes im Raum zerbricht, wenn er nicht behutsam genug wäre.

Später erledigte sie den Abwasch, und dann machte sie die Fenster weit auf. Sie schaltete alle Lampen aus, zog Hut und Mantel an und schob den Holzstuhl in eine Ecke, wo er nicht dem Zug ausgesetzt war. Am Adventskranz auf dem Couchtisch war die Kerze bis zum Metallhalter heruntergebrannt und erloschen.

Sie saß im Halbdunkel da und hielt die Hände im Schoß. Die Fotografie von Pierre war aus dem Regal verschwunden, und sie stand auf und stellte die Bücher in größeren Abständen auf, sodass sie mehr Platz einnahmen. Sie setzte sich wieder auf den Stuhl.

Die Fenster waren weiterhin geöffnet, und am Himmel gab es noch ein schwaches Leuchten. Einen Schimmer, wie das Perlmutt der Muschelschalen, die sie bei den Felsen gesehen hatte.

Sie saß einige Minuten da, dann stand sie plötzlich auf und schaltete alle Lampen ein und schloss die Fenster. Sie zog Mantel und Hut wieder aus und nahm am Küchentisch Stift und Papier zur Hand und machte Inventur von allem, was sie hatte: Claire und dieser Ort hier; ihre Gesundheit und ihre Musik und ihre Erinnerungen; das Glück, in der Jugend von außergewöhnlichen Menschen gelernt zu haben; die Erinnerung an das Haus auf dem Tonkin-Hügel und an Pierre, wie er Claire in Haiphong umarmt; der Strand in Belgien und Claire beim Radschlagen; sie selbst in dem mit Kork ausgekleideten Raum, wo sie mit größter Perfektion ein Klavier stimmt und intoniert; die Wochen mit Xavier.

Sie betrachtete diese Liste, riss die Seite vom Block und legte sie daneben. Es gab noch viel mehr, aber sie wollte es einfach noch nicht zu Papier bringen. Es gab David Chandlers ebenso freundlichen wie besorgten Blick. Die Unterstützung durch Father William und die Freundschaft mit Mildred, und es gab Mr. Quormby. Die Erinnerung an Nathan kurz vor dem Ende. Es gab so viel, das gut war.

Doch zuerst das.

Sie sah auf das leere Blatt und begann sich zu erinnern.

~

Die Schlittenhunde waren irgendeine nordische Rasse, mit zotteligem Fell und blitzweißen Fangzähnen. Rüden, alle sechs, unruhige und knurrende Hunde.

»Sie müssen entscheiden, wer von Ihnen die Verantwortung für sie übernimmt«, sagte Prosper an sie und Nathan gerichtet. »Es sollte stets dieselbe Person sein. Also, wer?«

»Ich würde es gern versuchen«, sagte sie.

Die Männer sahen einander an, und dann sagte Nathan: »Gut. Dann lese ich den Kompass, mache Aufzeichnungen und zeichne Karten, damit wir uns auf dem Rückweg nicht verirren.«

Prosper wirkte nicht überzeugt. »Das sind keine Kuscheltiere«, sagte er zu Nathan. »Das ist ein Arbeitsgespann. Wenn sie nur die geringste Schwäche zeigt, dann hat sie verloren. Sie kann ihnen die Peitsche geben, und sie kann dafür sorgen, dass sie sie hassen, aber sie werden sich niemals unterordnen, und bei der erstbesten Gelegenheit bringen sie sie um.«

»Sie steht hier neben uns«, sagte Nathan. »Das müssen Sie

nicht *mir* sagen. Sagen Sie es ihr. Zeigen Sie ihr, wie es geht, und dann wird sie das schaffen.«

Das tat Prosper, und von da an konzentrierte sie sich in Deer Run darauf, mit den Hunden zu trainieren, damit sie ihr gehorchten und sie als ihre Hundeführerin anerkannten. Sie zog dicke Lederhandschuhe an und lernte, die Hunde anzuschirren und sie dazu zu bringen, den Schlitten zu ziehen.

Prosper war ein schlanker Mann Mitte vierzig. Er trug derbe Winterkleidung und Schaffellschuhe und einen geflochtenen Ledergürtel. Er fragte, ob sie Französin sei, und erzählte, dass sein Vater aus Quebec stamme und seine Mutter eine Métis aus Saskatchewan sei.

»Wie heißen die Hunde?«, fragte sie.

»Wie sie heißen? Sie haben keine Namen. Sie wissen, was es bedeutet, wenn die Peitsche knallt, sie kennen die Befehle, und sie erkennen den Tonfall Ihrer Stimme. Sie müssen streng zu ihnen sein.«

Anfangs fiel ihr alles sehr schwer. Die Kälte, die Härte. Die absolute Unversöhnlichkeit von allem.

Deer Run war ein Außenposten in der Wildnis, eine Ansammlung von ein paar Hütten mit dünnen Wänden, von Hundezwingern und Schuppen und einem Küchenhaus und dem Handelsposten. Das Beste war das Badehaus, wo sie mehrere Male heiß duschte, jedes Mal mit der Ahnung, dies könnte die letzte Dusche für die nächsten zwei oder mehr Wochen sein. Alle Bauten standen auf einer Lichtung neben der Bahnstation; der Händler, ein Hüne mit Vollbart namens Zach, schien der Chef über alles zu sein. An seiner Hüfte baumelte ein Revolver, und er kassierte das Geld und gab Tipps zu Ausrüstung und Waffen. Er selbst verkaufte Werkzeuge und Vorräte.

Als die Sonne im Zenit stand, konnten sie die Bahnschienen

glänzen sehen, die sich zwischen den Bäumen verloren. In den Bäumen saßen mächtige Krähen mit riesigen Flügelspannweiten, sie krächzten und schnatterten und schnarrten, und wenn sie aufflogen, wankten die Zweige und Baumwipfel und schüttelten ihre Schneelasten ab.

Die Tage waren sonnig, aber eiskalt. An dem Schlitten war ein Thermometer befestigt, aber selbst um die Mittagszeit, bei vollem Sonnenschein, zeigte es nur minus vier oder fünf Grad Fahrenheit an, minus zwanzig Grad Celsius.

Sie erstanden ein Zelt und Schlafsäcke für die Arktis, Seile und bessere Kleidung, zudem Kochutensilien und gefrorenen, portionierten Proviant mit der Bezeichnung *Long Trail.* Nathan kaufte das Gewehr zum Schutz und auch, um ihre Vorräte zu ergänzen und für die Hunde Wild schießen zu können. Die Tiere fraßen ausschließlich rohes Fleisch. Nathan übte mit der Waffe, und er sorgte dafür, dass auch sie damit umgehen konnte. Nach den ersten Schießübungen hasste sie es.

»Du hältst es verkehrt«, sagte er und zeigte ihr, es richtig zu machen. »Du musst es fest gegen deine Schulter pressen. So. Schau.«

Am Ende des zweiten Tages lag sie auf dem Bett in ihrem winzigen Zimmer, ihrem Schrank, wie sie es nannte, und kühlte die Prellungen an Oberarm und Schulter mit Päckchen gefrorener Erbsen.

»Nathan, sag es mir noch einmal«, rief sie durch die offene Tür. »Warum machen wir das alles?«

»Natürlich um des lieben Geldes willen«, antwortete er fröhlich aus dem Wohnzimmer. Sie hörte, dass er Holzscheite in den Kanonenofen warf. »Und aus Spaß an der Freude. Wegen der vielen Abenteuer an der frischen Luft. In Indochina und in Persien hast du das gut hinbekommen. Hier ist es nur ein klitzekleines bisschen kälter.«

Sie hörte, dass er die Ofentür verriegelte, dann erklang seine Stimme hinter dem Türrahmen.

»Aber, Helen … Hörst du mich?«

»Ja, natürlich.«

»Weißt du, wenn dieser französische Geologe nirgendwo auftaucht, dann brauche ich dich eigentlich gar nicht. Halt, nicht dass du mich missverstehst. Ich will damit nur sagen, du *musst* nicht bleiben, wenn du nicht magst. Ich habe dich in die ganze Sache hineingezogen, und jetzt, wo du schon einmal hier bist, freue ich mich über deine Gesellschaft. Zusammen macht es viel mehr Spaß, und weiß Gott! Es springt mehr als genug Geld für uns beide heraus.«

»Die Frage war nicht ernst gemeint, Nathan. Es geht mir gut. Wirklich. Danke.«

An den nächsten beiden Tagen übte sie weiter den Umgang mit den Hunden. Sie sprach mit ihnen und fütterte sie mit Fleischbrocken aus dem Küchenhaus. Sie versuchte es mit wohldosierter Freundlichkeit. Einmal griff sie der Hund an, dem ein halbes Ohr fehlte, und sie sprang zurück und verpasste ihm dann zwei Hiebe. Aber später, zur Fressenszeit, gab sie ihm Wasser und Fleisch wie den anderen. Sie lernte, die Hunde auseinanderzuhalten, und dann gab sie ihnen Namen. Prosper beobachtete sie dabei und runzelte die Stirn, sagte aber nichts. Sie gab ihnen Namen wie Bob, Fritz und Jack, aber dann kam sie durcheinander und musste sich wieder neue Namen einfallen lassen. Außer bei Jack. Jack erkannte sie immer wieder, denn das war der Hund mit dem abgerissenen Ohr, der klügste von allen. Mittags am vierten Tag hielt er völlig still, als sie ihm das Geschirr anlegte. Sie machte Jack zum Leithund, und die anderen Hunde schienen das zu dulden.

Am sechsten Tag brachen sie noch vor Sonnenaufgang auf. Sie legte den Hunden das Geschirr an, und die Männer beluden die Schlitten. Es war minus elf Grad Fahrenheit, fast minus vierundzwanzig Grad Celsius, und die Luft fühlte sich hart wie Stahl an. Ihr Atem und der von den Hunden stiegen in dichten Wolken zum Himmel auf.

»Sie wird es richtig machen«, hörte sie Prosper zu Nathan sagen, und sie freute sich.

Danach, in den folgenden Tagen und Wochen, trug sie die volle Verantwortung für ihre sechs Hunde. Nathan fuhr auf dem Schlitten und kümmerte sich um die ungefähre Berechnung und Vermessung für den Rückweg. Sie fütterte die Hunde, kümmerte sich um das Einspannen und trieb die Hunde an, während sie hinten auf den Kufen stand und vorsichtshalber angeseilt war, so wie Prosper es ihr gezeigt hatte.

Alles war so wild, so frei, so ungewöhnlich, und am Ende des ersten Tages wusste sie nicht nur, dass sie es konnte, sondern dass es ihr gut gefiel.

Sie trugen gefütterte Parkas und dicke Wollmützen, ihre Brillen hatten dunkle Gläser und an den Seiten Lederblenden, um die Abstrahlung der gleißenden Sonne ringsum abzublocken. Als Wind aufkam, zogen sie die Filzmasken an, die sie im Handelsposten gekauft hatten. Sie lachte über die Männer, die wie die Kapuzenträger eines Geheimbundes daherkamen, dabei sah sie selbst natürlich genauso aus.

Der Himmel war klar, außer im Westen, dort lagen mehrere Wolkenschichten übereinander. Am zweiten Tag schoss Nathan einen Elch, und Prosper zerlegte den dampfenden Kadaver in Portionen, die sie mit dem Schlitten transportieren konnten: einen Teil für sie und einen weitaus größeren Teil für die Hunde.

Abends kochten sie vor den Zelten, einfachen Unterschlupfen aus Leinwandplanen, die sie miteinander verhakten und um einen Stock oder einen Baum hochzogen und wie einen

Fächer an Felsen oder Pflöcken festmachten. An den meisten Abenden ernährten sie sich von Fleisch und gefrorenen Bohnen oder Erbsen und Reis, doch zuallererst gab sie den Hunden Wasser und das Fleisch und die Innereien des erlegten Elches. Jeden Abend nahm sie ihnen das Geschirr ab und leinte sie einzeln an Pflöcken oder Bäumen an, ein Stück entfernt von den Schlitten, aber nah beim Feuer und bei den Zelten.

Die Hunde legten die Schnauzen auf die Pfoten und sahen zu ihnen hinüber, und das Feuer spiegelte sich in ihren Augen.

An einem Abend sprach Prosper sie an: »Sie kommen mit den Hunden gut zurecht. Die Tiere mögen und respektieren Sie. Das habe ich bislang erst einmal erlebt. Das war ein Mann, der sagte, die Tiere beobachten uns und wissen genau, was wir fühlen. Nicht, was wir denken, sondern was wir fühlen. Sie können wie Kinder in unseren Gesichtern lesen, und wie Kinder können sie niemals vergessen.«

»Das glaube ich gern. Ich wollte immer einen Hund haben, als ich noch in Frankreich lebte, aber ich bekam nie einen. Erzählen Sie mir mehr über das Ziel unserer Reise.«

»Atanaskewan«, sagte Prosper. »Die Alten sagen, es bedeutet, oder bedeutete, so viel wie *wo der Fluss endet*. Nur, es gibt nirgends in der Nähe einen Fluss, nur Steinmarkierungen, die wie Pyramiden aussehen. Vielleicht bedeutet das nicht Fluss im Sinne eines fließenden Gewässers, sondern meint etwas anderes, das frei geflossen ist und dort endete.«

»Was zum Beispiel? Etwas Reales oder etwas Imaginäres?«

»Für die Alten sind das nur Worte«, sagte er. »Für sie kann das Imaginäre realer sein als ein Stein. Oder als dieses Feuer. Ich habe von Leuten gehört, die hat das Imaginäre gerettet, und von anderen, die sind dadurch umgekommen. Das waren Leute, die dieses Land kennen, Sie würden staunen. Leute, die sehen reale Dinge, wo Sie nichts sehen können. Ich war einmal mit einem Mann unterwegs, der ist mitten in der Nacht aufgewacht und aus dem Zelt gegangen, weil er gehört hatte, dass ihn jemand rief. Ich bin dann auch vor das Zelt gegangen, aber ich habe niemanden gesehen. Er schon. Ich habe nur gesehen, wie er da stand und sich unterhielt, und er war nicht verrückt.«

In den Nächten wurde es niemals völlig dunkel. Jede Nacht hörten sie mindestens ein Mal Wölfe. Sie wachte immer vor den Hunden auf, noch bevor diese aufstanden und sich schüttelten. Sie schälte sich aus dem Schlafsack und beobachtete durch die Zeltklappe die Hunde, wie sie antworteten und den Himmel anheulten. Ihr Atem stieg auf, und ihr Nackenfell sträubte sich, sodass sie das matte Licht hindurchschimmern sah.

Am fünften Tag veränderte sich am Morgen allmählich die Landschaft. Es gab mehr Bäume und weniger Schnee, und allmählich stiegen sie zu einer Anhöhe hinauf, die stellenweise völlig schneefrei war. Am Fuß eines Felsvorsprungs entdeckten sie einen Elchkadaver. Die Innereien und die obere Keule waren weggefressen, der Rest war hart gefroren.

»Ein Grizzly«, sagte Prosper. »So etwas bekommt man nicht oft zu sehen, und hier gibt es sie nur selten. Sehen Sie die Spuren von den Klauen? So tief und so weit auseinander? Und erst diese Kraft. Das ist ein Grizzly gewesen.«

»Ich dachte, Bären halten um diese Jahreszeit Winterschlaf«, sagte Nathan.

»Die meisten. Dieser anscheinend nicht. Oder er ist einfach aufgewacht, hat Hunger bekommen und sich einen Imbiss organisiert.« Prosper stand da und sah sich um. »Es ist nicht mehr weit«, sagte er. Er deutete zu einer Reihe mit Steinen in der Ferne. »Sehen Sie das da drüben? Auf der Anhöhe. Das ist die erste Markierung.«

»Wofür?«, fragte Nathan.

Prosper ging nicht auf die Frage ein. Es bestand niemals ein Zweifel daran, dass er auf dieser Etappe der Reise die Verantwortung trug. Er holte eine Axt von seinem Schlitten, und dann stand er breitbeinig über dem Kadaver und schwang die Axt. Das Fleisch und die Haut und die Knochen flogen in hart gefrorenen Stücken durch die Luft.

Dreiundzwanzig

Beim Hochamt am Sonntag war die Kirche wieder voll. In allen Kirchenbänken saßen die Leute Schulter an Schulter, sie drängten sich im Kirchenschiff und hinten in den Seiten und standen sogar in den offenen Türen dicht zusammen.

Nach der Kantate setzten sich die Chormitglieder auf die Stühle vor dem Altargitter, und Father William sprach von der Kanzel: »Was will uns der Text der Kantate sagen? *Wachet! Betet!* Ist das nicht eine Aufforderung an uns, dass wir aufwachen und für uns selbst Verantwortung übernehmen, damit wir unser ganzes menschliches und spirituelles Potenzial ausschöpfen können? Damit wir ein erfülltes Leben führen? Dass wir für dieses Ziel um Hilfe beten? Bedeutet dieser Text nicht, dass es immer Hilfe gibt, da wir Kinder Gottes sind und Sein Geist und Seine Güte in uns sind, und wir nur zulassen müssen, dass sie da sind? Dass wir den Mut und den Glauben besitzen, um zuzulassen, dass sie da sind? Würde das nicht Wunder bewirken für unseren Seelenfrieden und für die Art und Weise, wie wir uns selbst und die anderen sehen?«

In der Kirche war kein Laut zu vernehmen. Alle saßen absolut still und lauschten ihrem jungen, freimütigen Pfarrer, der in Wort und Tat so anders war als Father McBride. Old Bridie, der an einem Sonntag einfach nicht in der Kirche erschienen war. Die Abordnung der Gemeindeältesten hatte sich auf die Suche nach ihm begeben und ihn auf dem Fußboden in seinem Badezimmer tot aufgefunden – mit weit geöffnetem Mund und Augen, so als hätte ihn in seinem letzten Stündchen eine furchtbare Erkenntnis heimgesucht. Sie hatten seinen Kiefer mit einem Stück Seife gestützt und seine aufgerissenen Augen geschlossen und dann die Diözese angerufen. Zehn Tage später traf Father William ein, aus Corner Brook, Neufundland. Sein Nachname war Sullivan, doch nach ein paar Wochen benutzte den keiner mehr. Für die meisten war er Father William, und hinter dessen Rücken war er für viele einfach nur unser William. Inzwischen hatten ihm selbst die eingefleischtesten Akadier verziehen, dass er keiner von ihnen war. Dass er nicht einmal ein Franzose war.

An dem Sonntag, nur noch zwei Sonntage vor Weihnachten, sah seine Gemeinde zur Kanzel auf und lauschte ihm. In den Pausen zwischen seinen Sätzen hörten sie den Ostwind pfeifen, der über Nacht aufgekommen war und der sich in den Blechumrandungen der Fenster fing. Hin und wieder setzte eine besonders heftige Böe im Kirchturm die Glocken in Schwingung, und sie hörten sie brummen, jede in ihrer eigenen Tonhöhe, wie eine gewaltige Stimmgabel.

Nach der Predigt, als Father William die Treppe von der Kanzel hinunterstieg, standen die Chormitglieder von ihren Stühlen auf und stellten sich um den Flügel, und Hélène schlug die ersten Töne des nächsten Weihnachtsliedes an. Es war: *O little town of Bethlehem*, und nach der Klaviereinleitung erhob sich die gesamte Gemeinde und sang:

O little town of Bethlehem,
How still we see thee lie!
Above thy deep and dreamless sleep
The silent stars go by …

~

Inzwischen hatte Schneefall eingesetzt, kräftiger, ungestümer Schnee, der beinahe waagerecht fiel und sich schnell an Fenstern und Mauern türmte. Die Leute, die draußen vor der Tür gestanden hatten, drängten nun entschlossen hinein, und die Besucher, die endgültig keinen Platz mehr in der Kirche bekamen, machten kehrt und gingen heim oder fanden im Hotel Zuflucht. Der Himmel war dunkel, und in kürzester Zeit war es wegen des Wetters zu zwei Unfällen mit scheuenden Pferden gekommen. Dann war ein Wagen mit Besuchern, die wegen der Verhandlung angereist waren, an der Ecke vom Postamt ins Schleudern geraten und in die Eiche geschlittert. Der Schneepflug wurde gerufen, und beim alten Pulvermagazin im Fort wurde das Tor zum Streusandlager geöffnet.

Sonntagnachmittag fuhren mehr Automobile durch Saint Homais, als man jemals zu Gesicht bekommen hatte. Das Hotel war ausgebucht, und sogar die Eigentümer vom alten Quäkerhaus waren aus der Stadt gekommen und hatten das Quartier geöffnet. Sie stellten einige Bewohner als Personal ein, die das Haus für die Gäste lüfteten und heizten. Am Abend war auch das Quäkerhaus voll, und nun vermieteten viele Bewohner, die in ihren Häusern Platz hatten, Zimmer mit Frühstück. Unter denen, die nach Saint Homais gekommen waren, befanden sich auch die zwölf Geschworenen. Nur einer kam von der Nordküste, die übrigen waren aus der Stadt und aus der Umgebung angereist.

Die Gerichtsverhandlung und ihr möglicher Ausgang waren das einzige Gesprächsthema. Würde man sie wirklich hängen, falls sie schuldig war? Wie schnell nach dem Urteilsspruch?

»Die letzte Frau hier an der Küste, die man gehängt hat, war auch Französin«, sagte ein Schullehrer aus der Stadt zu einem anderen Gast, als sie am Abend im Hotel auf einen freien Tisch im Speisesaal warteten. »Die Briten haben sie und ihren Ehemann aufgeknüpft und dann ihre beiden Söhne gezwungen, der Royal Navy zu dienen. Das war während der Vertreibung der Akadier. Unten im Süden bezeichnet man sie als Cajuns, falls Sie das nicht wissen«, sagte er belehrend. »Sie wollten weder verschwinden noch den Eid leisten. Aber das ist alles so lange her, vermutlich wurde mit der Zeit manches verdreht, und vielleicht ist es gar nicht wahr.«

»Nicht wahr?« Mildred hatte zufällig mitgehört und schnauzte den Gast an. »Sie haben keine Ahnung. Los, gehen Sie zum Friedhof rauf. Machen Sie sich ein Bild. Wenn Sie hier ein Abendessen haben wollen, halten Sie am besten den Mund. Für viele Leute hier an dieser Küste sind das Erinnerungen, die ihnen in Fleisch und Blut übergegangen sind, das ist die Wirklichkeit, das ist die Wahrheit. Die Amerikaner da unten in Louisiana und die Menschen in Frankreich und in anderen Teilen Kanadas, die sie aufgenommen haben, die werden immer unsere Freunde bleiben.«

An dem Nachmittag hatte Hélène fast eine Viertelstunde mit Claire in London telefoniert. Später wollte sie David Chandler eine Nachricht schicken, sie wusste nur nicht, welche. Sie hatte ihn in der Kirche gesehen, und er hatte gelächelt und genickt. Aber nach dem Gottesdienst hatte sie ihn in dem Gedränge aus den Augen verloren. Jemand meinte, er sei nach Hause gegangen, wegen des Streusandlagers in seinem Hof.

Gegen sieben Uhr am Abend hört Hélène Schritte auf der Treppe und dann einen dumpfen Schlag gegen die Tür.

»Ihr Abendessen, Ma'am«, sagte eine Stimme.

Als sie die Tür öffnete, stand ein junges Mädchen vor ihr, vielleicht fünfzehn Jahre alt. Auf ihren roten Locken schmolz der Schnee, sie hatte hellblaue Augen, und ihr Gesicht war voller Sommersprossen.

»Tschuldigung, dass ich gegen die Tür getreten habe, Ma'am«, sagte das Mädchen. »Mit dem Tablett hatte ich keine Hand frei. Mich schickt Mrs. Yamoussouke. Der Speisesaal ist voll.«

»Ja, natürlich, komm rein«, sagte Hélène. »Wie heißt du?«

»Marie-Tatin, Ma'am.«

In der Nacht änderte sich das Wetter, und sie lag sehr lange wach, das Fenster zu den Bäumen und zum Ozean hin geöffnet; sie konnte den Wind in den Bäumen und die Wellen am Strand hören. Schließlich stand sie auf und schob das Fenster so weit hinunter, dass es nur noch einen Spalt offen stand, und ging zurück ins Bett. Sie dachte an Pierre, an ihre Mutter und ihren Vater und an Juliette. Sie hoffte, ihnen allen in den Träumen dieser Nacht wiederzubegegnen.

Vierundzwanzig

Am Montag beantwortete sie ab acht Uhr die Fragen des Rechtsanwaltes. Sie sah ihm zu, wie er Notizen machte, und sie hörte sich seine Ermahnungen über die Schlüssigkeit einer Aussage und die Macht der Details an. Um neun Uhr holte Mrs. Doren sie ab. Sie zog Mantel und Hut und die neuen Stiefel an, und dann ging sie, gefolgt von Mrs. Doren, die Treppe hinunter zum Polizeiwagen. Der Wagen stand auf der Straße, und aus dem Auspuff stieg Rauch in die kalte Luft auf. Der Himmel hatte aufgeklart, und überall lag etwa wadenhoch Schnee, der Schneepflug hatte nur die Fahrbahn freigeräumt. Alles sah so schön aus, so frei und weitläufig. Man bekam gut Luft.

»Die hintere Tür, Mrs. Giroux«, sagte die Aufseherin. »Passen Sie auf! Es ist glatt.«

»Ja, danke, Mrs. Doren.«

Sie fuhren zur Markthalle der landwirtschaftlichen Genossenschaft, und überall parkten Wagen am Straßenrand. Mrs. Doren führte sie in einen Nebenraum, wo sie sich auf umgedrehte Gemüsekisten setzten und abwarteten. Sie hörten viele Schritte und auch eine Männerstimme, die »Ruhe!« rief. Dann sprach diese Stimme weiter.

»Das ist bestimmt der Richter«, sagte Mrs. Doren. »Er bespricht sich mit der Staatsanwaltschaft und mit der Jury. Es kann nicht mehr lange dauern.«

Ab und an hörten sie die Stimme des Richters, und dazwischen entstanden Pausen. Sie hörten, dass er sagte: »Gerichtsdiener, bringen Sie die Angeklagte.«

Mrs. Doren stand von der Kiste auf. »Sie müssen jetzt Ihren Hut abnehmen, Mrs. Giroux. Bitte machen Sie sich bereit, mit mir zu kommen. Ich muss dabei Ihren linken Ellbogen festhalten.«

Die Tür ging auf, und ein Mann in einem schwarzen Anzug und mit einer kurzen weißen Perücke sah herein.

In der Markthalle drängten sich die Leute. An dem Ende, an dem sie die Halle betrat, war ein Bereich durch ein Seil abgetrennt. Dort hatte man ein Podest für den Tisch und den Stuhl des Richters aufgebaut, und auf den Ziegelfußboden davor hatte man weitere Stühle und Tische für den Gerichtsschreiber, die Geschworenen und die Anwälte gestellt. An der Wand hinter dem Richter hing an einem Holzbalken ein riesiger Union Jack, direkt neben der Red Ensign mit dem kanadischen Wappen. Neben den Flaggen hingen Tafeln, auf denen noch die Ankündigungen aus dem letzten Herbst in Kreide geschrieben standen: TOMATEN 7 CENT/PFUND und HEUTE KEINE ENTEN/GEFLÜGEL.

Die Geschworenen saßen auf einer Reihe von Kapitänsstühlen, die im rechten Winkel zum Tisch des Richters standen. Gegenüber vom Richtertisch und unterhalb des Podests saß Mr. Quormby an einem kleineren Tisch, und dicht daneben saß an einem weiteren Tisch eine schmallippige Frau mit bleichem Gesicht und schwarzen Augen. Sie trug eine weite schwarze Robe mit einem weißen Kragen und lehnte lässig in ihrem Stuhl zurück. Auf ihrem schwarzen Haar war mit Klammern eine kurze Gerichtsperücke festgesteckt. Vermutlich die Vertreterin der Staatsanwaltschaft.

Dahinter, in der ersten Reihe hinter der Absperrung, sah Hélène zwei Wochenschau-Kameras auf Holzstativen sowie

Fotografen, die ihre Kameras fest umklammert hielten. Alle starrten sie an, und in der absoluten Stille, als die Aufseherin sie bat, einen Moment stehen zu bleiben, ging ein grelles Licht an, und die Wochenschau-Kameras schnarrten und klackerten. Dutzende Blitzlichter explodierten mit knatternden Geräuschen.

»Aufseherin«, sagte der Richter. Und dann lauter: »Aufseherin! Hierher! Bringen Sie sie zu dem Stuhl neben ihrem Anwalt. Und Sie stellen sich dort vor die Wand. Und der Scheinwerfer da, entweder macht den jetzt jemand aus oder er stellt ihn woanders hin. Ich werde geblendet.« Er klopfte mit seinem Richterhammer. »Gerichtsdiener. Sorgen Sie dafür, dass die Lampe woanders hinkommt.«

Der Mann im schwarzen Anzug ging zu dem Absperrseil.

Mr. Quormby sah verändert aus, auch er trug nun eine kurze Perücke. Er stand auf, beugte sich zu ihr vor und flüsterte etwas. Aber sie hörte nicht zu, weil sie von der feindseligen Miene und den starren schwarzen Augen der Staatsanwältin wie gebannt war.

Der Gerichtsdiener kam zurück und sagte etwas zu dem Richter, und der Richter runzelte die Stirn und klopfte dann drei Mal mit dem Richterhammer auf die Tischplatte.

Als Ruhe herrschte, verlas der Richter die Anklage. Mord mit Vorsatz. Er fragte sie, worauf sie plädiere.

»Nicht schuldig«, sagte sie, und der Gerichtsdiener kam auf sie zu und flüsterte, sie solle den Richter mit »Euer Ehren« ansprechen. Sie nickte und sagte: »Nicht schuldig, Euer Ehren.«

Der Gerichtsdiener rückte ihren Stuhl zu einer Stelle, die mit einem *X* auf dem Ziegelfußboden markiert war, nicht direkt gegenüber vom Podest mit dem Richter, sondern etwas seitlich versetzt. Dann drehte er ihn so, dass sie sowohl dem Richter als auch den Geschworenen ins Gesicht sah. Man forderte sie auf, zu berichten, wie sie den Schädel gefunden hatten, und die Staatsanwältin drängte sie zur Eile, wenn sie sich zu lange mit Details aufhielt. Der Richter hatte vor sich auf dem Tisch Papiere liegen, in die er hineinsah, während sie sich äußerte, und die Staatsanwältin blieb stehen und setzte ihre Befragung fort.

~

Nachdem sie den toten Elch hinter sich gelassen hatten, wurde die Reise beschwerlicher. An einigen Stellen gab es keine Schneedecke mehr, sondern nur den blanken harten Erdboden. Sie kamen an weiteren Steinhaufen vorbei, manche von ihnen waren so hoch wie zwei Männer. Die Seiten waren abgeflacht, wie bei den Pyramiden, und der Wind hatte Staub und Sand in die Spalten geweht. Sie trugen ihre Masken und Brillen, da ein eisiger Wind aufgekommen war, und manchmal stürmte es so heftig, dass sie kaum mehr vorwärts kamen. Sie lief längere Strecken neben den Hunden, um die Last zu verringern, da inzwischen die Kufen mehr über Gestein als über Schnee glitten. Der Himmel war immer noch wolkenlos, aber im Westen hatte sich die Schicht der Wolkenbänke aufgelöst, und von Norden zogen Zirruswolken in Böen immer näher.

»Da drüben!«, rief Prosper plötzlich. »Sehen Sie das?« Er deutete auf etwas, was sie nicht erkennen konnte. Einige Zeit ging es weiter über die Ebene, und schließlich hielt Prosper an und zeigte noch einmal in die gleiche Richtung. »Sehen Sie es jetzt?«

»Wetten, er liegt darunter«, sagte Nathan. »Unter dem Sandhügel. Ich vermute, er hat ihn dort gefunden und dann wieder zugedeckt. Stimmt's? Haben wir deshalb Schaufeln und Bürsten mitgenommen?«

Die Männer machten sich ans Werk, und sie versorgte die Hunde. Sie fütterte sie, und auf einem Trockenspirituskocher schmolz sie etwas von dem Schnee, den sie als Trinkwasservorrat auf dem Schlitten mitgenommen hatten. Die Hunde tranken es geräuschvoll aus der Emaillewaschschüssel. Als sie damit fertig waren, packte sie die Schüssel wieder auf den Schlitten. Sie setzte sich hin und beobachtete die Männer bei der Arbeit.

Der freigelegte Schädel reichte ihr bis zur Schulter. Es war absolut faszinierend. Ein uraltes Knochengerüst, an einigen Stellen ausgeblichen, die meisten Zähne noch an Ort und Stelle: eine ganze Reihe, jeder einzelne länger als ein Küchenmesser. Sie streckte die Hand aus und klopfte auf den Schädel: Er klang hohl. Innen rieselte Sand durch den Knochen. Für Augen, Ohren und Nase gab es große Öffnungen. An den Knochen der Wangenhöhlen befanden sich noch Muskelstränge, und am Schädel hingen gewaltige Fetzen von Schuppenhaut, braun und vertrocknet, wie altes Leder, daumendick. Unten am Schädel wölbte sich der Ansatz der Wirbelsäule, mit den langen Knochen, die von einer alten, veränderten Substanz zusammengehalten wurden, als hätte sich Knorpelmasse zuerst in Leim und dann in Stein verwandelt.

»Wie finden Sie das?«, fragte Prosper. »Er hat kein Erdöl gefunden, aber dafür das hier.«

Um den Schädel mit dem Stück Wirbelsäule auf den Schlitten zu verladen, war planvolles Handeln mit exakt abgesprochenen Arbeitsschritten vonnöten. Dennoch schien der Schädel angesichts seiner Größe überraschend leicht. Sie deckten ihn nicht zu, damit die wertvollen Hautpartien nicht einrissen, doch sie banden ihn vorsichtig mit Seilen fest, die sie durch die Öffnungen und über die bloßen Knochen zogen.

~

Immer wenn sie bei ihrem Bericht eine Pause machte, herrschte in der Markthalle absolute Stille, und alle Anwesenden starrten sie an. Mr. Quormby erschien ihr wie eine rettende Insel. Sie entdeckte Mildred und David Chandler in der Menschenmenge und klammerte sich an den Gedanken, von den beiden unterstützt zu werden. Immer wieder knallten die Blitzlichter, doch den grellen Kamerascheinwerfer hatte man etwas zur Seite gerückt. Man hatte zudem ein Stück Pappe auf einen Stock gespießt, damit das Schweinwerferlicht nicht den Tisch des Richters traf, doch es fiel immer noch auf sie und war immer noch ein Ärgernis.

»Und dann, Mrs. Giroux?«, fragte die Staatsanwältin. »Würden Sie bitte etwas zügiger berichten und endlich auf den Moment zu sprechen kommen, in dem Sie Mr. Nathan Homewood ermordet haben.«

Mr. Quormby stand auf und erhob Einspruch, und der Richter sah zur Staatsanwältin hinüber und sagte: »Nun, Mrs. Tancock. Das wissen Sie doch.« Er wandte sich an die Geschworenen und wies sie an, den Kommentar wegen Voreingenommenheit zu ignorieren.

Er drehte sich zu ihr um. »Bitte, fahren Sie fort, Mrs. Giroux.«

»Ja, Euer Ehren. Der Schlitten hatte am Boden ein flaches Brett, und vorne lag der Schädel, dahinter das Stück Wirbelsäule. Wir haben alles festgezurrt, und dann ist Nathan mit dem Führer noch einmal seine Notizen und Zeichnungen durchgegangen. Unser Führer gab noch ein paar Tipps, aber im Großen und Ganzen hieß er die Strecke gut. Er sagte, wir sollten das Wetter im Blick behalten. Dann haben wir ihm das restliche Geld gegeben, also dreitausend Dollar. Wir haben die Hunde gefüttert, wir haben selbst alle etwas gegessen und uns noch eine halbe Stunde ausgeruht, und dann haben wir uns auf den Rückweg gemacht. Unser Führer sagte, er würde Richtung Osten fahren, aber er half uns noch, den Schlitten aus dem Sand und dem Gestein zu ziehen. Sobald wir wieder Schnee unter den Kufen hatten, haben wir uns getrennt. Etwa eine Stunde lang konnten wir ihn links von uns noch mit seinem Gespann sehen, dann haben wir ihn aus den Augen verloren.«

Mit dem zusätzlichen Gewicht schnitten die Kufen tiefer in den Schnee, und die Hunde mussten härter arbeiten. Doch das Gespann war stark, und den restlichen ersten Tag ging es noch relativ glatt. Sie legten einfach den gleichen Weg zurück, den sie gekommen waren. Sie führte die Hunde, und Nathan saß auf dem Schlitten und studierte seine Aufzeichnungen und seinen Kompass. Am Abend konnten sie ihr Zelt an genau der gleichen Stelle errichten, an der sie die letzte Nacht verbracht hatten. Sie kamen dort fast im Dunkeln an, und sie schlugen das Zelt um denselben Baum auf und machten Feuer.

Sie gab den Hunden zu fressen und zu trinken, und dann kochten sie sich selbst etwas zum Abendessen. Sie brieten das Elchfleisch auf dem Feuer. Sie erhitzten gefrorene Erbsen und Karotten, und zum Nachtisch gab es noch den Kokoskuchen aus dem *Long-Trail*-Proviant.

Sie machten Witze darüber, was normale Menschen vermutlich an einem solchen Abend unternahmen. Sie selbst verbrachten einen amüsanten Abend, wie Freunde, die schon einiges gemeinsam durchstanden hatten, verlässliche Gefährten auf einem ungewöhnlichen Ausflug.

Im Schein des Feuers wirkte der Schädel noch merkwürdiger: diese langen Zähne, die Mahlzähne so groß wie der Kopf eines Babys, die gewaltigen Wirbel mit ihrer komplexen Struktur. Schatten tanzten in den Augenöffnungen und auf den uralten Geweberesten in den Wangenhöhlen.

»Ich habe mir *Über die Entstehung der Arten* noch einmal aus der Bibliothek ausgeliehen«, sagte sie. »Kurz vor unserer Abreise. Vor allem wegen dieser unglaublichen Zeitspannen. Hast du es gelesen?«

»Das ist länger her.«

»Also, Darwin sagt, höchstwahrscheinlich hat irgendeine Katastrophe wie eine Planetenkollision fast das gesamte Leben auf der Erde ausgelöscht und auf Einzeller reduziert. Es hat zwar lange gedauert, aber die Evolution hat noch einmal ganz von vorn angefangen. Es hat weitere siebzig Millionen Jahre oder so gedauert, aber diesmal, zwischen unzähligen Abzweigungen, hatte auf einmal ein Wesen zufälligerweise opponierbare Daumen und etwas im Hirn. Daraus ist der Gebrauch von Werkzeugen entstanden. Und so ging es weiter.«

Nathan kaute und schluckte. Er nickte.

Sie stellten sich vor, wie es wäre, wenn ihr Dinosaurier lebendig würde, wie er für seine Nahrung auf die Jagd ging, wie so ein Riesending über das Land stampfte. Diese tödlichen Schneidezähne. Bestimmt war er kein Vegetarier. Vielleicht ein Allesfresser, wenn schon kein ausschließlicher Fleischfresser. Wie hoch er wohl gewachsen war, vom Boden aus gemessen? Wie groß seine Füße waren? Seine Klauen? Wie konnte es angehen, dass sich aus ein bisschen Urschlamm etwas derart Großes und Komplexes entwickeln konnte, das dann über mehr als einhundert Millionen Jahre alles Leben auf der Erde beherrschte? Und dann wieder verschwand. Einfach weg war.

Auch in der Nacht hörten sie wieder Wölfe, und sie kniete hinter den Zeltklappen und sah den Hunden zu, die mit aufgestellten Nackenhaaren dastanden und zurückheulten. Ihr gefiel die Situation. Es war so ein Privileg, so gänzlich verschieden von ihrem anderen Leben.

Später in der Nacht setzte Schneefall ein. Am Anfang nicht sonderlich stark, doch als sie am Morgen den Hunden das Geschirr anlegte, fiel der Schnee nicht mehr in Flocken, sondern in kleinen dichten Kristallen. Um sieben Uhr morgens waren sie schon unterwegs, in einem fahlen grauen Licht, das sie den restlichen Tag begleitete. Auf dem Weg lag nun Schnee, und zuerst fanden die Hunde noch ihre alte Spur, aber nach der Mittagszeit nicht mehr.

Sie orientierten sich mithilfe von Nathans Aufzeichnungen und dem Kompass, und manchmal erkannten sie Steinmarkierungen in der Landschaft, so weit die Sicht reichte, was nicht sehr weit war. Von da an hielten sie alle halbe Stunde den Schlitten an und entschieden über die Fahrtrichtung.

»Keine Sorge«, sagte Nathan. »Wir brauchen einfach Zeit. Was macht es schon, wenn wir für die Rückfahrt etwas länger brauchen?«

Auf diese Weise waren sie sieben weitere Tage unterwegs.

Es schneite ununterbrochen, und inzwischen konnten sie die Landschaft auf seinen Zeichnungen nicht wiedererkennen. Auch seine Notizen zu den Entfernungen waren hinfällig geworden, denn sie kamen sehr viel langsamer voran als auf dem Hinweg. Doch sie hatten immer noch den Kompass, und mit seiner Hilfe steuerten sie Richtung Südwesten, mit dem Wissen, dass dies im Großen und Ganzen die richtige Richtung war.

Der Schnee war sehr dicht, und er lag hoch. Die Hunde besaßen die für ihre Rasse typischen langen Pfoten mit der Haut zwischen den Zehen, dennoch sanken sie tief ein. Des Öfteren mussten sie und Nathan Schneeschuhe anziehen und stundenlang den Schlitten anschieben.

Über die Tatsache, dass ihre Vorräte bald erschöpft sein würden – sowohl für sich als auch für die Hunde –, verloren sie kein Wort. Aber es war ihnen beiden bewusst. Zudem hatten sie seit Tagen weder einen Elch noch sonst irgendein Tier zu Gesicht bekommen.

~

Sie machte eine Pause und bat um Wasser. Der Gerichtsdiener brachte ihr ein Glas, und sie trank und gab es ihm zurück.

»Euer Ehren«, sagte die Staatsanwältin, »können wir nicht direkt die fragliche Situation zur Sprache bringen? Bei dieser Verhandlung geht es um Mord, nicht um einen Reisebericht.«

Der Richter sah zu der Staatsanwältin und dann zu ihr. Er runzelte die Stirn und blickte dann wieder die Staatsanwältin an.

»Haben Sie es eilig, Mrs. Tancock? Ich denke, wir wollen die Umstände erhellen, die zu der fraglichen Situation geführt haben, wie Sie es nennen. Schließlich und endlich ist das eine außergewöhnliche Situation. Also, lassen Sie die Angeklagte fortfahren. Aber warten Sie ...« Der Richter sah auf seine Armbanduhr und sagte: »Verhandlungsunterbrechung. Das Gericht wird die Verhandlung morgen früh um acht Uhr fortsetzen.«

Er klopfte mit dem Richterhammer auf die Tischplatte. »Aufseherin, die Angeklagte kann wieder in Hausarrest verbracht werden. Außer ihrem Rechtsbeistand darf sie keine Besucher empfangen.«

Mr. Quormby erhob sich und sagte: »Darf ich Sie kurz sprechen, Euer Ehren?«

Dann beugte er sich über den Tisch und flüsterte mit dem Richter. Der ehrenwerte Sir James F. Whitmore schob ein paar Locken seiner Perücke vom Ohr weg. Er hörte zu.

»Aufseherin«, sagte er dann. »Eine andere Person außer ihrem Rechtsanwalt darf der Angeklagten die Mahlzeiten bringen.«

Sie befand sich mit Mr. Quormby in ihrer Wohnung, als Mildred die Treppe mit einem Tablett hochkam. »Hackbraten«, sagte sie. »Ich stelle alles in die Küche. Als Beilage Rotkohl mit Äpfeln und Honig, außerdem Kartoffelbrei und Soße. Damit du etwas auf die Rippen bekommst, Helen. Du hast es nötig.«

»Mrs. Yamoussouke«, rief Mr. Quormby aus dem Wohnzimmer. »Sagen Sie, wie ist die Stimmung auf den Zuhörerbänken?«

Mildred kam in die Küchentür. »Hinter der Absperrung, Mr. Quormby?«

»Ja, hinter der Absperrung.«

»Ich war nicht die ganze Zeit dabei, aber von allem, was ich gehört habe, würde ich sagen, ziemlich gut. Die Leute hören genau zu. Ich denke, sie fühlen mit. Der Gerichtsdiener sollte auch ihr so einen Stuhl mit Armlehnen hinstellen wie den Geschworenen. Nicht dieses unbequeme Teil nur mit Rückenlehne. Warum sagen Sie ihnen das nicht?«

»Gerichtsvorschriften. Und außerdem?«

»Sehr gut, Mr. Quormby. Ich finde, sie macht es richtig gut, oder?«

»Ja, das finde ich auch. Danke, Mrs. Yamoussouke.«

Fünfundzwanzig

Am achten Tag ihrer Rückreise ließ der Schneefall am späten Nachmittag nach, und als es aufklarte, entdeckten sie in der Ferne eine Anhöhe und eine Steinpyramide, die nicht mit Nathans Notizen und Zeichnungen übereinstimmte. Als sie auf den Kompass schauten, schlug die Nadel wild hin und her, und als sie endlich stillstand, zeigte sie an, dass sie einen westnordwestlichen Kurs eingeschlagen hatten.

»Wie kann das sein?«, fragte Nathan. »Wie auf Erden ist das möglich? Was ist hier los? Unsere Hauptrichtung ist immer Süden gewesen, einen Tick gen Osten, und das die ganze Zeit.« Er befasste sich noch einmal mit dem Kompass, und die Nadel zeigte das gleiche Ergebnis: 290 Grad, also Westnordwest.

»Und jetzt, Nathan? Wissen wir, wo wir sind?«

»Gib mir eine Minute Zeit und ich kann es dir sagen.«

Die Hunde standen in ihrem Geschirr da und betrachteten sie mit heraushängenden Zungen. Sie schmolz Schnee und gab ihnen zu trinken, und dann schmolz sie noch mehr Schnee, um die Wasserflaschen aufzufüllen.

Während sie damit beschäftigt war, saß Nathan auf dem Schlitten und studierte seine Notizen. Er passte seine Skizzen den Kompasswerten an und justierte den Skalenrand neu.

Als sie mit den Hunden fertig war, setzte sie sich neben ihn. Er berichtete ihr, dass sie die ganze Zeit aus irgendeinem Grund nur linksherum im Kreis gegangen waren und dass die Anhöhe in der Ferne genau der Sandhügel war, an dessen Fuß sie auf dem Hinweg den toten Elch entdeckt hatten.

»Und der Steinhaufen da«, sagte er. »Das ist der, den uns Prosper gezeigt hat, als wir auf den Kadaver gestoßen sind. Nur, jetzt sehen wir ihn von Osten, nicht von Südwesten.«

»Im Kreis gegangen. Wie konnte das passieren?«

»Keine Ahnung. Vielleicht ein Kompassfehler. Oder magnetische Störungen, Eisenerz. Ich habe mal etwas über den Sieben-Tage-Kreis in einigen nördlichen Breitengraden gelesen. Die gute Nachricht ist, dass das Wetter besser geworden ist, also können wir uns jetzt an der Sonne und meiner Armbanduhr orientieren. Außerdem sind wir nicht weit weg von dem toten Elch. Wir könnten das restliche Fleisch holen. Es ist bestimmt gefroren und noch genießbar. Man könnte sogar sagen, dass wir Glück im Unglück haben. Immerhin wissen wir jetzt, wo wir sind. Komm, wir vergessen einfach den Kompass und orientieren uns am Stand der Sonne und fahren Richtung Südosten weiter.«

»Bist du sicher, Nathan?«

»Ja, absolut.«

»In Ordnung. Also, auf zu dem Elch. Da war noch jede Menge Fleisch übrig. Die ganze Unterseite. Schaffen wir das heute?«

»Wir können es versuchen.«

Sie ging an die Spitze des Gespanns und ließ die Hunde wenden, und dann brachen sie zu der Anhöhe auf. Hinter ihnen lag die Sonne nur eine Handbreit über dem Horizont, und der Himmel und die ganze Atmosphäre um sie herum schimmerten vor Eiskristallen. Sie lief auf ihren Schneeschuhen neben Jack her, redete auf ihn ein und munterte ihn auf: *Komm schon, Jack! Ich weiß, du schaffst das. Guter Junge, zeig es ihnen!* Und Jack legte sich ins Zeug, und manchmal, wenn sie ihn aus dem Augenwinkel beobachtete, hätte sie schwören können, dass er lachte.

An einer Stelle, an der der Schnee nicht hoch lag, hielt sie das Gespann an und zog die Schneeschuhe aus. Sie stellte sich auf den Schlitten, zwischen die Kufen, und trieb die Hunde in dem Singsang an, den sie von Prosper gelernt hatte.

In weniger als einer Stunde erreichten sie den Fuß des Hügels. Sie konnten die Stelle genau erkennen, an der der Elchkadaver lag, auf halber Höhe, auf dem Felsvorsprung. Inzwischen war die Sonne schon hinter dem Horizont verschwunden, und es wurde sehr schnell dunkel. Vor ihnen lag nun sandiger Boden, also eine beschwerliche Wegstrecke.

Sie hielt die Hunde an und beriet sich mit Nathan. Sollten sie weitergehen? Oder schlugen sie besser hier ein Lager auf und machten sich erst am Morgen auf den Weg zu dem Elch?

»Für heute Abend haben wir noch genug Fleisch, und die Hunde sind müde«, sagte sie. »Vielleicht sollten wir diese harte Strecke erst angehen, wenn wir alle ausgeruht sind, und dann zurückkehren.«

Für die Nacht legten sie einfach die Zeltplane über den Schlitten und befestigten sie am Boden. Wie Mumien schliefen sie in ihren arktistauglichen Schlafsäcken auf dem Schlittenboden neben dem Schädel. Wieder hörten sie die Wölfe, und ihre Hunde heulten zurück. Irgendwann schälte sich Nathan aus seinem Schlafsack und nahm das Gewehr aus der Hülle. Er wusste, dass auch sie wach war. »Schließlich wollen wir nicht, dass sie unseren Elch fressen«, sagte er. »Ich sehe mich nur kurz um und vertreibe sie.«

Sie hörte, dass er an den gefrorenen Bändern der Zeltplane hantierte, dann schlüpfte er durch die Öffnung, und sie hörte, wie sich seine Schritte entfernten.

~

Das berichtete sie ihnen am zweiten Verhandlungstag. Die Markthalle war wieder proppenvoll, und der Scheinwerfer und die Kameras waren auf sie gerichtet. Dieses Mal lagen mehrere Gegenstände auf einem Markttisch, den man eigens für diesen Verhandlungstag neben den Tisch der Staatsanwältin gestellt hatte. Sachverständige, die die Staatsanwältin als Zeugen bestellt hatte, warteten im Nebenraum.

Sie saß auf dem gleichen Stuhl, aber man hatte in ihrer Nähe ein Glas Wasser auf einer Gemüsekiste bereitgestellt. Der Richter schien von ihrem Bericht recht eingenommen zu sein, und er hatte die Staatsanwältin schon zwei Mal verwarnt, sie nicht zu unterbrechen, vor allem nicht mit abträglichen Kommentaren.

Sie hatte noch keine ganze Stunde ausgesagt, da sagte sie: »Dann ist es passiert, Euer Ehren. Ich hörte, dass er wegging, und vielleicht dreißig Sekunden später gab es ein sehr lautes Geräusch, fast wie ein Schuss, ein plötzlicher lauter Knall, und dann hörte ich Nathan schreien. Ich habe nie zuvor jemanden so schreien gehört. Ein gewaltiges Fluchen und Brüllen, das sich entsetzlich steigerte. Ich bin sofort aus dem Schlafsack gekrochen, habe mir die Taschenlampe geschnappt und bin vom Schlitten geklettert. Alle Hunde waren wach und heulten. Ich habe alles mit der Taschenlampe abgeleuchtet, und gar nicht weit entfernt habe ich Nathan am Boden liegen sehen. Aber er war ganz merkwürdig verdreht. Er schrie immer noch wie am Spieß, aber er wurde zunehmend heiserer, und als ich zu ihm kam, lag er mit geschlossenen Augen und zusammengepressten Lippen da ...«

»Und?«

»Ein schweres Metallteil mit Zähnen war zugeschnappt und hielt sein Bein fest. Das Teil war so stark, dass sich die Zähne auf beiden Seiten über seinem Knie tief ins Bein gebohrt und ihm den Knochen gebrochen hatten. Das Blut floss dick und schnell, das konnte ich im Taschenlampenlicht erkennen. Ich bin dann zum Schlitten zurückgerannt und habe ein Stück Seil geholt und damit habe ich ihm den Oberschenkel oberhalb der Verletzung abgebunden.«

Die Staatsanwältin stand auf und sagte: »An dieser Stelle muss ich einige Fragen an die Angeklagte richten, Euer Ehren. Genau den Gegenstand haben wir hier. Es handelt sich um eine Bärenfalle des Fabrikates O'Grady, Stärke vier. Sie ist jetzt nicht mehr zugelassen, doch bis vor einem Jahr fand sie noch Verwendung. Vor allem für große Bären, im äußersten Westen von Kanada. Ich möchte die Angeklagte fragen, warum sie nicht einfach die Falle geöffnet und Mr. Homewood daraus befreit hat.«

»Dann stellen Sie die Frage, Mrs. Tancock«, sagte der Richter.

»Danke, Euer Ehren. Mrs. Giroux, warum haben Sie die Falle nicht einfach geöffnet?«

Hélène sah zu Mr. Quormby, und er nickte. Die Frage schien ihn zu erfreuen.

»Ich habe es versucht, aber ich habe es nicht geschafft«, sagte sie. »Mrs. Tancock, versuchen Sie einmal, mit bloßen Händen die Bügel auseinanderzuziehen. Hier, versuchen Sie es.«

Im Publikum konnte man unterdrücktes Gelächter vernehmen, und der Richter sagte: »Ruhe! Mrs. Giroux, bitte beantworten Sie nur die Frage.«

»Euer Ehren, natürlich habe ich versucht, die Bügel der Falle auseinanderzuziehen. Ich habe es probiert, aber es war unmöglich. Ich bekam nicht einmal meine Finger darunter. Die Wölfe und die Hunde heulten immer noch. Ich glaube, angesichts der furchtbaren Verletzung und bei all dem Blut bin ich in Panik geraten, aber ich habe im Taschenlampenlicht versucht, ob sich die Falle noch auf irgendeine andere Weise öffnen ließ. Ich habe nichts entdecken können. Überall war Blut. Das Blut schoss nur so heraus, und selbst nachdem ich das Bein abgebunden hatte, rann das Blut immer noch auf die Falle hinunter und auf seine Stiefel. Es ist dort festgefroren.«

»Euer Ehren«, sagte die Staatsanwältin. »Ich möchte nun meinen ersten Zeugen vernehmen. Würde der Gerichtsdiener bitte Mr. Samuel Merrifield hereinbitten und ihn zu dem markierten Punkt gegenüber vom Richtertisch führen.«

Der Gerichtsdiener blickte zum Richter, und der Richter lehnte sich zurück, hob eine Hand und gab dem Antrag statt.

Der Gerichtsdiener führte einen alten hageren Mann mit schlohweißem Haar und einem von der Sonne gegerbten Gesicht herein. Er trug einen schwarzen Anzug und schwarze Stiefel, ein weißes Hemd mit Kragen und eine schwarze Schnürsenkel-Krawatte mit einer Silberperle als Brosche. Der Gerichtsdiener zeigte ihm, wo er sich hinstellen sollte, hielt eine Bibel hoch und ließ den Mann seine Hand darauf legen und ihn dann den Eid nachsprechen.

»Mr. Merrifield«, fragte nun die Staatsanwältin, »was sind Sie von Beruf?«

»Gelegenheitsarbeiter, Ma'am. Bis letzten Winter Trapper, aber jetzt halte ich vor allem die Sachen von anderen in Schuss. Fallen und Werkzeuge, die mit meiner früheren Arbeit zu tun haben.«

»Mr. Merrifield, bitte treten Sie näher und sehen Sie sich diese Falle an. Nehmen Sie sie in die Hand und zeigen Sie uns, wie sie funktioniert.«

Der alte Mann ging zu dem Tisch und betrachtete die Falle auf der Tischplatte. Es war ein massives Teil aus schwarzem Eisen mit einer Kette und dicken Sprungfedern an den Bügeln, wo sie mit dem Rahmen ein Scharnier bildeten. Mit sichtlicher Anstrengung zog er das Tellereisen vom Tisch und legte es auf den Fußboden. Einen Moment lang herrschte wieder absolute Stille, dann rutschte die Kette hinterher, rasselte vom Tisch und krachte mit Getöse auf den Ziegelfußboden. Am Ende der Kette befand sich ein massives Eisenteil, das in einen dreizackigen Haken getrieben war. Mr. Merrifield sah über seine Schulter hinweg und sagte: »Das da nennt man den Anker, Ma'am. Man verwendet diese Falle an Büschen und Felsen.«

Der Richter lehnte sich über den Tisch vor, um besser sehen zu können. »Sieh an!«, sagte er. »Fahren Sie fort, Mr. Merrifield.«

Der alte Mann kniete sich hin und untersuchte eingehend den Boden der Falle. Dann stand er wieder auf. »Darunter ist ein Abzug, wie bei einem Gewehrschloss, aber viel schwerer. Diese Falle löst aus, sobald ein Gewicht von etwas mehr als dreißig Pfund auf den Boden trifft.«

»Aber jetzt ist die Falle zu. Wie bekommen Sie sie auf?«, fragte die Staatsanwältin.

»Nun. Bei den leichteren Fallen konnte man den Federbügel nehmen und sie wieder spannen. Aber dann sind diese O'Grady-Fallen auf den Markt gekommen, und diese hier hat vier Federn, mit gut achtzig Pfund Zugkraft. Also haben sie zum Lösen einen Riegel unter dem Teller installiert. Da muss man einfach einmal kräftig draufschlagen.«

»Würden Sie uns das bitte zeigen?«

Mr. Merrifield zog die Falle näher zu sich. »Mal sehen, ob ich sie aufstoßen kann.« Er trat kräftig gegen die Unterseite der Falle, die ein kurzes Stück über den Fußboden schlitterte, aber nicht aufsprang. Mr. Merrifield legte sie wieder ordentlich hin, stellte sich daneben und holte mit dem Stiefel aus. Bei seinem zweiten Tritt hörte man ein schrilles metallisches Geräusch und die Falle sprang auf und stand nicht mehr unter Spannung. Als Mr. Merrifield die Falle nun hinstellte, klappten die Bügel zu beiden Seiten auf.

»Das scheint nicht so schwer gewesen zu sein, Mr. Merrifield«, sagte die Staatsanwältin.

»Nein, Ma'am. Nicht wenn man die Falle kennt und ihre Schwachstelle erwischt.«

»Könnte man das nicht auch herausfinden, indem man den Mechanismus genau betrachtet, um zu begreifen, wie sie funktioniert? Immerhin ist alles einsehbar.«

»Ja, Ma'am. Vermutlich.«

»Danke, Mr. Merrifield.« Die Staatsanwältin schien erfreut. »Ich habe keine weiteren Fragen, Euer Ehren.«

»Sie können nun den Sachverständigen als Zeugen befragen, Mr. Quormby«, sagte der Richter.

Mr. Quormby erhob sich und sagte: »Mr. Merrifield, haben Sie jemals ein Tier gesehen, das in so einer Falle gefangen wurde?«

»Nein, noch nie, Sir. Ich habe schon davon gehört, im hintersten Westen. Aber das ist in der Tat nur selten vorgekommen. Einige Male ein Grizzly und ein anderes Mal eine Kuh. Die Falle hatte ihr alle Knochen gebrochen und steckte in Muskeln und Sehnen fest.«

»Eine Kuh? Also, unter der Falle befindet sich ein Riegel, an den man aber nicht so einfach mit einem ordentlichen Fußtritt drankommt, wie Sie ihn uns gerade gezeigt haben. Wie kann man dann eine Falle öffnen, in der ein schweres Tier steckt?«

»Das würde man nicht tun, Sir. Man würde zuerst das Tier töten, um an den Riegel zu kommen, und dann drauftreten. Oder noch besser, man würde mit einer Axt draufschlagen. Aber mit der stumpfen Seite.«

»Verstehe. Also erst das Tier töten und dann die Falle mit der Axt bearbeiten. Angenommen, ein Mensch ist mit einem gebrochenen Bein darin gefangen, die Temperaturen liegen weit unter dem Gefrierpunkt, und an der Falle kleben vielleicht auch noch Blut und Schneeklumpen, könnte dann auch der Mechanismus zufrieren?«

»Nun, ich denke schon.«

Die Staatsanwältin erhob sich und sagte: »Euer Ehren, er beeinflusst den Zeugen.«

»Nicht mehr als Sie, Mrs. Tancock«, sagte der Richter. »Fahren Sie fort, Mr. Quormby.«

»Danke, Euer Ehren. Mr. Merrifield, wenn nun ringsum Schnee liegt, es ist mitten in der Nacht, und man weiß nicht, dass es diesen Mechanismus gibt, und dann ist noch ein Mann darin gefangen, wie wir gerade gehört haben … Wie könnte man dann die Falle öffnen?«

»Nun, Sir, ich wüsste nicht wie.«

»Wenn die Bügel geschlossen sind, könnten Sie sie auseinanderziehen, Mr. Merrifield? Sie selbst, mit Ihren Händen?«

»Sir?«

»Könnten Sie die Bügel dieser Falle mit Ihren eigenen Händen öffnen, Mr. Merrifield?«

»Gegen eine Zugkraft von mehr als dreihundert Pfund? Nein, das könnte ich nicht, Sir. Ich bezweifele, dass das irgendjemand hinkriegt. Dafür brauchen Sie ein Pferd und Ketten. Oder Maschinen. Mit einem Flaschenzug könnte es klappen. Allein das Aufstellen dieser Fallen war gefährlich. Auch ein Grund, warum diese Fallen inzwischen verboten sind. Das, und wie das gefangene Tier zugerichtet wird.«

»Danke, Mr. Merrifield.«

~

In der Nacht sickerte das Blut weiter unter der Aderpresse durch. Sie bemühte sich, ihre Panik unter Kontrolle zu halten, und schließlich konnte sie ihre zitternden Hände beruhigen und die Aderpresse neu anlegen, mit einer Schlinge an jedem Ende. Sie steckte einen Zelthering hindurch und drehte so fest zu, wie sie nur konnte, und klemmte die Spitze des Herings unter das Seil. Sie holte die Zeltplanen vom Schlitten und improvisierte damit einen Unterschlupf für sie beide, mit den Wanderstöcken, um die Zeltplanen zu stützen, und mit Luftlöchern, wo sie nicht auf den Erdboden reichten. Ein behelfsmäßiger Unterschlupf, der für den Moment ausreichen musste. Darunter war es dunkel, und der Gestank von seinem Blut und seinem Erbrochenen war heftig. Sie ging zum Schlitten zurück und holte den Spirituskocher. Das Thermometer am Schlitten zeigte minus zehn Grad Fahrenheit an, unter minus zwanzig Grad Celsius. In dem improvisierten Zelt stellte sie den Kocher direkt neben das Kriechloch und schmolz Schnee.

Sie redete auf ihn ein, während sie sein Gesicht reinigte und das Erbrochene mit Schnee abrieb. Er gab keine Antwort. Sie richtete die Taschenlampe auf ihn und hielt ihre Wange nahe an seinen Mund, um seinen Atem zu spüren. Sie überlegte, das Hosenbein aufzuschneiden, um die Wunde zu begutachten. Auf dem Schlitten war ein kleiner Kasten mit den allernotwendigsten Dingen für den medizinischen Bedarf. Jod. Verbandsmull. Klebeband. Pflaster.

Lieber Gott, sagte sie. *Bitte steh mir jetzt bei.* Daran sollte sie sich später erinnern, daran, wie sie in ihrer Angst und Hilflosigkeit auf ein Kindergebet zurückkam. *Bitte, lieber Gott, mach, dass das hier nicht so schlimm ist, wie es aussieht.* Aber in klareren Momenten, wenn ihre Panik alle nur möglichen Gedanken zuließ, wusste sie, dass es so schlimm war. Die Bügel, die ihn gefangen hielten, waren so dick wie ihre Arme, und die Zähne, so scharf wie ein Stemmeisen, hatten den Knochen gebrochen und eine Arterie durchtrennt.

Gegen Morgen fing es wieder zu schneien an, nicht der sanfte Schneefall einer milden Wetterlage, sondern harte Kristalle, die auf der Zeltplane haften blieben und auch auf dem Schädel auf dem Schlitten, wie sie später feststellen konnte.

Sie gab den Hunden in dem fahlen grauen Morgenlicht zu trinken und zu fressen. Das Fleisch reichte nur noch für einen halben Tag. Jack beobachtete sie erwartungsvoll. Sie befürchtete, er könne ihre Gedanken lesen, das schwarze Chaos darin erkennen. »Es ist alles in Ordnung«, beruhigte sie ihn. »Es ist alles in Ordnung.« Er hob die Schnauze und witterte, dann sah er wieder zu ihr.

Nathan lag in dem behelfsmäßigen Zelt, mal war er wach, mal wurde er ohnmächtig, mal lag er wieder wach. Für kurze Momente schien er bei Sinnen zu sein.

»Geh zu dem Elch«, sagte er. »Hol das restliche Fleisch. Sammle sauberen Schnee und häufe ihn am Eingang auf. Dann bring den Erste-Hilfe-Kasten her und alles, was wir sonst noch vom Schlitten gebrauchen können.«

Zu Fuß benötigte sie von ihrem Zelt zu dem toten Elch eine Stunde. Sie erreichte die Stelle am Vormittag und sah sofort, dass Tiere davon gefressen hatte. Die Wölfe. Sie stellte sich über den Kadaver und schlug die Axt durch die Hüfte und durch die Schulterknochen bis zur Unterseite. Die Brocken steckte sie in einen Leinentuchsack. Sie ließ die Axt dort und schleppte den Sack zum Schlitten zurück.

Im Zelt baute sie für ihn aus Schnee eine Art Sitz, mit einer Rückenlehne und einer Decke, in die sie ihn einwickelte, um ihn gegen die Kälte von unten zu isolieren. Sie schmolz Schnee und bereitete eine Suppe zu. Sie fütterte ihn löffelweise damit. Hühnersuppe mit Nudeln und gefrorenen Erbsen aus den *Long-Trail*-Päckchen.

Er sagte: »Helen, bitte, schneide die Hose um die Wunde herum ab und tränke alles mit Jod. Dann deck mich mit meinem Schlafsack zu. Mir ist eiskalt, und gleichzeitig verglühe ich.«

Der untere Teil seines Beines, unter den Bügeln, war weiß und blau gefärbt. Sie betupfte alles mit Jod, und die Stellen, an denen sich die Zacken tief ins Fleisch gebohrt hatten, umwickelte sie mit Verbandsmull.

Der Tag ging vorbei, grau und kalt, und dann die Nacht. Die Wölfe kehrten zurück. Der Morgen brach an, und es schneite immer noch, ein immer gleiches, andauerndes Gestöber von Schnee, der sich auftürmte, verweht wurde und sich wieder auftürmte. Sie sah nach den Hunden, gab ihnen Wasser, gab ihnen zu fressen. Sie hatten sich längst Löcher in den Schnee gegraben und lagen nun eingerollt darin. Sie blinzelten, als sie wieder zu dem Zelt zurückging.

»Es muss doch irgendetwas geben, was wir tun können«, sagte sie zu ihm.

»Ja, das gibt es, Helen. Wir können abwarten. Irgendjemand wird vorbeikommen. Trapper, die ihre Fallen kontrollieren.« Er schloss die Augen. Seine Lippen schienen eingesunken und gespannt, sie waren rissig und blutig. In seiner Augenbraue hingen gefrorene Schweißperlen, und seine Zähne waren bis zum Zahnfleisch zu sehen. Unter Schmerzen zog er eine Grimasse. »Bist du sicher, dass in dem Kasten kein Morphium ist?«

»Ich bin mir sicher, Nathan.«

Sie untersuchte noch einmal sein Bein. Am Knie und an der Wade war es inzwischen dunkelrot angelaufen, doch der Knöchel und der Fuß wurden allmählich schwarz.

Irgendwann, am dritten oder am vierten Tag, fragte er: »Wo ist das Gewehr?«

»Ich weiß es nicht.«

»Such es. Ich wollte damit die Wölfe vertreiben. Es kann nicht weit weg sein. Es ist geladen, pass auf.«

Sechsundzwanzig

Es gab eine weitere Verhandlungsunterbrechung, und als die Aufseherin sie zum Auto hinausführte, wurde sie in der Straße schon von einer zweiten Filmkamera erwartet, und Fotografen lagen auf der Lauer. Ein Reporter mit einem Mikrofon in der Hand rief ihren Namen und bat sie um ein paar Worte für das Pathé-Studio, doch die Aufseherin, die sie am Ellbogen festhielt, beschied ihm streng: »Madam kann jetzt nichts sagen. Lassen Sie sie in Frieden.«

Das Mittagessen an dem Tag war ein Eintopf, und sie hatte ihre Mahlzeit erst zur Hälfte beendet, als Mr. Quormby eintraf. Sie stellte das Essen in den Vorratsschrank und setzte sich zu ihm. Er lobte sie, sie habe es gut gemacht.

»Der Richter hält Sie für glaubwürdig, und das ist sehr gut. Sie dürfen niemals übertreiben, und wenn sich etwas falsch anfühlt, dann sprechen Sie es nicht aus. Achten Sie darauf, die Linie einzuhalten, die wir beschlossen haben. Sagen Sie niemals etwas, um Eindruck zu schinden. Aber das wissen Sie alles selbst.«

Er forderte sie auf, nun so viel wie möglich zu ruhen, denn der nächste Tag würde der schwierigste sein. Er sagte, im Großen und Ganzen habe er ein gutes Gefühl, doch der Richter habe ihnen mitgeteilt, dass man ihm für diese Verhandlung nur drei Tage zugestanden hatte. Dies sei ein Provinzgericht, habe er gesagt, kein höherrangiges Gericht, an dem sich so ein Prozess über Monate hinziehen konnte.

Als Mr. Quormby gegangen war, schob sie die Fenster im

Wohnzimmer ganz hoch und stellte sich vor das mit der Aussicht auf die Dachlandschaft und die Straße. Sie stand im Zug und spürte die kalte Luft auf ihrem Gesicht. Sie schloss das Fenster. Sie zog ihren Mantel an und ging in die Kirche hinunter. Sie wollte Father William bitten, Claire anrufen zu dürfen.

»Ja, selbstverständlich«, sagte er.

Im Kirchenbüro zog sie den Mantel eng um sich, dann schob sie den Schreibtischstuhl näher ans Telefon und rief die Fernvermittlung an. In London ging zuerst jemand anders ans Telefon, doch schließlich war Claire am Apparat, und nach den ersten Worten wurden ihre Augen feucht, und ihr tat das Herz weh. Es war Claires Stimme. Claire war einfach anwesend und auf ihre jugendliche Art klug genug, um zu wissen, dass sie sie besser nicht mit Fragen zum Prozessverlauf löcherte.

»Ist alles in Ordnung mit dir, Mum?«

»Ja, Claire, alles in Ordnung.«

»Willst du mir davon erzählen?«

»Ach, Claire. Ich denke, es läuft ganz gut. Ich weiß nicht.«

Am Telefon entstand eine Schweigepause. Claire wartete ab, ob sie noch etwas sagte, und als nichts kam, sagte Claire: »Du wirst mir schon davon erzählen, wenn du magst. Hör mal, ich bin für die Stelle in der engeren Wahl. Es gibt nur noch ein letztes Vorstellungsgespräch, aber die Entscheidung erfahre ich vor Weihnachten. Vielleicht kann ich dann noch einmal kommen. Hättest du etwas dagegen?«

»Ob ich etwas dagegen hätte? Meinst du wegen der Kosten? Claire, Liebes, nein. Nein, ich habe nichts dagegen. Nimm alles, was wir haben. Ich hätte dich gern hier.«

Sie nestelte ein Taschentuch aus ihrem Ärmel und wischte sich die Augen trocken.

»Claire«, sagte sie. »Ich habe wirklich das Gefühl, dass es gut läuft. Zumindest sagt das Mr. Quormby. Und Mildred auch.«

Danach ging sie wieder hoch, sie wollte einen ausgiebigen Mittagsschlaf halten. Sie zog sich aus und streifte ihr Nachthemd über, sie löste die Haarnadeln aus ihrer Frisur und wusch sich das Gesicht. Sie zog die Vorhänge des Schlafzimmerfensters vor. Sie schlüpfte unter die Bettdecke und schloss die Augen.

Sie überlegte zu beten, wie sie es damals so oft in dem Zelt getan hatte. Ein Gebet, das mit Worten wie *Bitte, Gott* die Illusion von Hoffnung vermittelt und auch von einem Wesen, das sich um einen sorgt. Es nahm sie mit. Sie erinnerte sich an ihre Verzweiflung und an seine Stille, an das plötzliche verzweifelte Keuchen, den ekelerregenden Gestank, der von seinem Bein ausging. Noch mehr Erbrochenes. Seines, und später auch ihres.

Sie richtete sich im Bett auf und wartete, dass ihr Herz zur Ruhe kam. Sie ging ins Badezimmer und putzte sich die Zähne. Dann kroch sie wieder ins Bett zurück.

~

Sie machte sich auf die Suche nach dem Gewehr. Sie sondierte das Gelände um das Zelt herum und stocherte mit einem Wanderstock im Schnee herum. Als die Falle zugeschnappt war, wie weit mochte er das Gewehr geworfen haben? In welche Richtung? Wie hatte diese unfreiwillige Bewegung vor Schreck und Überraschung ausgesehen? Sie fragte sich, ob womöglich noch eine zweite Falle ausgelegt war, und sie betete, dass dort keine weitere war.

»Ich kann das Gewehr nicht finden«, sagte sie ihm.

Aber er war nicht bei Bewusstsein. Sie begutachtete die Wunde, inzwischen war auch der Oberschenkel schwarz und geschwollen. Vielleicht drückte die Aderpresse zu sehr. Sie lockerte den Stoff, und schwarzes Blut sickerte heraus. Sie zog sie wieder fester zu.

Sie knüpfte für sich selbst aus Seilen eine Art Geschirr, um den Sack zu transportieren, und dann ging sie wieder zu dem Kadaver. Doch inzwischen war kaum mehr etwas davon übrig. Sie konnte die Spuren erkennen, die die Pfoten und die Zähne der Wölfe hinterlassen hatten, die Stellen, an denen sie die Wirbelsäule zermalmt und das Fleisch von der Haut gekratzt hatten. Sie schwang die Axt und schlug das heraus, was von den Knochen noch übrig war, sie zertrümmerte den Schädel. Sie musste die Strecke dreimal zurücklegen, um den Sack mit allen Knochen und Fetzen zum Schlitten zu bringen; das dauerte vom frühen Morgen bis zur Dämmerung.

So vergingen die nächsten Tage. Das könnte sie ihnen morgen vor Gericht sagen. Vielleicht ließ sie dabei gewisse Details besser aus. Beispielsweise die Tatsache, dass sie, als es für die Hunde nur noch die völlig abgenagten Knochen gab, kurz überlegte, den geschmolzenen Schnee mit Nathans Blut zu vermischen und sie damit zu füttern. Es war möglich, dass sie da begann, den Verstand zu verlieren. Als sie die Luft in dem Zelt keine Sekunde länger aushielt, war sie auf allen vieren hinausgekrochen, hatte sich übergeben und ihren Mund mit Schnee gereinigt und war wieder ins Zelt hineingerobbt. Sie bohrte für sich selbst ein kleines Luftloch an der Stelle, an der die Zeltplane die Schneedecke berührte, und den Schlafsack versuchte sie so auszurichten, dass sie mit der Nase möglichst nah an dem Luftloch lag.

Manchmal sang er mit geschlossenen Augen. Sie konnte sich sehr gut daran erinnern, wie sie dabei Gänsehaut bekam. Diese hoffnungslose, leere, krächzende Stimme in der Dunkelheit.

Er sang *Waltzing Mathilda*. Dann *Spanish Ladies: Farewell and adieu to you.* Und als er keine Worte mehr hervorbringen konnte, krächzte und stöhnte er die Melodie, er fluchte, und er wurde ohnmächtig und wurde wieder wach und dann wieder ohnmächtig.

Sie verlor jegliches Zeitgefühl. Sie war so erschöpft, dass sie sich nur noch kriechend voranschleppte, um nach den Hunden zu sehen. Aufrecht gehen konnte sie nicht mehr.

Einmal wachte er mit einem Schrei auf, und er trat um sich, und die Falle rasselte.

»Geh und such das Gewehr«, flehte er sie an.

Sein Gesicht sah furchtbar aus, geisterhaft und ausgemergelt, bleich, voller Blutflecken, unrasiert, mit Tränen, die auf den Wangen festgefroren waren.

»Helen, ich bitte dich, geh raus und such das Gewehr. Es liegt da draußen. Ich bin völlig vergiftet. Schau es dir doch an. Alles ist schwarz. Es stinkt. Du weißt, was das bedeutet.«

Sie suchte die Umgebung systematisch mit dem Wanderstock ab, und diesmal wurde sie fündig. Es war in eine Felsspalte geraten. Sie stocherte es heraus, immer auf der Hut vor dem Abzug. Sie sicherte es, und dann befreite sie die Mündung vom Schnee und versteckte das Gewehr unter ihrem Schlafsack. Er war wieder ohnmächtig geworden.

Auf dem Schlitten entdeckte sie die letzte Packung mit Erbsen und auch noch eine Portion Reis, und sie kochte den Reis und gab dann den Klumpen mit den gefrorenen Erbsen hinzu. Sie schüttelte ihn wach und fütterte ihn löffelweise mit dem warmen Mus. Sie selbst aß auch davon, und dann gab es zum Abschluss für jeden von ihnen noch ein Stück Kokoskuchen aus dem *Long-Trail*-Proviant. Er war steinhart. Nathan sog gierig daran, und er kaute und schluckte, und dann spie er alles wieder aus. Sie wischte ihm Gesicht und Schoß mit Schnee sauber und warf das Erbrochene aus dem Zelt.

»Ich habe gesehen, wo du das Gewehr versteckt hast«, sagte er mit geschlossenen Augen. »Du musst mich erschießen und dann weiterziehen. Ins Herz. In den Kopf nicht, das macht zu viel Dreck. Hierhin, wie ich gesagt habe. Hör zu, Helen, ich bin im Moment völlig klar bei Verstand. Bin niemals klarer als jetzt gewesen.«

»Unsinn, Nathan. Hier, trink noch etwas Wasser.«

»Nein. Hör mir gut zu, Helen. Bring den Mut auf. Tu es und zieh weiter, solange du noch bei Kräften bist und die Hunde auch. Vielleicht läuft dir ja irgendein Wild über den Weg.«

Sie sagte nichts darauf. Nichts. Sie hörte ihm zu und widersprach nicht. Das war der Scheideweg. Auf einmal war es vorstellbar, ihn zu töten. Ein barmherziger Tod für ihn, das Überleben für sie.

Sie beugte sich vor und küsste ihn auf die Wange. Auf ihrer Lippe spürte sie die rissige schwärzliche Haut über seinen Wangenknochen mit dem wochenalten Bart.

Er drehte seinen Kopf und sah sie überrascht an.

»Helen«, sagte er schließlich. »Liebe Helen. Bitte hör auf mich. Sie werden uns nicht rechtzeitig finden. Ich habe mich geirrt. Was für ein Wetter ist draußen?«

»Eisnebel. Sehr kalt.«

»Kannst du die Sonne sehen?«

»Manchmal.«

»Orientiere dich mithilfe der Sonne und mit deiner Uhr und geh einfach nur in Richtung Südosten. Ich habe dir gezeigt, wie das geht, weißt du noch? Geh los, Helen. Aber hilf mir zuerst hiermit.«

Seine Augen waren auffällig rund und glühten vor Fieber, sie zeigten nicht einmal den Hauch eines Glanzes, nur noch Leere und Entsetzen. Er fasste mit einer Hand an die Falle, die sich in dem Zelt wie ein höllischer Anker erhob, der sie an diesen Ort fesselte. »Helen, ins Herz. Hierhin!«

Er knöpfte seinen Parka auf und dann die Jacke darunter und dann das Hemd. Er zerrte an den Knöpfen und riss mit seinen dreckigen Fingern ein Loch in das Hemd. Mit denselben hageren und dreckigen Fingern tastete er seinen Brustkorb ab. Drei, vier Finger hinunter, ein, zwei Finger links vom Brustbein. »Genau hier«, sagte er. Aus seiner Stimme klang frische Hoffnung. »Schau! Hier. Siehst du auch hin, Helen? Ich kratze mich jetzt hier, das ist die Markierung für dich. Kugel oder Schrotpatrone, es ist egal. Ich werde meine Augen zumachen. Ich halte die Mündung, du betätigst den Abzug. Entscheide dich, und dann zieh es durch, mit aller Kraft und ganz schnell.«

Er weinte, er flehte sie an. »Helen! Mach es! Tu mir diesen einzigen Gefallen. Das bist du mir schuldig. Ich habe euch damals in Frankreich das Leben gerettet. Das bist du mir *schuldig*, Helen. Hilf mir jetzt!«

~

Sie stieg aus dem Bett und zog die Vorhänge zur Seite. Sie ging ins Wohnzimmer. Wie viel Uhr war es? Kurz nach vier. Die Sonne war schon fast untergegangen, und die Dächer zeichneten gegen den Himmel eine unregelmäßige Linie. Verschattetes Tageslicht auf den alten Satteldächern, Schnee auf Strohdächern und Zedern. Rauch, der von David Chandlers Schornstein senkrecht aufstieg. Kein Wind. Kein Schneefall. Sie ging zurück ins Schlafzimmer und zog die Vorhänge wieder vor. Sie glitt barfuß in die schönen Schuhe, die er für sie angefertigt hatte. Im Dämmerlicht setzte sie sich aufs Bett und lehnte sich für einen Augenblick zurück. Sie verbarg ihr Gesicht in den Händen. *Wie kann man mit so etwas leben? Es aussprechen? Wie?*

Später ging sie in die Küche. Sie setzte sich auf den Stuhl und betrachtete diese wunderschönen Schuhe mit dem Renaissance-Absatz an ihren Füßen. Edles Leder, perfekte Nähte. Ein Muster dort auf der Seite.

Sie holte den Rest des Eintopfs aus dem Vorratsschrank und aß ihn mit den Fingern. Mit drei Fingern formte sie kalte Brocken und stopfte sie in den Mund, wo sie sich auflösten und hinunterglitten. *Danke, Gott. Bitte, vergib mir.*

Marie-Tatin, das junge Küchenmädchen mit den roten Locken und den vielen Sommersprossen, entdeckte sie. Sie war am Tisch eingeschlafen, ihre Wange lag auf der Armbeuge.

»Ma'am!«, rief Marie-Tatin. »Mein Gott, Ma'am!«

Flink stellte sie das Tablett mit dem Abendessen ab und trat näher. Sie half ihr dabei, sich aufzurichten, und war ihr dann auch noch beim Aufstehen behilflich.

»Ma'am, wir gehen jetzt ins Bett. Wollen Sie später essen? Was müssen Sie heute nur für einen Tag gehabt haben. Kommen Sie.«

Siebenundzwanzig

Am Morgen begann der ehrenwerte Richter Sir James F. Whitmore die Gerichtsverhandlung damit, dass er Verteidigung und Staatsanwaltschaft daran erinnerte, dass der Prozess noch am selben Tag abgeschlossen werden musste. Er sagte: »Mrs. Tancock, wir kennen jetzt die Situation, ich möchte Sie also bitten, die neue Beweislage zu erläutern, auf der die Wiederaufnahme dieses Prozesses beruht. Bitte.«

Die Staatsanwältin erhob sich von ihrem Stuhl und hielt einige Blätter Papier hoch. »Euer Ehren«, sagte sie. »Ich habe hier Abschriften von einem Arztbericht sowie die eidesstattliche Erklärung von einem gewissen Mr. Tom Cutter. Beide Beweismittel wurden auch bei der letzten Verhandlung präsentiert, doch die Staatsanwaltschaft geht davon aus, dass gewisse wichtige Punkte, die damals verworfen wurden, nun in einem neuen Licht betrachtet werden müssen. Im Verlauf meiner Befragung sowie bei der Vorlage von Beweisen werde ich einige Aspekte miteinander verknüpfen, um die Anklage Mord mit Vorsatz zu begründen.«

»Fahren Sie fort, Mrs. Tancock.«

»Euer Ehren, Mr. Cutter ist Trapper. Er hat damals im Dezember am frühen Morgen seine Fallen kontrolliert, da bemerkte er, so seine eigenen Worte, ›ein paar Hunde oder Kojoten ganz in der Nähe‹. Einer der Hunde stürmte ihm entgegen, und er hätte ihn beinahe erschossen, als ihm auffiel, dass er ein Geschirr trug. Der Hund lief bellend auf ihn zu und drehte dann um in nördliche Richtung. Dann blieb er stehen und bellte und beobachtete Mr. Cutter. Als ihm der Mann nicht gleich folgte, kam er zurück. In Mr. Cutters Worten: ›Ich kenne mich mit Hunden aus, und der Kerl hat versucht, mir etwas zu sagen und mich irgendwo hinzuführen …‹

Da der Hund ein Geschirr trug, folgte Mr. Cutter ihm schließlich, und am späten Nachmittag hatte der Hund Mr. Cutter zu dem Zelt geführt, in dem er Mrs. Giroux und Mr. Homewood fand. Ich werde nun die wichtigsten Sätze seiner Zeugenaussage verlesen. Er sagte: ›Ich habe die Frau gefunden, sie lag zur Hälfte unter einem Schlafsack, in eine Ecke gerollt. Ich dachte, sie sei tot. Der Mann befand sich auf einer Art Schneesitz, ganz offensichtlich tot. Sein rechtes Bein steckte in einer Bärenfalle, und außerdem hatte man ihm aus nächster Nähe in den Brustkorb geschossen. Alles war voller Blut. Ich bin auf die Knie gegangen und habe die Frau berührt. Sie war nicht kalt, also habe ich sie geschüttelt, und sie hat sich ein wenig bewegt. Als sie mich sah, hat sie geblinzelt und sich eine Hand vors Gesicht gehalten. Ich habe mich nach einem Gewehr umgesehen, aber in dem Zelt habe ich keines gefunden. In der Nähe stand ein Schlitten, ein Templeton 6. Das ist ein Frachtschlitten mit besonders breiten Kufen. Es waren keine Hunde in der Nähe, aber die Leinen hingen noch am Schlitten. Auf dem Schlitten lag Schnee, außerdem ein großer halbrunder Gegenstand. Als ich Schnee und Eis an einer Stelle weggeschoben hatte, sah ich, dass es ein riesiges Fossil war. Sonst befand sich fast nichts auf der Ladefläche. In der Nähe des Schlittens bin ich über ein Gewehr gestolpert, es lag dort im Schnee. Als ich es aufhob, habe ich gesehen, dass alle drei Läufe geladen waren. Ich habe es gesichert und in der Kiste auf meinem Schlitten verstaut. Ich habe aus meinen Vorräten Essen zubereitet und habe der Frau eine warme Brühe zum Aufwärmen gegeben. Ich habe den fremden Hund in meinem Gespann angeleint, und dann habe ich die Frau zu meinem Schlitten getragen. Ich habe sie zugedeckt und festgebunden, dann bin ich mit ihr nach Silverdale gefahren, das liegt von dort aus vier Stunden nach Osten. Es war zwar schon Nacht, aber mit dem Schnee ist es da oben niemals völlig dunkel, und ich kenne mich in der Gegend ziemlich gut aus. In Silverdale gibt es ein Krankenhaus, ich habe sie dahin gebracht, und dann bin ich zur Polizeistation gegangen und habe dort alles erzählt. Die Polizisten haben das Gewehr behalten. Sie haben am nächsten Morgen eine Expedition zu der Stelle organisiert, und ich habe sie als Führer begleitet.‹«

Die Staatsanwältin hielt die Papiere hoch und sagte: »Das ist die Aussage des ersten Zeugen am Tatort. *Prima facie*, Euer Ehren. Ich habe nun einige Fragen an Mrs. Giroux.«

Für einen Moment herrschte eine angespannte Stille in der Markthalle, die Anwesenden schienen sich jeden Atemzug und jede Regung zu versagen. Dann erhellte ein Blitzlicht den Raum, furchtbar grell und furchtbar laut, und der Richter kniff die Augen zusammen und knallte den Richterhammer auf den Tisch. »Dieser Fotograf ... Halt, warten Sie einen Moment. Gerichtsdiener, sorgen Sie umgehend dafür, dass aus diesem Gerichtssaal alle Kameras und sonstigen Dinge entfernt werden, die irgendwelchen Aufzeichnungszwecken dienen. Ab sofort wird es keine Fotos und keine Aufnahmen mehr geben. Sorgen Sie dafür, Gerichtsdiener. Und wenn Sie schon einmal dabei sind, lassen Sie auch gleich diese verfluchte Lampe entfernen. Sergeant! Aufseherin! Seien Sie dem Gerichtsdiener behilflich, und wenn die Kerle mit ihren Kameras Ihnen irgendeinen Ärger bereiten, dann werfen Sie sie ins Gefängnis. Wir bleiben jetzt hier so lange sitzen und warten.«

Es entstanden Aufruhr und stumme Proteste, doch in wenigen Minuten war alles vorbei, und danach drang nur noch sanftes Licht in die Halle, von den Fenstern an der Westseite und von den Glühbirnen in den Lampenschirmen aus Emaille. Draußen schneite es wieder.

»Also«, sagte der Richter. »Fahren Sie fort, Mrs. Tancock.«

Die Staatsanwältin erhob sich und sah zu ihr hinüber. »Mrs. Giroux, sind Sie und Mr. Homewood ein Liebespaar gewesen?«

»Nein. Wir sind Geschäftspartner gewesen, die gemeinsame Reisen unternommen haben, und wir waren alte Freunde. Mr. Homewood war Antikenhändler, er hatte eine Agentur für die Vermittlung von Museumsexponaten, und er hat mich engagiert, vor allem wegen meiner Sprachkenntnisse. Ich habe ihn bei seiner Arbeit unterstützt.«

»Sie haben ihn unterstützt. Sind Sie auch intim gewesen, Mrs. Giroux? Ich glaube, diese Frage wurde bei der letzten Verhandlung nicht gestellt, und, Euer Ehren, wie wir gleich sehen werden, ich habe meine Gründe, sie diesmal zu stellen.«

Hélène sah zu Mr. Quormby, doch der zuckte nur die Schultern und hob die Hände.

»Intim?«

»Mrs. Giroux, haben Sie mit diesem Mann eine sexuelle Beziehung unterhalten? Das ist die Frage, schlicht und ergreifend.«

»Nein, das habe ich nicht.«

»Nacht für Nacht in einem Zelt. All die Reisen in einem Team aus Mann und Frau, und Sie sind niemals intim geworden?«

»Nein, niemals. Wir sind Freunde gewesen. Es gibt gute Freundschaften, die durch eine sexuelle Beziehung nur zerstört werden. Wir haben uns vor Jahren in Frankreich kennengelernt, er stand mit meiner Mutter in geschäftlicher Beziehung. Über die Zeit ist daraus eine Beziehung voller Respekt und Zuneigung entstanden.«

»Als reine Freunde?«

»Ja.«

»Schließt eine Freundschaft eine sexuelle Beziehung aus?«

Mr. Quormby erhob sich und sagte: »Einspruch, Euer Ehren. Würde meine geschätzte Freundin bitte an dem Punkt fortfahren. Ihre Frage wurde bereits negativ beantwortet. Und zwar mehr als einmal.«

»Ja«, sagte der Richter. »Fahren Sie fort, Mrs. Tancock.«

»Das werde ich tun, Euer Ehren. Mrs. Giroux, was wollten Sie eigentlich den Hunden zu fressen geben, nachdem Ihnen das Fleisch ausgegangen war?«

»Ich hatte für den Fall keinen Plan. Ich stand unter Schock. Ich habe mir Sorgen um Nathans Wunde gemacht.«

»Davon gehe ich aus. Aber entspricht es nicht der Wahrheit, dass sie auch Mitleid mit den Hunden hatten? Sie haben uns berichtet, wie Sie gelernt hatten, die Hunde zu verstehen und mit ihnen umzugehen, und plötzlich hatten Sie nichts mehr für sie zu fressen? Sie wären vor Hunger gestorben, also haben Sie sie freigelassen. Das entspricht doch den Tatsachen, oder? Wir wissen, dass zumindest einer der Hunde noch sein Geschirr am Leib hatte. Mrs. Giroux, würden Sie bitte aufstehen?«

Sie erhob sich, und dann stand sie einen Moment an der Stelle, die mit dem *X* markiert war. Sie schloss die Augen und holte tief Luft. Sie öffnete die Augen und sagte: »Ja, ich habe sie freigelassen.«

»Aha. Danke. Also, Sie haben die Hunde freigelassen! Das steht fest, und damit haben Sie Ihr eigenes Schicksal besiegelt. Sie haben gewusst, dass Sie nun nicht mehr in der Lage waren, von jenem Ort wegzukommen, und das haben Sie in Kauf genommen. Oder? Entspricht es nicht ebenso der Wahrheit, dass Sie, nach den vielen schlimmen Tagen oder Wochen in dem Zelt ... Zumindest ist hier stets von einem Zelt die Rede, dabei war das doch eigentlich nur eine Art Höhle unter einer Zeltplane, die von Stöcken gehalten wurde … Also, entspricht es nicht ebenso der Wahrheit, dass Sie und Mr. Homewood, nach all den hoffnungslosen Tagen des Leidens und bevor Sie die Hunde freiließen, einen Pakt über einen erweiterten Suizid geschlossen haben, Mrs. Giroux? Sie sollten ihn töten und sich danach selbst das Leben nehmen. Ist nicht das die Wahrheit?«

»Nein, das ist es nicht.«

»Nicht?«

»Nein.«

»Sehr gut. Euer Ehren, nun möchte ich meinen zweiten Zeugen hinzuziehen. Würde der Gerichtsdiener bitte Mr. Christian-Jones hereinführen und ihn zu diesem Tisch bringen.«

Der Gerichtsdiener führte den Mann herein, einen blonden Mittvierziger, der ein englisches Jagdjackett trug. Der Zeuge wurde vereidigt, und dann fragte die Staatsanwältin: »Mr. Christian-Jones, was sind Sie von Beruf?«

»Schaftmacher, Ma'am. Und Waffenschmied.«

»Womit befasst sich ein Schaftmacher?«

»Wir arbeiten mit Waffen, vor allem mit Gewehren, wir passen sie an. Wir formen den Schaft eigens für den Schützen, damit das Gewehr perfekt zu ihm passt.«

»Kennen Sie sich auch mit Gewehrschlössern und mit Gewehrläufen aus?«

»Ja, das würde ich schon sagen, Ma'am. Ich habe einen Meisterbrief von der britischen Zunft der Waffenschmiede.«

»Danke. Würden Sie sich bitte das Gewehr hier auf dem Tisch genau ansehen und uns etwas dazu sagen?«

Der Waffenschmied nahm das Gewehr in die Hand, er öffnete es und vergewisserte sich, dass es nicht geladen war. Er hielt es hoch und blickte durch den Lauf zum Fenster, er drehte es zum Licht, um sich das Gehäuse und die Läufe genauer zu betrachten.

»Sehr gutes Gewehr, Ma'am. Sehr seltene Ausstattung, oben zwei Schrotläufe und darunter angeordnet ein Kugellauf. Englisches Fabrikat, von Bentley and Barnes. Ein Allround-Jagdgewehr mit zwei glatten Läufen für Schrotkartuschen und mit einem gezogenen Lauf für Projektile. Die Läufe sind für dieses Modell ziemlich lang. Ich schätze dreißig Inches. Wegen der beiden Schlösser ist so ein Gewehr die erste Wahl bei Expeditionen in die Kolonien.«

»Verstehe. Mr. Christian-Jones, könnte man mit diesem Gewehr einen Menschen töten?«

»Einen Menschen töten? Ja, natürlich. Die oberen Läufe sind für Schrotkartuschen Kaliber zwölf, und der gezogene Lauf ist für großkalibrige Projektile für Großwild. Diese Geschosse haben meist einen Rundkopf, sie sind aus reinem Blei, ohne Mantel, damit ist die Zerstörungskraft größer. Ein Schuss aus diesem Gewehr hat eine enorme Durchschlagskraft. Im Ziel, sagen wir in einem Körper aus Muskeln und Organen und Knochen, würde eine Bleikugel mit so viel Energie sofort alles zerstören. Die Verletzungen wären enorm. Deshalb nimmt man es für Großwild, Ma'am. Mit dem Teil könnten Sie einen Grizzly mit dem ersten Schuss umlegen. Und mit einem Schuss Kaliber zwölf aus nächster Nähe würde man einem Menschen auf der Stelle das Herz komplett herausreißen.«

»Verstehe«, sagte die Staatsanwältin. »Wenn man mit der Waffe aus allernächster Nähe auf den Körper eines Menschen schießt, würde die Kugel dann durchschlagen? Wie würde es dahinter aussehen?«

»Sie würde sofort durchschlagen, Ma'am. Sofort. Die Bleikugel würde als ein verformter Klumpen hinter dem Körper landen, vielleicht so groß wie eine Fingerkuppe. Ich habe auch schon gesehen, dass das Teil flach wie eine Münze ist, aber wenn das Geschoss zerspringt, dann finden Sie nur noch winzige Bleireste.«

»Danke, Mr. Christian-Jones. Nun, sagen Sie uns, könnte sich eine Person mit dem Gewehr selbst töten?«

Wieder herrschte in der Halle absolute Stille. Die Menschenmenge hinter der Absperrung war wie hypnotisiert, alle Blicke waren auf den Waffenschmied und das Gewehr in seinen Händen gerichtet.

Sie hatte wieder auf dem Stuhl Platz genommen. Sie saß da, mit geschlossenen Augen. Es war ihr gleichgültig, was die Leute darüber dachten. Sie saß einfach da, reglos, mit geschlossenen Augen, mit ihrer sorgfältig aufgesteckten Frisur. Sie trug das dunkelgraue, fast faltenlose Wollkleid und Seidenstrümpfe. An den Füßen wieder die schönen neuen Straßenschuhe, die David Chandler für sie angefertigt hatte.

Wie sie so in Gedanken versunken dasaß, nahm sie nicht wahr, was der Waffenschmied machte. Mildred erzählte ihr später, dass er Nathans Gewehr mit beiden Händen hochhielt und sich zu der Staatsanwältin umdrehte.

»Sich selbst töten, Ma'am? Geht es darum? Wie ein Mensch das zustande bringt?«

»Ja, Mr. Christian-Jones. Darum geht es. Bitte fahren Sie fort. Wir haben nicht den ganzen Tag Zeit.«

»Gut, Ma'am. Das wäre keine einfache Sache. Ein Lauf von dreißig Inches, und dann noch die Länge dieses Schaftes. Ich kenne niemanden, dessen Arme so lang wären, dass er eine solche Langwaffe halten und dann noch die Mündung an seinen Kopf, seinen Mund oder seinen Brustkorb pressen kann und dann auch noch an den Abzug kommt.«

Er machte es vor. Er hielt die Gewehrmündung vor sein Gesicht, er streckte seinen Zeigefinger, doch den Abzug konnte er nicht erreichen. Er stellte das Gewehr mit dem Ende auf den Fußboden und sagte: »Wenn man verzweifelt genug ist, dann fällt einem schon etwas ein. Ich habe von Leuten gehört, die haben den Abzug mit einem Stöckchen ausgelöst. Aber meistens benutzen sie ihren nackten Fuß.«

Er neigte seine Stirn zur Gewehrmündung und hob seinen rechten Fuß an.

»Mit der großen Zehe, Ma'am«, sagte er. »Mit der nackten großen Zehe auf dem Abzugsbügel. So könnte man es machen.«

»Danke, Mr. Christian-Jones. Ich habe keine weiteren Fragen, Euer Ehren.«

Der Richter blickte von der Vorführung auf und schüttelte den Kopf, so als wolle er einen unerwünschten Gedanken vertreiben. Er beobachtete sie, wie sie mit geschlossenen Augen dasaß. Er lehnte sich zurück und sagte: »Sie können nun den Zeugen befragen, Mr. Quormby.«

Mr. Quormby erhob sich. Der Mann, der sonst Ruhe und Zuversicht ausstrahlte, wirkte nun verwirrt und besorgt. Er stand da und überlegte, was er sagen sollte ...

Das konnte man regelrecht spüren, berichtete Mildred später. Dann sagte er dem Richter, er habe keine weiteren Fragen an den Zeugen. »Nicht jetzt«, sagte er. »Vielleicht später, Eurer Ehren.«

Der Waffenschmied wurde von dem Gerichtsdiener aus der Markthalle geleitet, und der Richter sah eine gute Weile zu den Geschworenen, dann nickte er der Staatsanwältin zu und bat sie fortzufahren.

Die Staatsanwältin erhob sich. Sie lächelte.

»Die Angeklagte scheint zu schlafen«, sagte sie. »Würde Sie so freundlich sein, Ihre Augen aufzumachen und zuzuhören?«

Hélène gehorchte, und die Staatsanwältin sagte: »Danke, Mrs. Giroux. Euer Ehren, im Hinblick auf die neuen Beweise für eine Mordanklage bitte ich die Angeklagte, ihren rechten Schuh und auch den Strumpf auszuziehen.«

Sie wartete, dann sagte sie noch: »Mrs. Giroux, würden Sie der Aufforderung bitte jetzt Folge leisten. Danach stehen Sie auf und heben den Saum von Ihrem Kleid so an, dass dieses Gericht Ihren entblößten rechten Fuß vollständig zu sehen bekommt.«

Achtundzwanzig

Sie hatte ihm nie erzählt, dass sie die Hunde freigelassen hatte. Sie war aus dem Zelt getaumelt, um sich zu den Hunden zu begeben. Die Hunde krochen aus ihren Schneelöchern und leckten ihr die Hand, sie waren hungrig, doch es gab nichts mehr. Sie hatte sogar noch ein paar der Wirbel von dem Dinosaurierschädel abgeschlagen und den Hunden zum Fressen vorgesetzt. Wie realitätsfremd sie damals war, als sie meinte, Hunde würden einen achtzig Millionen Jahre alten Knochen als Futter akzeptieren. Sie hatte beobachtet, wie sie daran schnüffelten, als wäre es irgendein Stein, und wie sie dann wieder zu ihr aufsahen.

Als sie die Hunde von den Geschirrleinen befreite, schüttelten sie sich und liefen einige Schritte weg. Dann blieben sie stehen und sahen sie an. Sie hoben die Nasen und versuchten, Witterung aufzunehmen. Und als sie die Hunde mit den Armen wegscheuchte, verschwanden sie. Nur Jack nicht. Der Hund blieb stehen und blickte sie an, er sprang fort, als wolle er spielen, und kehrte zu ihr zurück.

»Lauf!«, rief sie ihm zu. »Lauf, Jack. Los, fort mit dir. Bitte!« Sie versuchte, ihn in die Richtung der anderen Hunde zu scheuchen, die nur noch als dunkle Punkte in der Ferne zu sehen waren. »Jack«, sagte sie und kniete sich nieder. »Schau mich nicht so an.«

Sie griff mit beiden Händen hinter seine Ohren und hielt seinen Kopf fest. Er versuchte sich zu lösen, doch sie ließ nicht los. Sie hielt ihre Nase ganz nah an seine Schnauze und sagte: »Jack, bitte geh jetzt. Lauf!«

Sie richtete sich auf und trieb ihn noch einmal weg. Da sah er sie ein letztes Mal an, so als wolle er sich vergewissern, und dann stürmte er davon.

Im Zelt atmete Nathan noch, doch sein Gesicht war eine verzerrte Grimasse, als hätte man es mit Stahlhaken auseinandergerissen. Sein Bein roch nach Fäulnis, und der Gestank war drückend und feucht, wie Nebel. Sie hatten den letzten Proviant von dem *Long-Trail*-Vorrat gegessen, Reis, den sie mit dem letzten Suppenwürfel gekocht hatte.

Er wachte auf und bewegte sein Lippen, er sagte: »Wasser.«

Er sah sie an und sagte: »Helen, du bist noch da. Dachte, du bist weg.«

Sie hielt den Becher an seinen Mund. Seine Lippen sahen aus, als hätte man sie vor langer Zeit mit einem stumpfen Messer zerschnitten und sie wären nie verheilt.

»Trink!«, sagte sie. Er versuchte es, doch das meiste Wasser rann ihm das Kinn hinunter.

Sie sah zum Zelt hinaus, und da war nichts. Keine Zukunft, keine Vergangenheit, nur eine ewige Leere. Schnee und Eisnebel und das Ende eines weiteren Tages vor einer weiteren entsetzlichen Nacht.

Er wurde wieder ohnmächtig. Sie setzte sich und griff nach dem Gewehr. Es war so schwer, dass sie es kaum heben konnte. Sie zog ein Knie an und stützte das Gewehr darauf, dann lehnte sie sich zurück und presste den Gewehrschaft gegen ihre Schulter. Sie wünschte, sie wäre tot.

Seine Kleidung war über die Stelle gerutscht, die er auf seiner Brust markiert hatte. Sie legte das Gewehr ab und kroch vor, mit beiden Händen schob sie den Parka und die Stoffschichten zur Seite, bis der Kratzer auf seiner bleichen Haut zu sehen war.

Sie kroch zurück, dann setzte sie sich und hob das Gewehr

wieder auf. Sie löste die Sicherung und kippte den Lauf, sie wollte sichergehen, dass er mit einer Kugel geladen war. Das war der Fall. Sie schaltete auf den unteren Lauf um, dann zog sie ihr Knie heran und stützte das Gewehr darauf. Langsam schob sie sich vorwärts, bis die Gewehrmündung die Markierung über seinem Herzen berührte.

Sie schloss die Augen und betätigte den Abzug. Der Rückstoß warf sie um, es hämmerte in ihren Ohren, und mit noch immer geschlossenen Augen ließ sie das Gewehr fallen. Sie tastete den Boden nach ihrem Schlafsack ab und deckte sich mit ihm zu.

Bitte, Gott, sagte sie in die Dunkelheit hinein.

~

Nun stand sie neben dem Stuhl, und alle starrten auf ihren nackten Fuß. Alle, außer den Menschen, die sich wahrscheinlich um sie sorgten. Mildred, die in der ersten Reihe saß, und Father William und David Chandler in ihrer Nähe schauten ihr ins Gesicht. Ebenso wie Mona, die junge Angestellte aus der Gießerei, die sich die Hand vor den Mund hielt. Und Mr. Quormby. Sogar der gestrenge ehrenwerte Sir James F. Whitmore hatte nur einen kurzen Blick auf ihren Fuß geworfen und sah ihr nun in die Augen.

Doch die Bühne gehörte der Staatsanwältin, und diese genoss sichtlich ihren Auftritt und deutete mit dem Zeigefinger auf Hélène.

»Mrs. Giroux«, sagte sie mit gespielter Überraschung. »Was ist denn mit Ihren Zehen passiert? Wie haben Sie die verloren?«

Sie sah hinab und hob den Kleidersaum bis zum Knie, dann trat sie einen Schritt zurück. Sie setzte sich auf den Stuhl und zog den Strumpf an. Sie stand auf und drehte sich zur Wand, zog den Strumpf wieder ganz hoch und straffte den Rand. Sie klickte die beiden Strumpfhalter ein und zog den Rocksaum hinunter.

»Mrs. Giroux«, sagte die Staatsanwältin. »Ich habe Ihnen eine Frage gestellt.«

Sie ignorierte die Aufforderung und glitt in den Schuh. Dann setzte sie sich, um ihn zuzubinden.

»Euer Ehren«, sagte die Staatsanwältin. »Sollen wir die Angeklagte an die Bedeutung des Begriffs *Missachtung des Gerichts* erinnern?«

Doch der Richter winkte ab.

»Sie sind nicht das Gericht, Mrs. Tancock. Das bin ich. Lassen Sie sie den Schuh in Ruhe anziehen.«

Als sie fertig war, sah sie zu Mr. Quormby, der seine Hände weit öffnete und nickte, so als wolle er sagen: *Es ist an der Zeit*.

Die Staatsanwältin sagte: »Mrs. Giroux. Ich habe hier den Arztbericht aus dem Krankenhaus in Silverdale. Hier steht, dass die drei äußeren Zehen Ihres rechten Fußes wegen Nekrose aufgrund einer akuten Erfrierung amputiert werden mussten. Wie ist es dazu gekommen?«

»Es ist dazu gekommen, weil ich meinen Schuh und meinen Strumpf ausgezogen hatte, um den Abzug des Gewehrs betätigen zu können. Genauso wie es Ihnen der Waffenschmied beschrieben hat. Ich habe ihm zugehört.«

»›Um den Abzug des Gewehrs betätigen zu können‹. Einen Moment, Mrs. Giroux. Wollen Sie uns damit sagen, dass Sie sich *tatsächlich* selbst töten wollten? Nachdem Sie die Hunde freigelassen und Mr. Homewood erschossen hatten, wollten Sie sich auch noch selbst etwas antun?«

»Ja«, sagte sie. »Das wollte ich.«

»*Sie wollten das!* Also haben Sie ihn erschossen. Ist das richtig?«

»Ja, das ist richtig.«

»Zu Beginn dieser Gerichtsverhandlung hat man Sie gefragt, worauf Sie bei der Anklage Mord mit Vorsatz plädieren, und Sie sagten ›nicht schuldig‹. Haben Sie inzwischen Ihre Meinung geändert? Bitte sprechen Sie laut und deutlich und wiederholen Sie für das Protokoll, was Sie gerade gesagt haben. Dass Sie versucht haben, sich selbst zu töten, nachdem Sie Mr. Nathan Homewood erschossen hatten. Gestehen Sie uns nun, dass Sie den Mann ermordet haben?«

»Nein. Ihm beim Sterben zu helfen war das Schwerste, was ich je getan habe. Es war ein Akt der Barmherzigkeit.«

»Ein Akt der *Barmherzigkeit?* Hört, hört! Halten Sie uns gerade zum Besten, Madam? ›Das Schwerste‹, was Sie je getan haben. Liegt das vielleicht daran, dass Sie mit dem Mann einen Liebespakt geschlossen hatten, einen Pakt über einen erweiterten Suizid?«

»Nein. Wir haben so viel zusammen durchgemacht, und ich habe ihn so gut kennengelernt, also habe ich ihn auf eine gewisse Weise geliebt, aber nicht auf diese einfache Art, die Sie andeuten.«

»Was auch immer das bedeuten mag«, sagte die Staatsanwältin. Sie stand da und kostete den Moment voll aus. »Gut, danke. Euer Ehren, bei der vorherigen Gerichtsverhandlung in Edmonton war das Gewehr als Beweismittel nicht zugelassen, weil es außerhalb des Zeltes gefunden wurde und weil sowohl der Trapper als auch die Polizisten es berührt hatten. Weil alle drei Läufe geladen waren und weil keine Kugel gefunden wurde, konnte nicht bewiesen werden, dass es dieses Gewehr war, mit dem der Mörder geschossen hatte. Zudem wurde die Verletzung der Angeklagten nicht in Zusammenhang mit einem Selbstmordversuch betrachtet. Außerdem war das Erinnerungsvermögen der Angeklagten beeinträchtigt, und man ging davon aus, dass sie nicht im Vollbesitz ihrer geistigen Kräfte war. Euer Ehren, die Staatsanwaltschaft plädiert dafür, die heutigen Zeugenaussagen und das Geständnis der Angeklagten als Beweis für ihre Schuld an dem vorsätzlichen Mord zu bewerten. Später habe ich vermutlich noch weitere Fragen an sie, jedoch nicht jetzt.«

Der Richter hatte sich eine Hand wie eine Muschel an das Ohr gehalten. Nun zog er die Hand zurück, drehte sich um und sah zum Fenster hinaus. Die Leute folgten seinem Blick, sie wollten erkennen, was seine Aufmerksamkeit beanspruchte, doch es gab nichts zu sehen. Die trüben Fensterscheiben aus Industrieglas waren mit altem Maschendraht geschützt, und da es wieder schneite, konnte man nur den rostigen Draht erkennen sowie die Schneeflocken, die sich sanft auf dem Drahtgeflecht niederließen.

Schließlich drehte sich der Richter wieder um und machte eine Handbewegung. Er sagte: »Mr. Quormby, Ihre Fragen.«

Mr. Quormby erhob sich und sagte: »Mrs. Giroux, Sie haben uns gesagt, dass Sie die Absicht hatten, sich selbst zu töten. Aber Sie weilen heute hier unter uns. Was ist passiert?«

»Ich habe es versucht«, sagte sie. »Ich wusste, dass der eine Lauf leer war, aber in den anderen Läufen steckten noch zwei Patronen. Ich hab meine Stirn gegen die Mündung gepresst und mit meinem nackten Zeh den zweiten Abzug gedrückt, aber der hat nicht funktioniert. Dann ist mir die Sicherung wieder eingefallen, und ich habe hin und her geschaltet, und dann habe ich den Verschluss geöffnet und wieder geschlossen. Ich habe es wieder versucht, aber das Gewehr gab keinen Schuss ab. Ich habe es zu dem Schlitten geschleppt und dort nach Kugeln gesucht und auch welche gefunden. Ich habe eine in die Kammer gesteckt und das Gewehr wieder geschlossen. Ich habe neben dem Schlitten im Schnee gestanden, aber als ich versucht habe, meinen Fuß zu heben, um mit meinem Zeh an den Abzug zu kommen, habe ich das nicht geschafft. Es war so, als würde eine andere Macht meinen Fuß festhalten und es nicht zulassen. Und als ich dann so dastand, war es, als könnte ich mich und mein ganzes bisheriges Leben sehen, das Zelt und den Schlitten und das Gewehr. Und in all dieser Einsamkeit schien mein Vorhaben so irrelevant und falsch. Der Schlitten mit einem Schädel, der achtzig Millionen Jahre alt ist, Mr. Quormby. Ohne einen einzigen weiteren Gedanken daran zu verschwenden, ließ ich das Gewehr fallen und ging von dem Schlitten weg. Überall gab es nur Schnee und Eis. Ich bin in das Zelt zurückgekrochen, und ich habe wohl unter Schock gestanden, und vielleicht war ich auch zu benommen von der Kälte, um mir den Schuh wieder anzuziehen. Ich habe Mr. Homewood angesprochen, doch er war tot. Ich habe mich für ihn gefreut. Ich hielt es für meine Pflicht, bei ihm zu bleiben und zu warten, bis uns jemand fand. Ich weiß jetzt, dass ich damals nicht mehr ganz bei mir gewesen bin. An vieles danach kann ich mich nicht mehr erinnern.«

»Sie haben sich für ihn gefreut.«

»Ja, das habe ich. Ich war erleichtert, weil ich den Mut aufgebracht hatte, ihm zu helfen. Sein Sterben war entsetzlich. Das ganze Bein war schwarz angelaufen. Sein Zahnfleisch und seine Zunge und seine Lippen waren schwarz und eingerissen, und sein Gesicht war von schwarzen Flecken übersät. Er hatte mich tagelang angefleht, ihm zu helfen, sein Leben zu beenden, und schließlich konnte ich es tun.«

Mr. Quormby wartete einen Moment, dann sagte er: »Gibt es noch etwas, was Sie dem Gericht sagen möchten?«

»Nein, eigentlich nicht. Was ich getan habe, war so schwer, dass ich darüber meinen Verstand verloren habe. Ich war noch einige Zeit danach nicht bei Sinnen. Sie haben die Berichte aus dem Krankenhaus und aus der Anstalt in Edmonton. Das war kein Mord, Mr. Quormby. Das weiß ich aus meinem tiefsten Herzen. Es war richtig. Es war ein unerträglicher Akt der Barmherzigkeit.«

Der ehrenwerte Sir James F. Whitmore fragte, ob es seitens der Staatsanwaltschaft oder Verteidigung noch Fragen gebe, und es gab keine. Die Staatsanwältin wandte sich als Erste an die Jury. »Sie hat ein Geständnis abgelegt«, erinnerte sie die Geschworenen, und dann gründete sie ihr Plädoyer auf diesem Umstand. Mr. Quormby war als Zweiter an der Reihe. Sein Plädoyer war sehr viel kürzer.

Danach schickte der Richter alle aus der Markthalle, außer die Geschworenen. Diese wies er an, sitzen zu bleiben und die Rechtsbelehrung abzuwarten. Die Leute verließen den Raum und starrten sie an, und die Staatsanwältin packte ihre Unterlagen zusammen und stolzierte von dannen.

Draußen wartete eine Horde Reporter und Fotografen. Sie riefen ihre Fragen und schossen Fotos. Die Aufseherin hielt sie am Ellbogen fest und führte sie an ihnen vorbei zum Polizeiwagen, doch Mr. Quormby blieb stehen und wandte sich an die Presse. Er berichtete, dass sich nun die Jury beriet und dass es bis zur Urteilsverkündung keine Neuigkeiten gebe.

Im Wagen setzte sich Mrs. Doren ans Steuer und Mr. Quormby nahm mit Hélène auf der Rückbank Platz. Einmal legte er kurz seine Hand auf ihre, dann nahm er sie wieder weg.

Es war inzwischen später Nachmittag, und in vielen Häusern brannten Lichter. Der Schneepflug hatte sich durch die Straße gearbeitet, aber nur eine Fahrbahn freigeräumt. Dabei hatte er die Schneemassen gegen die Autos geschoben, die an der Straße parkten.

Im Rückspiegel galt der Blick der Aufseherin ihr.

»Sie müssen in Ihrer Wohnung bleiben, Mrs. Giroux«, sagte sie. »Bis ich komme und Sie abhole, wann auch immer das sein mag. Mr. Quormby, Sie können bei ihr bleiben, aber sonst niemand. In Ordnung?«

Für die Beratung der Jury hatte man im Hotel die Zimmer 202 und 203 vorbereitet, deren Verbindungstüren weit geöffnet und einige Tische zusammengestellt. Mildred und Marie-Tatin trugen das Abendessen und einige Teekannen auf Tabletts herbei. Das Abendgericht war Wild in einer Pilzsauce mit Beilagen nach Wahl. Vor der Tür zum Beratungsraum der Geschworenen saß der Gerichtsdiener in seinem schwarzen Anzug und immer noch mit seiner Perücke auf dem Kopf. Er bestellte das Wildgericht mit Brotklößen sowie Erbsen aus dem Annapolis Valley. Er balancierte das Tablett auf seinem Schoß, schnitt zuerst das Fleisch vor, dann legte er das Messer ab und aß mit der Gabel. Beim Essen hörte er die Geräusche, die aus dem Raum drangen, das Klappern von Geschirr und Besteck, das allmählich nachließ, während er immer mehr Stimmen vernahm, von denen einige lauter waren, als sie seinem Gefühl nach sein sollten.

Marie-Tatin kam zu ihm und nahm ihm das Tablett wieder ab.

»Und, wie ist es da drin?«, fragte sie ihn. Sie stand da, unter dem Deckenlicht im Eingang, den Kopf von ihrem rotem Haar umrahmt, das Tablett gegen eine Hüfte gestemmt.

»Ziemlich gut, denke ich«, sagte er. »Gibt es noch Nachtisch?«

»Ja, natürlich. Sie können Pudding oder Aprikosenkompott haben. Was hätten Sie gern?«

»Was für Pudding?«

»Schokolade«, sagte sie und lächelte. »Mit richtiger Milch, nicht mit Milchpulver.«

»Dann Pudding«, sagte er.

»Worüber reden die da drinnen? Können Sie sie verstehen?«

»Das darf ich nicht. Mein Aufgabe besteht darin, dafür zu sorgen, dass die Tür zu ist und sie nicht herauskommen.«

Sie brachte ihm eine großzügige Portion Pudding, und während er aß, ließ er sie neben der Tür stehen und lauschen.

»Wer ist das?«, flüsterte sie.

»Ich kenne ihren Namen nicht. Sie ist die Sprecherin der Geschworenen. Alle haben nur eine Stimme, aber sie hat die Leitung.«

»Ach, sie. Mrs. Fitch. Die Postmeisterin von unten von der Küste.«

In dem Raum wurde gestritten. »Aber sie hat ihn getötet«, sagte eine Männerstimme. »Mausetot. Sie hat es selbst zugegeben. Eine Frau nimmt ein Gewehr in die Hand und schießt einen Mann tot, das ist doch Mord, oder? Zumindest wäre es das, wenn es umgekehrt wäre. Da gibt es doch nicht mehr viel zu bequatschen und rumzudiskutieren, oder?«

Man konnte die Sprecherin der Geschworenen sagen hören: »Bitte, Mr. Dunsmore. Wir müssen langsam und bedächtig vorgehen. Nimmt bitte jemand das Strafgesetzbuch zur Hand und liest uns noch einmal Paragraph achtzehn vor …«

Der Gerichtsdiener fuhr mit seinem Finger durch die Puddingschale und leckte ihn ab. Er legte den Löffel in die Schale zurück und hielt sie hoch, damit Marie-Tatin sie an sich nahm.

»Hier. Sie sollten jetzt besser gehen. Wäre nicht gut, wenn Sie jemand hier sehen würde, beim Lauschen.«

Die Beratung der Jury zog sich an dem Abend bis fast neun Uhr hin. Dann erklärte die Sprecherin der Geschworenen, dass sie in einer Sackgasse feststeckten, und berief sich auf ihre Option, den Richter als Berater hinzuzuziehen.

Der Richter hatte sich solange in seinem Zimmer aufgehalten. Er war die Prozessakten durchgegangen, er hatte gedöst und war dazwischen wach gewesen. Er hatte Mildred gebeten, ihm eine Kanne Kaffee zuzubereiten, die er zur Gänze leerte. Während seiner Wartezeit war er zweimal zur Toilette gegangen.

Als der Gerichtsdiener klopfte, sagte der Richter: »Herein.« Dann hörte er sich an, was der Mann vorbrachte. Er seufzte, er legte seine Robe an, setzte seine Gerichtsperücke auf, zog seine schwarzen Schnallenschuhe an und folgte dem Gerichtsdiener die Treppe hinauf.

Mildred konnte sie von unten hören, und sie schickte Marie-Tatin zu Father William und David Chandler in den Speisesaal, um ihnen zu berichten. Die beiden Männer eilten herbei, und dann gingen sie zu viert die Treppe hinauf und stellten sich neben die Tür zu dem Raum, in dem die Jury tagte. Der Gerichtsdiener machte den Mund auf, er wollte sie daran hindern, doch beim Anblick von Father William in seinem Talar änderte er seine Meinung.

»Was ist denn mit Ihnen los?«, hörten sie den Richter fragen, der sich nicht einmal bemühte, leise zu sprechen. »Wo ist das Problem? Haben Sie meiner Rechtsbelehrung nicht zugehört? Welche Alternativen stehen Ihnen zur Verfügung? Welche Überlegungen können Sie anstellen? Bitte, ergreife jemand das Wort.«

Die Stimme der Sprecherin sagte: »Die Anklage lautet auf Mord mit Vorsatz.«

»Genau. Also? Sie müssen sich selbst fragen, ist die Angeklagte eines Mordes mit Vorsatz schuldig, ja oder nein? Wenn Sie finden, dass sie es nicht ist, dann machen Sie weiter. Madam, bitte lesen Sie mir die gesetzliche Definition von Mord mit Vorsatz vor.«

Dann hörten sie, dass Mrs. Fitch sich räusperte und sich durch einen komplizierten Gesetzestext mühte.

»Halt«, sagte der Richter. »Wiederholen Sie diesen Satz.«

»Welchen?«

»Madam«, rief der Richter. »Schläft hier jemand? Den, den Sie gerade vorgelesen haben ... muss als Tatbestandsmerkmal einen niedrigen Beweggrund aufweisen, so gering auch immer dieser ausgeprägt sein mag ... Denken Sie darüber nach. Lassen Sie sich diesen Begriff auf der Zunge zergehen. Wenden Sie diese Definition auf den vorliegenden Fall an, und tun Sie Ihre Arbeit. Wenn Sie die Angeklagte für den Tatbestand Mord mit Vorsatz nicht für schuldig befinden, wie steht es um die weniger schwerwiegenden Anklagepunkte? Sie hatten jetzt fast vier Stunden, um sich zu beraten. Ich hole mir jetzt diesen Stuhl in die Ecke da hinten und werde mich dorthin setzen und in zwanzig Minuten auf meine Uhr sehen. Machen Sie sich an die Arbeit, und kommen Sie zu Ihrem Urteilsspruch.«

Gegen Viertel vor zehn wurden an dem Abend die Lampen in der Markthalle der landwirtschaftlichen Genossenschaft wieder eingeschaltet, und als die Leute das bemerkten, kamen sie von überallher und klopften sich den Schnee von den Stiefeln und gingen in die Halle hinter das Absperrseil. Der Gerichtsschreiber kam mit seinen Papieren und mit seinem Füllhalter und setzte sich an seinen Tisch, und dann stolzierte durch eine Seitentür die Staatsanwältin herein, gefolgt von der Aufseherin und Hélène und Mr. Quormby. Sie nahmen alle ihre Plätze wieder ein, und der Gerichtsdiener forderte sie auf: »Aufstehen, alle aufstehen!«

Dann hielt der ehrenwerte Sir James F. Whitmore seinen Einzug, in seiner langen schwarzen Robe und mit seiner langen Gerichtsperücke. Die Prozessakten trug er unter dem Arm.

Er setzte sich auf den Stuhl hinter seinem Tisch und sagte: »Gerichtsdiener, fahren Sie fort.« Der Gerichtsdiener in seinem schwarzen Anzug und mit seiner kurzen Perücke stand sehr aufrecht da und erklärte die Gerichtsverhandlung für eröffnet. Er sagte: »Die Angeklagte bleibt stehen, Staatsanwaltschaft und Verteidigung mögen Platz nehmen.«

Als alle wieder ruhig waren, sagte der Richter: »Bringen Sie die Jury herein.« Der Gerichtsdiener ging zu der Seitentür und öffnete sie.

Von den Gemüsekisten drangen Geräusche herüber, und dann hielten die zwölf Männer und Frauen feierlichen Einzug, die Hände hinter dem Rücken, an der Spitze Mrs. Fitch, die Postmeisterin, gefolgt von den anderen. Auf dem Weg zu ihren Stühlen gingen sie am Richtertisch vorbei, dann setzten sie sich. Sie rührten sich nicht, und einige Sekunden lang verstummte alles in dieser Winternacht, drinnen und draußen.

Dann fragte der Richter: »Madam, hat die Jury eine Entscheidung gefällt?«

Mrs. Fitch hielt ein Blatt Papier in der Hand, dann stützte sie sich auf den Armlehnen ihres Stuhls ab und erhob sich. Sie war sehr blass. Alle konnten sehen, dass sie schluckte, schließlich sagte sie: »Ja, das haben wir, Euer Ehren.«

»Wie lautet ihr Urteil zum Anklagepunkt Mord mit Vorsatz?«

Mrs. Fitch sagte: »Wir halten die Angeklagte für nicht schuldig, Euer Ehren. Aber ...«

Aus dem gesamten Publikum drangen Geräusche, lautes

Seufzen oder hörbares Ausatmen, dann rief der Richter: »Ruhe! Entweder sind jetzt alle ruhig oder ich lasse die Halle räumen.« Er wandte sich den Geschworenen zu und sagte: »Bitte fahren Sie fort, Madam.«

Mrs. Fitch sah auf das Blatt Papier in ihrer Hand, dann blickte sie auf. »Aber wir halten Sie für schuldig des Totschlags, Euer Ehren. Totschlag mit verminderter Schuldfähigkeit wegen der gegebenen Umstände.«

Der Richter schwieg einen Moment, damit der Urteilsspruch seine gebührende Aufmerksamkeit erhielt. Dann lehnte er sich vor, die Hände und Ellbogen auf den Tisch gestützt.

»So zur Kenntnis genommen«, sagte er. »Totschlag. Danke, Madam. Spricht die Jury eine Empfehlung für das Strafmaß aus?«

»Ja, Euer Ehren. Der gleiche Paragraph des Strafgesetzbuches gibt keine Mindeststrafe für Totschlag vor. Deshalb schlagen wir vor, die Zeit anzurechnen, die die Angeklagte bereits in Untersuchungshaft verbracht hat. Zudem empfehlen wir eine weitere Strafe in Form von unbezahlter gemeinnütziger Arbeit, eine Option, die das Strafgesetzbuch auch vorsieht, Euer Ehren. Wir schlagen fünfhundert Stunden vor.«

Wieder herrschte Stille, dann sagte der Richter: »Sehr gut. Fünfhundert Stunden gemeinnützige Arbeit. Das Gericht schließt sich dem Vorschlag der Jury an. Die gemeinnützige Arbeit ist von den örtlichen Behörden festzulegen und zu überwachen. Schreiber, nehmen Sie das zu Protokoll.«

Der Richter hielt inne. Er sah sich um und sagte: »Das Gericht bedankt sich bei Jury, Staatsanwaltschaft und Verteidigung. Der Fall ist damit abgeschlossen. Madam, Sie sind frei und können gehen. Das Büro Ihres Bürgermeisters wird sich mit Ihnen in Verbindung setzen.«

Dann richtete er seinen Blick nur auf sie. Ein starker Gesichtsausdruck, ein starker Blick. Er neigte kurz den Kopf vor ihr, und dann pochte er mit dem Richterhammer auf die Tischplatte.

»Gerichtsdiener«, sagte er. »Lassen Sie den Wagen am Eingang vorfahren.«

Neunundzwanzig

Das Erste, was sie in Freiheit tat, war, sich am nächsten Morgen Schuhe, Mantel und Hut anzuziehen und zum Postamt zu spazieren, um Claire anzurufen. Die Leute auf der Straße lächelten und sagten *Mornin', Ma'am* und *Bonjour, Madame*.

Es war nur noch eine Woche bis Weihnachten.

Am Sonntag sangen sie die Kantate *Bereitet die Wege, bereitet die Bahn*. Die Kirche war wieder voll, und weitere einhundert Menschen standen draußen im Schnee. Sie kamen inzwischen von überallher, quer über die Halbinsel, von weit weg aus Cape Sable und Port Mouton, bei dem Wetter gute drei Stunden Fahrzeit. Father William verkündete von der Kanzel, dass er in der nächsten Zeit sonntags jeweils drei Gottesdienste abhalten würde: den ersten morgens um acht Uhr, das Hochamt um elf und abends um sieben die Vesper. Jeweils mit Musik und Chor, versprach er, wenn auch vielleicht nicht immer mit dem vollständigen Chor.

Claire sollte am Mittwoch ankommen, und diesmal fuhr Hélène den Wagen selbst, um sie von der Fähre aus Portland abzuholen. Sie hielt an der Gießerei an und fragte David Chandler, ob er sie begleiten wolle, und er sagte ja, selbstverständlich. Er legte das Stück zur Seite, an dem er gerade arbeitete, schaltete die Maschinen aus und verschwand in den anderen Raum. Wieder zurück wirkte er wie frisch geschrubbt, seine Augen strahlten, sein Haar hatte er mit Wasser zurückgekämmt, wie ein Schuljunge.

Sie fuhren die Küstenstraße entlang, die Abendsonne lag

hinter roten Schleierwolken, und auf den Eisschollen auf dem Wasser saßen Robben und Möwen.

»Lassen die Leute Sie inzwischen in Frieden, Mrs. Giroux?«, fragte er. »Ich meine nicht die Zeitungsleute. Ich weiß, die sind auch noch überall in der Stadt, sondern die anderen.«

»Ja, das tun sie, Mr. Chandler. Meistens zumindest.«

»Finden Sie nach all der Tortur genug Ruhe?«

»Ja, das tue ich«, sagte sie. Sie berichtete ihm, dass sie im Kirchenbüro interessante Anrufe erhalten hatte. »Eigentlich zwei«, sagte sie. »Von Pianofabriken. Stellenangebote als Abteilungsleiterin und für die Qualitätskontrolle. Eines in Boston und eines in Stratford, in Ontario. Ich könnte wieder Klaviere bauen, Mr. Chandler.«

»Oh«, sagte er. Nach einer Weile fragte er: »Aber möchten Sie denn wieder von hier wegziehen?«

Nein, das möchte sie nicht, sagte sie. Außerdem könnte sie das ohnehin nicht, wegen der gemeinnützigen Arbeit und wegen der Gelegenheit, ein Musikfestival zu organisieren. Es gebe viel zu bedenken, und um irgendwelche Entscheidungen zu treffen, sei es ohnehin noch zu früh.

»Natürlich«, sagte er. »Darf ich Sie etwas fragen, Mrs. Giroux? Über den Dinosaurierschädel.«

»Selbstverständlich, Mr. Chandler. Fragen Sie nur.«

»Was ist aus dem geworden?«

»Die Regierungsbehörden haben ihn konfisziert. Anscheinend hatte man gerade ein Gesetz verabschiedet, das den Privatbesitz von Fossilien verbot. Nathan hat das vielleicht nicht gewusst, aber ich denke, der Geologe schon, und deshalb sind wir ihm niemals persönlich begegnet. Ich kann mir vorstellen, dass der Fund irgendwann in einem britischen Museum landet. Wenn das nicht schon längst geschehen ist. Ich weiß nämlich, dass sie aus London ein Team mit einem Wissenschaftler geschickt haben, und die haben eine der pyramidenähnlichen Steinmarkierungen abgetragen und nach England verschifft und in einem Museum wieder aufgebaut.«

»Man stelle sich das einmal vor«, sagte er. »Noch eine letzte Sache, Mrs. Giroux. Der Hund, was ist mit dem passiert?«

»Jack. Der ist wieder bei dem Handelsposten, von dem wir ihn geliehen hatten. Die anderen Hunde auch, die haben ihren Weg nach Hause gefunden. Ich habe mich danach erkundigt, aber ich bin niemals wieder dorthin gefahren.«

Am Pier von Yarmouth standen sie zwischen den anderen Personen und warteten auf die Fähre.

Sie sagte: »Als ich jung war, wollte ich immer einen Hund haben, aber ich durfte nicht. Jack war der beste Hund, den man sich je hätte wünschen können. Er war stark und wild und treu. Und er konnte lächeln, Mr. Chandler. Das habe ich mit eigenen Augen gesehen.«

Es war Nacht, und einige Lampen leuchteten auf sie hinunter. Wenn sie sich die Hände schützend vor die Augen hielten, konnten sie die Fähre erkennen, die nicht mehr weit weg war: hell erleuchtete Fenster, die kleinen roten und grünen Positionslichter. Die Signallichter am Mast. Die Fähre bahnte sich ihren Weg durch die Nacht und schob eine Gischtwelle vor sich her. Das Horn tutete.

~

In der Woche vor Weihnachten war das Wetter meist klar und kalt. Am Hauptplatz wurden Wagenladungen mit Weihnachtsbäumen abgeladen, und die Leute kamen mit ihren Kindern und kauften Bäume und brachten sie auf Schlitten nach Hause. Dann setzte wieder Schneefall ein. Blauhäher kreischten und stürzten sich auf die Vogelkrippen, und am Donnerstagmittag konnte man mitten am Tag einen Winterblitz sehen, und dann grollte Donner über die Stadt. An den Marktständen gab es heiße Kastanien und Tee, selbst gebackene Plätzchen und Fudge und Glühwein. Sergeant Elliott war unterwegs, um die Schankerlaubnisse für Alkohol zu kontrollieren, und wenn jemand sie nicht vorweisen konnte, sagte er, sie dürften eigentlich keinen Glühwein ausschenken, aber sie könnten weitermachen, bis die amtliche Verfügung vorlag, was aber noch eine Woche oder länger dauern würde, da er so beschäftigt war.

Sie probten stundenlang für das Weihnachtskonzert. Sie hatten beschlossen, den Teil mit dem Bach-Oratorium wegzulassen und stattdessen Weihnachtslieder in den Mittelpunkt zu stellen. Sie hatte noch überlegt, einige Streicher zu engagieren, doch die Zeit für die Proben war zu knapp bemessen. Father William war damit einverstanden, die Dinge erst einmal einfach zu belassen.

»Aber im nächsten Jahr«, sagte er und lächelte. »Das *Acadian Shore Music Festival*. Ich freue mich schon darauf. Ich habe dem Bürgermeister von unserer Idee erzählt, und er meinte, er würde darüber mit den Stadträten sprechen. Er wirkte sehr interessiert.«

Claire konnte acht Tage bleiben, bevor sie zurückreisen musste. Sie erhielt einen Anruf mit der Zusage für die Stelle. Nun überlegte sie schon, darauf aufzubauen und vielleicht für ein Medizinstudium wieder die Universität zu besuchen. Sie schlief auf dem Sofa im Wohnzimmer, und nachts, wenn sie zum Badezimmer ging, warf Hélène durch die Tür einen Blick auf das Sofa, das im Widerschein des Lichts vom Fenster lag, und sie spürte in ihrem Herzen einen süßen Stich und ging weiter.

Claire lieh sich Schlittschuhe und traf sich mit anderen jungen Leuten an der Eisbahn hinter dem Schulgebäude. Sie übernahm auch den Umgang mit der Presse. Nach wie vor hielten sich zu viele Reporter in der Stadt auf, sie schnüffelten herum und schossen von Hélène Fotos, sobald sie einen Blick von ihr erhaschen konnten. Es dauerte ein paar Tage, doch Claire sprach einen nach dem anderen an und bat sie freundlich, ihre Mutter in Frieden zu lassen. Und einer nach dem anderen tat das schließlich auch.

Für die Christmette wollte sie den langen dunkelgrauen Rock mit dem dazu passenden Jäckchen und einer weißen Bluse tragen, außerdem Seidenstrümpfe und die Perlenkette ihrer Mutter. Sie hatte die Kleidung schon auf dem Bett zurechtgelegt und war gerade in der Küche und kochte Tee, als Father William für einen Besuch heraufkam.

»Ich kann Ihnen eine Tasse Tee anbieten«, sagte sie. »Ich habe gerade Wasser aufgesetzt.«

Er begleitete sie in die Küche, und sie zogen die Stühle hervor. Etwas war anders an ihm. Er schien wegen irgendetwas beunruhigt zu sein.

»Ist alles in Ordnung?«, fragte sie.

»Hm. Nein, das ist es nicht.« Er holte tief Luft und seufzte. »Wie soll ich mich ausdrücken? Mrs. Giroux, seitdem sie mir damals von dem Zusammenhang zwischen den Missionaren und dem Tod Ihres Vaters erzählt haben, habe ich viel Verständnis für Sie gezeigt. Ich bin sehr tolerant gewesen. Aber jetzt habe ich ein Problem, das ich nicht ignorieren kann.«

»Sagen Sie es mir.«

»Das Problem ist ... Auch wenn Ihre distanzierte Haltung zur Kirche am Anfang tragbar war, haben Sie doch inzwischen öffentlich ein Verbrechen gestanden. Nein, lassen Sie mich ausreden. Eine Tat, die die Kirche als Todsünde betrachtet, und deshalb sind gewisse Schritte notwendig. Ich denke, Sie wissen, was ich meine.«

»Damals haben Sie mir erzählt, dass ich in Ihrer Gemeinde nicht die Einzige bin, die nicht engagiert ist. Und Sie hatten nichts dagegen, mehr oder weniger, wenn ich mich richtig erinnere.«

»Ja, ja. Aber, es gibt einen Unterschied, Mrs. Giroux, den Sie bestimmt verstehen. Der Unterschied liegt darin, dass die anderen nicht vor Kurzem zugegeben haben, dass sie einen Menschen getötet haben. Und sie sitzen nicht an herausgehobener Stelle vor den Augen der gesamten Gemeinde an unserem Flügel, um in unserem Gottesdienst die geistliche Musik zu spielen.«

Sie war einen Augenblick lang sprachlos.

»Von der Seite habe ich das noch nicht betrachtet«, sagte sie schließlich.

»Haben Sie also nicht.«

»Nein. Was soll ich machen? Was wollen Sie von mir?«

»Es geht nicht darum, dass ich etwas von Ihnen will. Es geht darum, dass die Kirche etwas von Ihnen verlangt. Man muss Sie bei der Beichte sehen. Man muss sehen, dass Sie Reue zeigen. Und dass Sie Buße leisten. Diese drei Schritte.«

»Auch wenn ich nicht daran glaube?«

»Ja. Auch dann. Lassen wir es jetzt dabei. Jedenfalls, es besteht immer Hoffnung. Bis zum letzten Atemzug, hat man uns gesagt.«

»Der letzte Prozesstag, das war doch eine einzige lange Beichte? Mit Reue und mit aufrichtigem Bedauern.«

»Das war etwas ganz anderes, und das wissen Sie auch.«

»Für mich kommt es schließlich und endlich auf das Gleiche hinaus. Auf *genau* das Gleiche. Aber schon gut.«

»Ja. Schon gut.« Father William stand auf. »Mrs. Giroux, die Sache belastet mich schon seit dem Urteil. Es tut mir leid, das sagen zu müssen, aber ich habe eine Entscheidung getroffen: Ich gebe Ihnen bis morgen Zeit zum Nachdenken, und wenn Sie bis dahin nicht öffentlich das getan haben, was von Ihnen verlangt wird, kann ich Ihnen nicht länger gestatten, sich um unsere Musik zu kümmern. In dem Fall wäre heute Abend das letzte Mal, dass Sie an unserem Flügel sitzen.«

Also wartete sie um fünf Uhr mit all den anderen vor dem Beichtstuhl, und sie nickten ihr zu und sahen einander mit erhobenen Augenbrauen an.

Als sie auf der Kniebank hinter dem zugezogenen Vorhang kniete und ihr Fenster noch geschlossen war, konnte sie ihn zu der anderen Seite flüstern hören. Dann wurde das andere Fenster zugeschoben und ihres geöffnet, und er sah sie an und lehnte sich zum Zuhören nah ans Beichtgitter. Danach machte er zwischen ihnen beiden das Kreuzzeichen. Er flüsterte etwas auf Latein, und die selige, ernste Schlichtheit des Ganzen versetzte sie in ihre Kindheit in Montmagny zurück, zu ihrer Erstkommunion, als ihr Vater zu Hause war. Wieder zerriss es ihr fast das Herz.

Zur Buße gab er ihr zwei Vaterunser und drei Ave-Maria auf, und sie ging zu einer Kirchenbank und setzte sich, mit geschlossenen Augen beugte sie sich in der kalten Kirche über die Buchablage und sprach die Gebete.

In der Hotelküche bereiteten die Frauen eindrückliche Mengen Karpfen als Weihnachtsessen für die strengen Katholiken vor. Für die anderen Gäste hatten sie mehrere Truthähne und

Gänse gebraten. Als Beilagen sollten Rosenkohl in Knoblauchbutter, Kürbis, Steckrüben, Süßkartoffeln, Zuckerschoten sowie Püree von Feldkartoffeln gereicht werden, alles im Herbst im Annapolis Valley geerntet. Als Dessert sollte es Birnenkompott und wilde Blaubeeren mit Ahornsirup und einem Schuss Rosinenrum geben. Speisen aus der Region, die meisten davon Geschenke, wie jedes Jahr. Mildred beschäftigte noch vier weitere Hilfskräfte, Frauen, denen gerade am Vortag vom Quäkerhaus gekündigt worden war. Marie-Tatin beaufsichtigte sie.

»Nun, hört mal«, vernahm Mildred, wie Marie-Tatin die Neuen anwies. »Mrs. Yamoussouke, die ist mit den Sachen in ihrer Küche etwas eigen. Ihr fangt mit dem Gemüse an, ich sage euch dann wie, also hört gut zu.«

Bei der Christmette saß sie am Flügel und wartete darauf, dass Father William ihr das Zeichen gab. Von ihrem Platz aus konnte sie Claire und David Chandler sehen, die nebeneinander in einer Kirchenbank saßen. Sie hatte ihn gefragt, und er hatte gesagt, dass es ihm eine große Freude bereiten würde, beim Weihnachtsessen im Hotel zwischen ihnen beiden zu sitzen.

»Außerdem, Mrs. Giroux«, hatte er noch mit einem Lächeln gesagt. »Was meinen Sie, sollten Sie und ich uns nicht langsam mit Vornamen anreden? Vielleicht ab Weihnachten? Wären Sie damit einverstanden? Ich würde mich sehr darüber freuen.«

»Um Himmels willen, David«, hatte sie gesagt. »Natürlich, mich würde das auch sehr freuen.«

Claire sah in dem Licht in der Kirche wunderschön aus. Sie hatte viel Ähnlichkeit mit Pierre, ihre Kieferpartie und wie sie ihren Kopf hielt. Doch irgendwie auch mit Mutter, zumindest um die Augen herum.

Sie dachte an ihre Mutter und an das Gesicht ihrer Mutter, und wie sehr es sie beruhigt hatte, Père Dubert in ihren letzten Stunden bei ihr zu sehen. Wie in einem Augenblick alle Angst gewichen war. Er hatte die Wandschirme zur Seite geschoben und war in vollem Ornat erschienen, wie ein König, der in einem Wüstenzelt Einzug hält und mit der Macht ausgestattet ist, Frieden zu bringen. Sie war von ihrem Stuhl aufgestanden und einen Schritt zurückgetreten, während er vor dem Bett ihrer Mutter kniete.

»*In nomine Patris et Filii, et Spiritus Sancti …*«, hatte er gesagt.

So eigenartig. Aber wunderschön.

Sie hielt ihre Hände über dem Schoß und knetete sie ein wenig, um sie warm zu halten. Kurz bevor sie die nächsten Weihnachtslieder anstimmten, löschte Morris, der am Seitenaltar vor einer Reihe von Schaltern stand, die Hälfte der Lichter. Dann trat er vor und zündete mit einem Kienspan die acht Kerzen an, die am Altargitter aufgestellt waren.

Es war so still in der Kirche, dass sie das Knistern der kleinen Flammen hören konnten.

Alle sahen zu, wie eine Kerze nach der anderen zu brennen begann, und als Morris den Kienspan ausblies und wieder zurück in den verdunkelten Bereich trat, drehte sich Father William zu ihr um und nickte ihr kaum merklich zu.

Danksagung

Ich möchte mich bei Jacques Franklin bedanken, dem Klavierstimmer alter Schule, der mich vor Jahren in Afrika in die geheime Welt der Klaviere einführte und der alles über die Kunst von diesem Handwerk wusste. Mein Dank geht auch an Lara Hinchberger, meine Lektorin, die für diese Geschichte einen großen Beitrag geleistet hat. An Ellen Seligman, meine Verlegerin, und an Ellen Levine, meine Agentin. Ich danke unseren Freunden Lynne und Tony Prower, die von ihrem Musikwissen so viel weitergegeben haben, und ich danke Phyl und Don Ketcheson für die zahlreichen erlesenen musikalischen Momente in ihrem Haus und auch dafür, dass ich an ihrem Bechstein klimpern durfte. Und ein ganz großer Dank an Heather, die immer meine erste und letzte Leserin ist.